Newton Compton Editores

© 2014, Dory Sontheimer
© 2026, de esta edición por Antonio Vallardi Editore S.u.r.l., Milán

Todos los derechos reservados

Primera edición: marzo de 2026

Newton Compton Editores es un sello de Antonio Vallardi Editore S.u.r.l.
Pl. Urquinaona, 11, 3.º 1.ª izq. Barcelona, 08010 (España)
www.newtoncomptoneditores.com

Gruppo editoriale Mauri Spagnol S.p.A.
www.maurispagnol.it

ISBN: 979-13-87575-19-9
DL: B 16.720-2025

Fotografías del interior:
Cortesía de la autora

Diseño de interiores:
David Pablo

Composición:
Kim Amate

Impreso en marzo de 2026 en Puntoweb s.r.l., Ariccia (Roma), en Italia.

Queda rigurosamente prohibida, sin la autorización por escrito de los titulares del copyright, *la reproducción total o parcial de esta obra por cualquier medio o procedimiento mecánico, telemático o electrónico –incluyendo las fotocopias y la difusión a través de internet– y la distribución de ejemplares de este libro mediante alquiler o préstamos públicos.*

Dory Sontheimer

Las siete cajas

Newton Compton Editores

Barcelona, 2026

Dedicado a mis hijos y mis nietos.
Para que puedan mostrarles a sus descendientes
con orgullo el origen de sus antepasados
y la capacidad de superación que tuvieron.

Y a mi marido por el ánimo, la paciencia y la fuerza
que me ha dado para poder contar esta historia.

El que ha sufrido algún mal puede olvidarlo;
jamás el que lo ha causado.

H. MARET

Primero se llevaron a los judíos, pero, como yo no era judío, no me importó. Después se llevaron a los comunistas, pero, como yo no era comunista, tampoco me importó. Luego se llevaron a los obreros, pero, como yo no era obrero, tampoco me importó. Más tarde se llevaron a los intelectuales, pero, como yo no era intelectual, tampoco me importó. Después siguieron con los curas, pero, como yo no era cura, tampoco me importó. Ahora vienen a por mí, pero ya es demasiado tarde.

MARTIN NIEMÖLLER

Nota a la edición

La presente edición de *Las siete cajas* contiene el texto íntegro y completo de la obra original publicada en 2016 por la editorial Circe. A diferencia de aquella primera edición, esta versión incorpora un apéndice inédito. En él, la autora amplía el relato con nuevos hallazgos y testimonios, fruto de las investigaciones y contactos realizados en los años posteriores. Gracias a este proceso, ha sido posible reconstruir fragmentos esenciales de la historia que permanecían ocultos, logrando rescatar episodios y voces silenciadas, y enriqueciendo así el testimonio original.

Cabe destacar que todo lo recogido en este libro forma parte del archivo familiar que, en el año 2024, fue donado al Museo Conmemorativo del Holocausto de los Estados Unidos, en Washington D. C., constituyendo una de las aportaciones más significativas a la conservación y estudio del Holocausto. La labor de Dory Sontheimer y este libro representan un testimonio imprescindible para la recuperación de la historia y para comprender el profundo impacto que los acontecimientos del siglo XX tuvieron sobre tantas familias.

Esta edición no solo preserva el legado de quienes vivieron aquellos hechos, sino que también invita a las nuevas generaciones a reflexionar sobre el valor de la memoria y la importancia de aprender del pasado.

Prólogo

Era una mañana muy soleada de Sant Jordi. Animado por el festivo día de la rosa y el libro, firmaba en Barcelona ejemplares de mi recién publicado trabajo sobre el Holocausto y comentaba el tema con los potenciales lectores que se acercaban hasta mi mesa. Entre ellos, una señora guapa, amable, educada y sonriente. Le dediqué el libro –«Para Dory», me alertó– y, mientras escribía unas palabras, me dijo:

–Cuando tengas un ratito, tengo una historia que contarte sobre el tema del que tratas en tu libro. Verás como te sorprende.

Solo por corresponder a su cortesía –lo admito–, le respondí que estaría encantado de escuchar lo que tuviera que contarme, aunque confieso que si hay una constante en el periodismo es la de la persona que te dice que va a contarte algo tan importante que será primera página de tu diario, y luego su «gran historia» se diluye como un azucarillo.

A eso de las dos de la tarde, mientras tomaba un refresco, Dory se volvió a acercar.

–¿Te va bien ahora hablar un momento?

–Claro, claro. Te escucho –dije, aún desconfiado.

Saludé a su marido y nos sentamos entre sol y sombra.

–Verás –comenzó–, he encontrado unas cajas en un altillo de la casa de mi madre, ya fallecida, que contienen la historia de mi familia y, por lo que he averiguado hasta ahora, creo que mis abuelos y otros parientes murieron en los campos de exterminio. Soy de origen judío. No supe nada de esto hasta que encontré las cajas.

Sé que puse los ojos como platos.

–¿Me estás diciendo que has encontrado tu propia historia en unas cajas y que desconocías lo que estás averiguando? –exclamé en voz baja, desconcertado y realmente interesado, tratando de no llamar la atención.

–Sí. Mis padres eran judíos y he sido educada como católica, y hasta ahora no he sabido nada del drama de mi familia, a la que me he propuesto investigar –respondió Dory–. Tengo fotos, cientos de cartas y de documentos que cuentan una historia durísima de la que no sabía nada –añadió.

Lo que me contó me pareció extraordinario. Se lo hice repetir. «Parece una novela o una película», pensé, creo que sin atreverme a decírselo, aunque luego, con el tiempo, supimos que ambos habíamos concluido lo mismo en algún momento.

Me pareció sorprendente y emocionante. Costaba hasta imaginarlo, aunque de inmediato mi parte periodista comenzó a imaginar un gran reportaje. Se lo dije y Dory me contestó que, si lograba reconstruir el pasado, ella escribiría un libro.

–Aunque no se ni cómo hacerlo –confesó.

Y así conocí de primera mano que los padres de Dory Sontheimer le habían dejado un legado de pistas para reconstruir la impresionante narración que contiene este libro, que aquel Sant Jordi fue un sueño ante un refresco y que ahora es una realidad. Desde aquel día, Dory me permitió seguir muy de cerca sus investigaciones y sus emociones –por cierto, también escribí el reportaje–, circunstancia que me lleva a subrayar quizá obviedades. Es preciso comprender y no perder de vista en ningún momento que no estamos ante una novela ni ante el producto de una fértil imaginación. Las líneas que siguen a este prólogo describen un drama real, tremendo, que emana directamente del Holocausto y que nos alcanza de lleno a todos en pleno siglo XXI. Por eso es imprescindible que esta obra se lea con respeto. Hay mucho amor en este libro que merece dosis muy elevadas de deferencia.

Quien solo se haya adentrado superficialmente en lo que supuso el nazismo y su «solución final» quizá no aprecie a primera vista el horror y el mal absoluto que enmarca este relato, en el que traslucen los sentimientos de profundo amor que condujeron a almacenar las siete cajas con los pasajes infernales de unas vidas que tuvieron el infortunio de coincidir con el peor genocidio de la historia. El peor, sin duda, porque lo cometieron gentes supuestamente civilizadas, educadas, cultas, refinadas y leídas. Gentes que justificaron lo injustificable aprobando en su Parlamento leyes contra natura solo con la intención de legalizar sus crímenes y deshumanizar a un colectivo, al que le arrebataron todo menos la dignidad, como paso previo a su exterminio industrializado.

Los padres de Dory hicieron malabarismos impensables para salvaguardar la vida de sus hijos con un cariño y una fortaleza de espíritu que los impulsó a rescatar a su modo la memoria de una familia que el nazismo quiso eliminar. Y Dory ha heredado esa fuerza y ese valor, los cuales le han servido para contar una historia, la suya, que merece ser recordada para que no se repitan las circunstancias que la propiciaron.

Este es un relato de gran mérito. Dory, además de tener

que superar o tolerar los hechos que aquí se exponen, no era escritora ni historiadora –ahora ya lo es–, pero no pierde la perspectiva de lo que tiene en sus manos. Por favor, pónganse por un instante en la piel de unos jóvenes perseguidos a muerte que tuvieron que cambiar de religión, de identidad y de pasado para salvar su vida y la de sus hijos, pero que no pudieron proteger la de sus padres, que acabarían en un campo de exterminio. Y luego imaginen el día en que decidieron guardar las cajas con la esperanza de que alguien las recuperara y reconstruyera la memoria de una familia destrozada por el nazismo. Imaginen por lo que ha pasado Dory al descubrir a retazos el espanto que rodeó a su familia. Háganlo, y si no se emocionan es que no son de este mundo.

No debo ni quiero desvelar su historia. Pero, quizá por deformación de mi trabajo de periodista que ha investigado la relación de la España de Franco con los judíos perseguidos por el nazismo, no puedo dejar de llamar la atención hacia el deplorable comportamiento del cónsul de España en Marsella, V. Vía Ventalló, un hombre que representa la norma española pronazi y que, olvidando su condición humana, dejó que Lina y Eduard, los abuelos de Dory, fueran enviados a la muerte. La noticia de su exterminio llegó a España de la forma más fría y cruel: en el sobre de una carta que los padres de Dory habían enviado a sus abuelos, recluidos entonces en un campo de concentración francés. Sobre el sobre, una escueta anotación: «CARTA DEVUELTA POR TRASLADO DE LOS DESTINATARIOS».

El contraste del cónsul marsellés con personas buenas como Romero Radigales, Julio Palencia, Ángel Sanz Briz, Giorgio Perlasca, Miguel Giner y otros diplomáticos y funcionarios españoles que se jugaron la vida desobedeciendo las órdenes de Franco para salvar a sus semejantes es sideral. Pero ellos son la excepción a la norma antisemita e inhumana que chocó con la hipocresía de un régimen español que presumía de caridad cristiana y que produjo tipos como aquel cónsul marsellés. Qué distinto habría sido todo si los abuelos de Dory hubieran tenido que tratar con alguien como Julio Palencia, el embajador de España en Sofía...

Todavía no se estudia obligatoriamente en los colegios y universidades españoles una asignatura que se titule «Shoah» u «Holocausto», que enseñe y analice cómo una sociedad extraordinariamente avanzada y culta como era la alemana de comienzos del siglo XX pudo legalizar y justificar jurídica y «científicamente» la extinción de un colectivo humano. En nuestras escuelas no se habla de cómo unos magníficos ingenieros y arquitectos nazis desarrollaron el mejor y más barato sistema para asesinar industrialmente. En España no es de conocimiento general qué fue la solución final y menos que esta vino precedida por una deshumanización sin precedentes que pasó por inscribir a todos los judíos con el mismo nombre (Israel y Sara), con la consiguiente pérdida de identidad que supone semejante medida, a la que se sumó la obligación de marcarse la ropa con una estrella de David, la prohibición a abogados, médicos, etc., de ejercer libremente sus profesiones para acabar –antes de matarlos– arrebatándoles sus bienes, sus fábricas o sus modestos comercios u ocupaciones en un proceso de *arianización* que algunos ignorantes se permiten banalizar. Es una lástima que el conocimiento de esos hechos no forme parte esencial de nuestra educación y de nuestra formación como personas. Tal como estamos ahora, es fácil el olvido, la ignorancia o el uso del término *nazi* de forma banal y gratuita. Y, mientras olvidamos o miramos para otro lado, la verdad y la historia nos alcanzan inexorablemente en forma de cruel memoria guardada en siete cajas en el altillo de la habitación de soltera de Dory Sontheimer.

EDUARDO MARTÍN DE POZUELO DAUNER
Barcelona, abril de 2014

Familia de Baviera	Familia de Praga	Familia de Baden	Familia de la Selva Negra

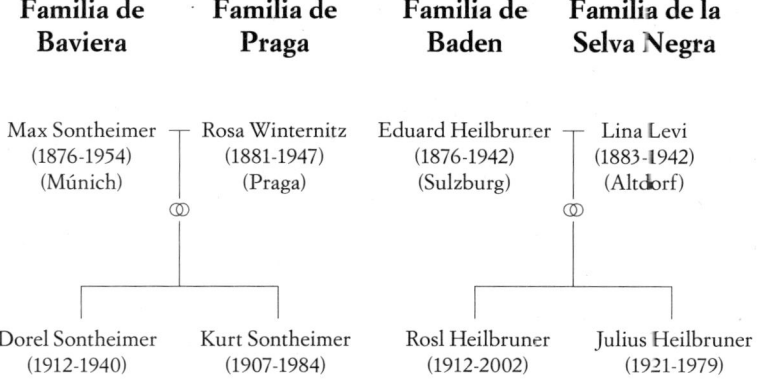

Max Sontheimer (1876-1954) (Múnich)	Rosa Winternitz (1881-1947) (Praga)	Eduard Heilbruner (1876-1942) (Sulzburg)	Lina Levi (1883-1942) (Altdorf)
Dorel Sontheimer (1912-1940)	Kurt Sontheimer (1907-1984)	Rosl Heilbruner (1912-2002)	Julius Heilbruner (1921-1979)

Introducción

Delante de mis ojos, el mar.

En mis oídos, música: el andante de la sinfonía n.º 41, *Júpiter*, de Wolfgang Amadeus Mozart.

Nací en Barcelona. Mis poros transpiran Mediterráneo. Me educaron en la fe católica y soy descendiente de una familia alemana judía. Esta soy yo. Una extraña mezcla. Quiero a mi tierra mediterránea y, a pesar de la historia, también a aquella que un día repudió a mi familia. Sobre el escritorio de caoba que mi abuelo consiguió conservar, una documentación abrumadora. He necesitado años para digerirla y un largo tiempo para transcribirla. Ha despertado en mí un sinfín de sentimientos: sorpresa, tristeza, dolor, rabia y, sobre todo, una profunda admiración hacia los supervivientes.

El 7 de octubre de 2002 fue un día gris. No sé si era el cielo o mi alma lo que estaba sombrío. Acabábamos de enterrar a mi madre después de una larga enfermedad, durante la cual olvidó cómo hablar en castellano y solo se expresaba en alemán. En sus trastornos mentales alguna vez me había gritado: «¡Ahora viene la Gestapo y se nos va a llevar!». Pensando que eran perturbaciones de su razón, yo intentaba calmarla. Pero aquella frase se me quedó grabada e intuí que debía de haber sufrido algún drama personal importante.

Días más tarde, en su casa, recogiendo sus cosas, sus

vestidos, sus papeles, sus vivencias –en pocas palabras, desmontando su vida–, en el altillo de mi habitación de soltera aparecieron siete cajas. Cerradas y perfectamente alineadas como soldados, parecían esperar la voz de mando para ponerse en marcha. Estaban numeradas y rotuladas. Reconocí la letra de mi padre, una persona a la que desde su muerte en 1984 aún echo de menos. Intuí que los documentos que contenían las cajas eran importantes, pero nunca supuse ni remotamente que me atormentarían tanto el alma.

Recuerdo que, cuando cumplí dieciocho años, mis padres me dijeron con gran sigilo que nuestras raíces eran judías. En aquel momento no entendí tal precaución. Ahora que conozco la historia lo entiendo. Solo sé que pensé: «Menos mal que no éramos nazis». Durante mi infancia, cuando había preguntado por la familia, siempre me habían dado la misma respuesta: «Murieron durante la guerra. De la familia solo quedamos nosotros». Y rápidamente se cambiaba de conversación.

Siete días tardó Dios en crear el mundo y siete brazos tiene el candelabro, símbolo en el judaísmo, llamado *menorá*. Representan los siete días de la semana, siendo el *sabbat* –el brazo central– el que evoca el espíritu de Yahvé, el espíritu de Dios; los otros significan algo tan bello como el conocimiento, el consejo, la sabiduría, la inteligencia, el poder y el temor. Por mi parte, yo he creado mi propia menorá con las cajas que hallé: curiosidad, intriga, búsqueda de la verdad, fe, amor, libertad y, el brazo central, homenaje.

Jamás imaginé que en estas siete cajas encontraría íntegra la crónica de mi familia. Para mí casi todos eran nombres anónimos, porque no tuve la oportunidad de conocerlos, pese a que se trata de personas muy cercanas, tanto como mis propios abuelos. Documentos, fotografías, cartas…, un pasado oculto durante años, de repente ante mis ojos, en mis manos. Documentos que en un primer momento carecían de sentido para mí. Multitud de cartas oficiales, requerimientos, escrituras, pasaportes… Todo guardado escrupulosamente como testimonio del horror. Ellos, los documentos, me enseñaron que los papeles oficiales, en apariencia tan fríos, también pueden ser portadores de una gran carga emocional, y también me obligaron a plantearme interrogantes y a buscar quien me los resolviera. Me llevaron a querer entender el porqué. Y lo conseguí, en parte. ¿Quizá por este motivo los habían guardado mis abuelos? ¿Mis padres? ¿Esperando que alguien –yo– entendiera su sentido al cabo de tantos años?

Fotos. De algunos familiares, muchas. De otros, solamente una o ninguna. Imágenes que son testimonio de la felicidad anterior al Holocausto, imágenes misteriosas que también me hablan en clave, imágenes del después, de la «normalidad» del después, si es que esto es posible.

Y, ante todo, cartas, cientos de cartas, miles de palabras recibidas desde distintos países, con infinidad de nombres que no significaban nada para mí. Copias de las cartas enviadas, cartas devueltas al destinatario, telegramas, postales…, cartas, cartas, cartas…

«Me han trasladado a un castillo… Me llevaré solo lo necesario… Estamos todos bien… [o] Me he jubilado… Ya no tengo el gabinete profesional [o la empresa] porque ha disminuido notablemente la clientela… La familia Stendhal se ha ausentado. Ya no están aquí… Estamos en las listas de viaje…».

Etcétera.

23

Me he leído varias veces cada una de las cartas. Cartas que parecen insulsas, banales, donde prácticamente no se hace nada más que confirmar que están bien de salud y que tal o cual miembro de la familia está ausente o se ha ido al extranjero. A través de su silencio, a través de sus palabras, el poder implacable del nazismo ha ido tomando forma para mí. Ni una mención a la política, ni una mención a Hitler, ni una mención a las nuevas ordenanzas: la censura, por supuesto. Pero, paso a paso, situándolas en su contexto histórico, he podido entender su verdadero significado.

Esta es la grandeza de estas misivas.

Esta es la grandeza de las letras.

Esta es la grandeza del silencio.

Porque, si queremos traducir los mensajes y sabiendo ahora lo que se iba promulgando, leeríamos lo siguiente:

«Me llevan al gueto. Solo puedo llevarme 50 kilos. Estamos vivos. Ya no me dejan trabajar [o] han *arianizado* mi empresa. Se los han llevado al campo de exterminio. Los próximos somos nosotros».

Hay relatos que merecen ser narrados. Esta es una historia real: los sucesos vividos por dos jóvenes alemanes de religión judía que, huyendo de la situación política de su país, fueron enviados por sus padres a España en busca de refugio. Ellos pensaron que sería algo temporal. No fue así. Dejaron atrás a su familia, sin saber que a muchos de ellos no los volverían a ver jamás. Por el camino fueron perdiendo a muchos otros.

Él se llamaba Kurt, era hijo de Max y Rosa Sontheimer, una familia de diplomáticos, y tenía una gran pasión que compartía con su padre, su tío Henry y su tío Felix: la filatelia. Los domingos por la tarde Kurt se sentaba con su padre delante de los álbumes y con la lupa y las pinzas observaba aquellas estampas. Era una forma de viajar a otros países, conocer sus banderas, luchar en batallas, convertirse en un atleta, oler las flores, ver la belleza de los animales, escuchar la música de los grandes compositores. Kurt caminaba a través de la historia. La filatelia se convirtió en un sentimiento de unión entre padre e hijo y fue motivo de correspondencia con el tío Henry y el tío Felix. Así transcurrió su adolescencia. En España, trabajó como comercial en la filial de una empresa de porcelanas que tenía su padre, Lehmann & Co. Llegó a Barcelona en 1929 con su querida hermana Dorel, una muchacha especial, sin duda.

Ella, Rosl, hija de comerciantes, venía a Barcelona a estudiar la lengua española y dejó en Friburgo a sus padres, Lina y Eduard, y a su hermano Julius. Se había quedado sin trabajo por ser judía y, junto con sus padres, tomó la dura decisión de separarse. Creyeron que sería una separación temporal, pero se equivocaron.

Kurt y Rosl eran mis padres. Se conocieron en Barcelona y se enamoraron. En España entonces se vivían aires de libertad bajo el signo de la República. Aquí, ellos podían vivir su amor. Soñaban con un país libre, laico, sin prejuicios, donde su proyecto de pareja pudiera hacerse realidad. Pero aquel sueño duró poco. Se casaron el 31 de diciembre de 1936 y, cuando terminó la guerra, en 1939, se encontraron, una vez más, bajo el régimen de una dictadura similar a aquella de la cual habían huido. Los vientos que se respiraban en Europa central eran peores que los presagios supuestos en 1934. El miedo los hizo cambiar de identidad para no ser perseguidos. Kurt se convirtió en Conrado. Rosl, en Rosita. A partir de ese momento y hasta 1945, vivieron situaciones amargas y durísimas.

Kurt y Rosl atestiguaron con impotencia cómo sus familias se fueron desmigajando. A pesar de ello, supieron sobreponerse: formaron una familia en donde sus hijos pudieron crecer en un ambiente feliz, integrados en la sociedad española. Y aquellos horrores vividos los guardaron para ellos. Los callaron y ocultaron hasta su muerte, hasta que se revelaron ante mí, ocultos en estas siete cajas que mi padre ordenó.

Lo que no fueron capaces de vencer fue el miedo.

Ahora, setenta años después de que Hitler subiera al poder, puedo entender el silencio de mis padres sobre su vida anterior y la de su familia.

Aquel silencio, obligado, no solo lo mantuvieron en época de guerra. Lo mantuvieron durante toda su vida.

Un silencio que buscaba protección.

Silencio referente a todo lo que significaba el judaísmo y sus tradiciones.

Silencio para no hablar del período de la guerra ni de lo ocurrido a sus familias.

Un silencio provocado por el miedo, un miedo real, proporcional a la dimensión de la amenaza que se cernía sobre sus vidas.

Miedo a que sus vidas y las de sus descendientes peligraran.

Miedo al rechazo, a la intolerancia.

El miedo se enquistó como un tumor en sus cuerpos, y los tumores se deben extirpar, porque, si no se hace, el rechazo y la intolerancia se convierten en algo permanente.

Extirpar el miedo quiere decir romper el silencio, y romper el silencio es sinónimo de libertad.

Así pues, espero que este relato sirva para rendir un homenaje a personas que, como ellos, tuvieron que soportar la intolerancia, el rechazo, el desprecio, el insulto, la humillación social y la negación de la dignidad humana, y que, a pesar de ello, fueron capaces de retomar sus vidas.

Y que contribuya a que sus descendientes sientan el orgullo de conocer sus orígenes. Cada uno de nosotros somos el resultado de nuestra historia.

CAJA UNO

1929-1937

En 1929 Barcelona estaba de moda. Era una ciudad que florecía con los cambios urbanísticos que había conllevado la Exposición Universal. La recién estrenada Fuente Mágica de Montjuic fascinaba por primera vez a los barceloneses en la inauguración del recinto ferial en mayo.

Y fue en aquella primavera cuando mi padre y su hermana Dorel llegaron a mi ciudad natal para instalarse. Él, con veintiún años, y ella, a punto de cumplir los diecisiete. Conocían y amaban su arquitectura, los edificios modernistas, Gaudí, el Park Güell, su clima mediterráneo, sus gentes y su gastronomía...; la habían visitado con su padre en más de una ocasión. Pero las circunstancias que ahora los llevaban allí la convertían en una ciudad casi extraña.

No les fue difícil encontrar piso. La dirección del anuncio del periódico correspondía al número 47 de la calle Balmes. Se trataba de un edificio modernista con entrada circular y columnas de alabastro. Aquella vivienda significaba para ellos refugio, protección, amparo, un sitio donde dormir tranquilos.

✉ Kurt y Dorel Sontheimer
Balmes, 47
Barcelona

Barcelona, 30 de mayo de 1929

Max y Rosa Sontheimer
Rankestrasse, 13
Nuremberg

Queridos padres:
Espero que estéis bien de salud. Kurt y yo, per-
fectos. Tengo muchas ganas de contaros lo que han
sido estos últimos días en Barcelona, con la inauguración de la Exposición Universal. ¡Impresionante!
Barcelona está exultante. Supongo que ya os debéis
de haber enterado por la prensa. Hace una semana
más o menos fuimos a la inauguración, había cientos
de personas en la calle.
En medio de todo aquel río de gente, subimos por
la avenida Reina M.ª Cristina, que se ha convertido
en una gran avenida que va de la plaza de España
hasta la Fuente Mágica. Realmente parece mágica,
no había visto nunca nada igual. A lado y lado de
la avenida están los diferentes palacios y todos los
pabellones de los países expositores. Yo me siento
orgullosísima del pabellón de Mies van der Rohe.
Creo que es el más visitado. Tengo muchas ganas de
que vengáis, porque os asombraréis de los cambios
que se han producido en la ciudad. Se ha remode-
lado el Park Güell y se han edificado cantidad de
hoteles nuevos.
Hoy no me alargo más, porque he quedado con una
amiga. Kurt estaba con clientes y me ha dicho que
os mande un beso muy fuerte. Creo que las ventas
en Lehmann van muy bien y que la nueva línea de
producción está funcionando sin problemas. O sea
que, papá, no sufras por tus hijos.

El piso de la calle Balmes, pequeño, pero muy acogedor. Esperando que vengáis a verlo...
Un beso muy fuerte de vuestra niña...

Dorel

 Max Sontheimer
Rankestrasse, 13
Nuremberg

Nuremberg, 30 de junio de 1929

Kurt y Dorel Sontheimer
Balmes, 47
Barcelona

Queridos hijos:
Espero que todo siga bien. Aquí, en Nuremberg, todo como siempre. La ciudad os echa mucho de menos, así como el resto de la familia. La semana pasada celebramos el cumpleaños de Marianne. Tío Henry y tía Tessa no pudieron venir. Él tenía muchísimo trabajo en París y unas visitas importantes que no le permitían desplazarse. Pero sí que conseguimos que tío Felix y su madre vinieran también a celebrar la fiesta. Vuestra abuela está estupenda para sus setenta y cinco años. Tiene una vitalidad encomiable. Estuvimos en *petit comité*, pero fue una tarde muy agradable. La pequeña Marianne nos hizo reír a todos, ya es toda una señorita a sus veintiún años. La abuela nos contó que la ayuda mucho en casa.
Con Felix hemos tenido tiempo para mirar la colección de sellos. Me ha estado comentando las últimas piezas que había comprado y me pidió que, por favor, Kurt, compres todos los sellos conmemorativos de la Exposición Universal y que si puedes nos envíes algunas hojas.

En Lehmann tenemos pedidos asegurados ya hasta final de año y pasaremos producciones importantes para hacer en Barcelona, o sea que tendrás que estar muy pendiente con estos nuevos pedidos. Estoy muy atareado: al trabajo de la empresa se suman mis obligaciones como cónsul. Pronto tendré que pensar en el próximo viaje a Cuba, quizá en septiembre.

Dorel, cuéntame cosas. ¿Qué tal te va? ¿Estás contenta? ¿Te arreglas bien con la cocina? Y tú, Kurt, acuérdate del tema de los sellos.

Vuestra madre está bien. Ya sabéis que siempre está ocupada con las cosas de la casa. Hoy os voy a dejar porque le he prometido que iríamos al teatro y tengo que arreglarme. Dice que os manda un beso muy fuerte. Ya sabéis que esto de la escritura me lo deja a mí.

Vuestro padre,

Max

Los primeros años de Kurt y Dorel en Barcelona transcurrieron plácidamente. Kurt viajaba por toda España a causa de su puesto como comercial de Lehmann y Dorel trabajaba con ahínco en una empresa de producción cinematográfica que pretendía exportar las producciones españolas al extranjero, un trabajo que la llenaba y que ocupaba gran parte de su jornada. Iniciaban una nueva vida, como el resto de los alemanes que, al igual que ellos, habían llegado a la ciudad en los últimos años huyendo de la ideología política de los nazis. Llegaban con la ilusión de un cambio, de empezar, y tenían aún el corazón lleno de esperanza. En sus ratos libres asistían a tertulias con los amigos buscando ahí, en esos pequeños huecos de ocio, paliar sus desconsuelos con otros que necesitaban lo mismo. Entre los amigos de Kurt se encontraba Max Aub, quien luego se convertiría en un escritor reconocido y con quien Kurt compartía oficio por aquellos tiempos. Aub vivía en Valencia y ambos eran viajantes de comercio por España trabajando en las empresas de sus respectivos padres. Muchas veces me he preguntado si la situación de Alemania fue el tema principal en alguna de sus conversaciones. Quizá comentaron lo que estaba sufriendo la comunidad judía y sobre todo lo que debían de estar pasando sus familias. La correspondencia con sus amigos de Alemania era constante. Chicos y chicas que, como ellos, habían huido de su país natal y que se encontraban dispersos por todo el mundo: Inglaterra, Francia, Bélgica, Estados Unidos... Con ellos, comentan la situación política de Alemania y la presión que sufre la comunidad judía y comparten el sentimiento de añoranza que los acompaña. La correspondencia con tío Felix, de Stuttgart, y tío Henry, desde París, también los acercaba a su país y a sus orígenes.

Kurt y Dorel no estaban solos, pues tenían a los amigos, a su familia y a sus padres, que todavía podían visitarlos con frecuencia y que en más de una ocasión los habían acompañado en sus excursiones para conocer Cataluña y España. Max y Rosa, aunque confiaban plenamente en sus hijos, no podían evitar sentir preocupación por ellos y siempre que podían se escapaban unos días a Barcelona y disfrutaban del sol en familia.

El tiempo fue pasando y tía Dorel fue creciendo. Cinco años después de su llegada a Barcelona, en 1934, se había convertido en una mujer alegre, extrovertida y siempre rodeada de amigos. Estaba exultante, acababa de obtener el permiso de conducir y tenía unas ansias enormes de comerse el mundo. El optimismo era un rasgo de su carácter y también una forma de tapar la soledad, la lejanía de los suyos y de su ambiente. Lo cierto es que dicha actitud la mantuvo viva y entusiasta hasta en los días menos esperanzadores.

Entre las muchas cartas que recibía de sus amigos de Nuremberg, sobresale la de Franz Bing, en la que manifiesta la ironía con la que contempla la situación política de su país.

A sus veintisiete años Kurt seguía soltero, pero su hermana sabía que la soledad no era una buena compañera. Fue por eso por lo que poco a poco empezó a elaborar en su cabeza la idea de hacer coincidir a Kurt con alguien que, según ella, cumpliera con sus expectativas. Indagó minuciosamente en el círculo de amigos hasta que halló una candidata recién llegada de Friburgo, una ciudad universitaria de la Selva Negra. Tenía veintidós años, como ella, y venía huyendo de la misma locura. Compartían creencias y heridas y tenían la misma sentencia marcada en la frente. Se llamaba Rosl.

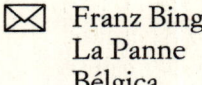 Franz Bing
La Panne
Bélgica

La Panne, 23 de mayo de 1934

Dorel Sontheimer
Balmes, 47
Barcelona

Querida Dorel:
¿Has podido reconducir tu vida para poder lograr tu bienestar? Espero que ya te hayas integrado y aclimatado en Barcelona. Yo estoy aquí, en la costa bel-

ga, pasando mis vacaciones. Estoy practicando *char à la voile*. No sé si sabes lo que es. Las circunstancias en nuestro paradisíaco país, sobre todo en nuestra región de Franconia, cada vez son más sugerentes y mi opinión es que el régimen va a producir graves errores, aunque hay que reconocerles que tienen un gran liderazgo y que saben arrastrar a las masas. Sus ideas sobre la economía, sin embargo, son de una densidad sorprendente.

A Trise le va todo bien; lo suficientemente bien como para no haber tomado la resolución de abandonar el país para siempre. Quizá sea mirar a corto plazo, pero no podemos predecir el futuro, solo podemos pensar con un plazo de ocho días. Mi cueva se la he dejado a la *troupe* y, aunque parezca mentira, como un milagro de la naturaleza, de momento todavía no está en manos arias. A los otros les va relativamente bien. Gerda se ha ido a Berlín, juega mucho al *bridge* y está preocupada por su hermana, que se ha enamorado de un tal Peter que no le gusta nada. Lis está en Londres. No se deja ver nunca en Nuremberg y, al igual que yo, iremos lo menos posible. Estoy pensando en establecerme en Bélgica, Francia o en alguno de los países del Rin.

¿Juegas aún al tenis? Desde que estuvimos en Kandern (aquel lugar maravilloso de Suiza, ¿recuerdas?), ¿has vuelto a jugar? Yo aquí juego mucho. Últimamente en Nuremberg jugaba en casa de los Richter.

¿Cómo se vive, se ama y se ríe en el mundo de Barcelona?

Si vienes a visitar a tu tío a París, escríbeme. Te invitaré a pasar una semana en Biarritz. Le pediré al Reich las divisas que necesito = UTOPÍA.

Para terminar te voy a dar los siguientes consejos: quema esta carta tan pronto la hayas leído.

En tu respuesta, que espero este año, no des tu opinión. No escribas nada de política, escribe de naturaleza, de negocios o de amor, que eso aún no está censurado. Ya sabes lo que quiero decir. Te volveré a escribir, pero bajo ningún concepto desde Alemania. Muchos recuerdos a tu hermano.

Tu Franz

En 1930 Rosl trabajaba en la cancillería como ayudante del abogado Wolf. Cuando este fue destituido por su condición de judío, en 1933, Rosl se quedó sin trabajo. Hitler había sido nombrado canciller en enero de ese mismo año y en primavera el Partido Nacionalsocialista llevó a cabo el boicot contra negocios judíos. El acoso de los nazis era ya muy intenso. Viendo cómo se desarrollaban los acontecimientos, Rosl, junto con sus padres, decidió marchar fuera de aquel país. Eligieron España. Hoy les doy las gracias por esa elección.

Organización del boicot antijudío del 1.º de abril de 1933
Instrucción de la conducción del Partido Nacionalsocialista

¡Una orden a todo el partido!
La siguiente orden está dirigida a todas las oficinas y organizaciones del partido.

Punto 1
Comités de Acción para el boicot contra los judíos
Se constituirán inmediatamente, en cada rama local y sección organizadora del NSDAP (Partido Nacionalsocialista Obrero Alemán), comités de acción encargados de la ejecución práctica y sistemática del boicot a las tiendas, productos, médicos y abogados judíos.
Los comités de acción tendrán la responsabilidad de cerciorarse de que el boicot afecte con dureza a los culpables sin perjudicar a las personas inocentes.

El día en que Kurt y Rosl se conocieron Dorel supo que había acertado, porque casi pudo tocar el sentimiento que como un hilo de algodón brotó del pecho de la joven y lo unió al corazón de su hermano. Era verano. Kurt y Dorel acababan de llegar de Florencia, donde habían celebrado el octogésimo cumpleaños de su abuela Sophie, y todavía guardaban dentro la emoción del reencuentro familiar. Fue la última reunión con la familia Sontheimer al completo. Solo faltaron la prima Edith y su marido, Fritz. El pequeño Reuven, su hijo, tenía pocos meses y decidieron quedarse en Tel Aviv.

Para celebrar su retorno a Barcelona, Kurt y Dorel habían preparado una comida al aire libre en la playa de San Pol de Mar con algunos de sus amigos. Era justo el 30 de junio de 1934. Lo sé porque conservo una fotografía donde aparecen: él, sonriente, pasa el brazo izquierdo por la cintura de Rosl. Ya en ese gesto, en la mano oculta de Kurt, en la forma en que acerca su cuerpo junto al de ella, se nota una intención, una esperanza, una fascinación. Y en el de ella también, en la forma de posar a su lado, en esa tímida actitud, pero, sobre todo, en la sonrisa.

 Henry Sontheimer
Blvr. Malesherbes, 24
París

París, 28 de octubre de 1934

Kurt y Dorel Sontheimer
Balmes, 47
Barcelona

Querido Kurt:
Desde este verano, cuando nos vimos en Florencia, sé pocas cosas de tus padres. Fue un encuentro en-

trañable y vuestra abuela estuvo encantada de haber
podido celebrar sus ochenta años rodeada todavía de
la familia. El ramo de flores, la comida y especialmente
vuestra compañía; todo fue realmente fantástico.
Tuve ocasión de hablar con tu padre de la situación
de Alemania. No me gusta nada el cariz que está
tomando este partido. Tu padre en este aspecto es
mucho más confiado que yo. Pero ya ves, tía Ella ha
tomado la decisión correcta y le decía exactamente lo mismo que yo a tu padre. Incluso le insistió
para que se fueran a Tel Aviv con ella. Pero él está
convencido de que la situación será pasajera y entiendo que esté preocupado por el negocio y que no
lo quiera abandonar. No son tiempos buenos. La
crisis es internacional y a nosotros también nos está
afectando. Habrá que seguir de cerca los próximos
acontecimientos.

Kurt, acuérdate de los sellos. Yo te mando algunos.
Yo mismo me envié desde Florencia algunas postales
para conseguir los sellos de franqueo. Si quieres alguno, dímelo. Dile a esta nueva amiga tuya, ¿Rosl?,
que no hay inconveniente en que ella también envíe
sus cartas para Alemania a través de París. Estaré
encantado de ayudarla en lo que pueda.

Me haría ilusión veros en París. Ya sabéis que tanto
vuestra tía como yo estaríamos muy contentos de
recibir una visita y vuestros primos, por supuesto,
también.

Por hoy nada más.

Un beso muy fuerte de vuestro

Tío Henry

Desconozco quién fue el autor de la fotografía, pero
estoy segura de que por su cabeza jamás pasó la idea de
que quizá, mientras él apretaba el botón de su máquina
fotográfica lejos de ahí, en Berlín, un lugarteniente de

Hitler se preparaba para apretar el gatillo y matar a alguno de los opositores al régimen que Hitler ordenó eliminar durante la noche de los cuchillos largos. Dos disparos que incidirían hondamente en la vida de mis padres. Ambos para perpetuar su historia. Uno, luminoso. El otro, oscuro.

Después de aquel encuentro en San Pol, Kurt y Rosl decidieron conocerse. Daban largos paseos por las calles de Barcelona, aquella Barcelona de 1935, convulsa, difícil, republicana y aún laica. Tenían tiempo suficiente para comentar la situación que ellos particularmente, y sus extensas familias, estaban viviendo. En Friburgo muchos vecinos comenzaron a negar el saludo a los padres de mi madre. A Julius, el hermano pequeño de Rosl, con solo trece años, le tocó soportar la humillación. Sé que mi madre nunca dejó de añorarlo. Años más tarde, cuando me percaté de la relación que existía entre ellos, me llamó la atención la actitud protectora de mi madre hacia su hermano pequeño, su único hermano.

Así fue transcurriendo aquel verano y el sentimiento que unió los corazones de mis padres el día en que se conocieron, aquel hilo de algodón, se fue convirtiendo poco a poco en una sólida madeja.

En sus paseos conocieron el bar Heidelberg, muy próximo a la universidad, cerca de donde vivía Kurt y cerca de donde trabajaba Rosl. Acababa de abrir. En pocos días terminó siendo su sitio de encuentro. Quizá debido al estilo bávaro con el que estaba decorado o tal vez por las especialidades alemanas que servían: *kartoffelsalat*, salchichas, chucrut y toda gama de cervezas. Así, durante semanas enteras, incluso meses, Kurt llegaba cada día al bar hacia las siete de la tarde, saludaba con afecto a Ramón, el camarero, y ocupaba la misma mesa esperando a que, pocos minutos más tarde, llegara Rosl. Ramón miraba con cariño a aquella pareja de enamorados.

Muchas veces he imaginado sus encuentros y las conversaciones en las que debían aflorar sus sentimientos. Incluso recuerdo vagamente cómo en alguna ocasión mi madre, seguramente en un descuido, se atrevió por un momento a mostrarme alguna pista de su pasado. Pero solo un momento, porque inmediatamente después cerró las puertas de la confesión y desvió el tema a otros horizontes.

✉ Dorel Sontheimer
Balmes, 47
Barcelona

Barcelona, 7 de marzo de 1935

Max y Rosa Sontheimer
Rankestrasse, 13
Nuremberg

Queridos padres:
Unas líneas muy rápidas para daros la noticia. ¡Ya tengo el carnet de conducir! Este fin de semana aprovecharemos para hacer la excursión al Montseny. Queremos volver a Les Agudes, donde fuimos el año pasado con vosotros. ¿Lo recordáis? Os prometí que la próxima vez conduciría yo y *voilà*!

¿Tenéis ya confirmados los billetes para Praga? Estoy ansiosa por ir a casa y volver a probar uno de tus pasteles, mamá. ¿Habéis avisado a tía Martha de que yo os acompañaré? ¡Me muero por ver a los primos!

Tengo muchas ganas también de que me pongáis al corriente de la situación en Alemania. Lo que explica

tío Henry nos tiene muy preocupados. Ya sabéis que
estaríamos encantados de teneros aquí, en Barcelona,
permanentemente. A Rosl también le haría mucha
ilusión contar con alguien más de la familia: ella se
siente (aún) más sola que nosotros.
  Nada más, espero que pase pronto este mes que
queda para que nos volvamos a ver.
  ¡Un fuerte abrazo!

Vuestra Dorel

Kurt se enamoró de la sensatez de Rosl, que combina-
ba tan bien con el brillo de sus ojos grises, su porte, su
elegancia y su energía. Rosl, por su parte, no pudo hacer
más que enamorarse ante las muestras de templanza,
inteligencia y serenidad de Kurt y ante la bondad que
transmitían aquellos ojos color miel. Así, entre aquellos bancos de decoración bávara y aquellas cortinas y
cojines de estampado tirolés, Kurt y Rosl comenzaron
a construir su relación, apuntalada en pocas alegrías y
muchas incertezas.

En otoño de 1935, supongo que debido al ambiente
reflexivo al que invitan las hojas caídas y los cielos grises,
esta le propuso a Kurt comunicar a sus respectivas familias sus intenciones de boda. Quería que se conocieran y
quizá que pudieran pasar juntos las próximas vacaciones
de fin de año.

Pero él conocía a través de la prensa la situación que se
estaba viviendo en Alemania y sabía que aquello, sumado
a la inestabilidad política de España, provocaba que el
deseo de Rosl fuera imposible de llevar a cabo. Y, si no
imposible, sí muy complicado.

Mientras tanto, en Nuremberg, mi abuelo Max intentaba salir adelante con su empresa de porcelanas, Lehmann & Co.[1], y su otra empresa de juguetes, Maienthau & Wolff. En aquellos años, la situación política y económica de Alemania no era fácil y el ambiente se hacía irrespirable. En 1933 los nazis llevaron a cabo el primer boicot contra los negocios judíos. Los portavoces nazis manifestaron que era un acto de venganza contra los judíos alemanes y los extranjeros, incluidos periodistas ingleses y estadounidenses que habían criticado al régimen.

Este día marcó el comienzo de una campaña nacional del partido nazi contra toda la población judía.

Max y Rosa, los padres de Kurt, comenzaban a sufrir, pues, el insulto, la discriminación, el rechazo y la intolerancia por parte de la población. Vivían en la Rankestrasse, muy cerca del Campo Zeppelin, donde los nazis celebraban sus congresos y desfiles. Cuando años más tarde visité la casa de Nuremberg, pensé que quizá mis abuelos podían oír desde su casa a las masas aplaudiendo y vitoreando al Führer. El ambiente en Alemania era cada vez más angustioso.

[1] Lehmann era una fábrica de porcelanas fundada por M. Lehmann, casado con Ella, la hermana de mi abuelo Max. En la Primera Guerra Mundial, en 1914, el hijo de dieciocho años del matrimonio Lehmann murió como soldado defendiendo a Alemania. Mi abuelo, que se había incorporado a la empresa hacía muchos años, se convirtió en el apoyo más importante para su hermana y su cuñado. Al morir M. Lehmann en 1923, mi abuelo tomó las riendas del negocio. Fueron años de expansión comercial, sobre todo exportando a países de habla hispana y portuguesa. Actualmente, la fábrica Lehmann se puede visitar en el Espacio Industrial de la calle Consell de Cent, 159, de Barcelona.

Primer reglamento de
la ley de ciudadanía del Reich

14 de noviembre de 1935

[...]

4

1) Un judío no puede ser ciudadano del Reich. No tiene ningún derecho a voto en los asuntos políticos; no puede ocupar un cargo público.

2) Los funcionarios judíos quedarán jubilados el 31 de diciembre de 1935.

Según las nuevas leyes decretadas en Nuremberg, mi abuelo Max debía abandonar su cargo de cónsul antes de acabar el año. Había sido nombrado cónsul de Cuba en Nuremberg en 1926 y, nueve años más tarde por su condición de judío, el partido nazi lo destituyó. El 31 de diciembre de 1935 Max estaba sentado a la mesa del despacho de lo que hasta aquel momento había sido el Consulado de Cuba en Alemania. A pesar de las circunstancias, por su alto sentido del deber y de la rectitud, quiso escribir su última carta como cónsul. Le pidió a su secretaria, Rosa Fleischmann, que tomara asiento, ya que le iba a dictar la carta dirigida a las autoridades cubanas con su dimisión forzada debido a las exigencias de las nuevas legislaciones. Daba la dirección del nuevo consulado, les rogaba que le remitieran todo lo pendiente hasta el 31 de diciembre de 1935 para transmitirlo según su cometido al nuevo cónsul. Su formalidad y profesionalidad estuvieron por encima de la humillación que tuvo que sufrir. Aquella misma noche fueron cesados, por el mero hecho de ser judíos, todos los jueces, abogados, fiscales, médicos y otros profesionales y funcionarios que formaban parte del Estado alemán.

Consulado de la República de Cuba

Nuremberg, 31 de diciembre de 1935

Por la presente,

Pongo en conocimiento que, debido a órdenes de mi Gobierno en La Habana, la agencia consular de Cuba se clausura el 31 de diciembre de 1935 y mi jurisdicción, que se circunscribía a Baviera, pasa a formar parte del Consulado General de Cuba en Hamburgo.

A partir del 1 de enero de 1936 deben resolverse diferentes certificaciones en Hamburgo y ruego entreguen las facturas del Consulado, los conocimientos, etc.

La dirección del Consulado General de Cuba en Hamburgo es:

Moenckebergstrasse, Barkhof, 2

Con todo respeto,

Max Sontheimer
Cónsul de Cuba

Así fue como las leyes de Nuremberg hicieron diana en nuestra historia familiar. Los hombres brillantes de la familia fueron destituidos de un plumazo.

Max, de su función de cónsul, un título que para él significaba mucho más que el nombramiento diplomático. Era un reconocimiento a su labor empresarial: mi abuelo era un hombre querido en Alemania y querido en Cuba, donde se distinguió por su saber hacer, por su educación, por sus formas, por su amabilidad y por su humanidad. Zas, de un plumazo, destituido por ser un buen alemán, pero de identidad judía.

A tío Felix le ocurrió lo mismo. Su interés en el mundo de las finanzas lo llevó a empezar a trabajar en la filial del Deutschebank en Stuttgart. Gracias a su inteligencia, su don de gentes, su sentido del humor y su capacidad para gestionar recursos humanos, fue reconocido con el cargo de director de banco. Zas, de un plumazo, destituido por ser un buen alemán, pero de religión judía.

La fecha de la boda se fijó para finales de 1936 y, ya que ni Kurt ni Rosl podían visitar a sus respectivas familias, los padres de Kurt viajaron desde Nuremberg hasta Friburgo para conocer a la familia de Rosl. Entre ellos se creó una amistad y una relación de ayuda mutua. Como muchos otros, mis abuelos, ante una situación tan irreal como la que estaban viviendo, todavía pensaban que se trataba de algo pasajero y que todo volvería a la normalidad. De momento, habían puesto a salvo a sus hijos, pero empezaban a intuir que quizá ellos también deberían acabar saliendo de aquella ratonera en que se estaba convirtiendo su país.

Los hermanos de mi abuelo paterno, Max, habían tomado la decisión años atrás: Henry vivía en París y Ella en Tel Aviv. Mi bisabuelo Gustav decidió en 1854 irse a Estados Unidos. Marchó de Alemania muy joven, llegó al nuevo continente para hacer fortuna y la hizo. Vivió allí durante quince años, hasta que volvió a Alemania para casarse con Sophie Sternfeld, diecinueve años más joven que él. Se establecieron en Múnich, donde tuvieron cinco hijos: Ella, Marie, Max, Henry y Alice. Marie murió a una temprana edad y Alice murió pocos meses después del parto de su hija, Marianne. De los tres hermanos que quedaban con vida, Ella, Max y Henry, este último había sido el único que había optado por la nacionalidad norteamericana al cumplir su mayoría de edad. Al morir Gustav, Sophie era todavía joven y consiguió educar y formar a sus hijos al más alto nivel. Su inteligencia la hizo ver a tiempo que tenía que vender las posesiones que tenía en Alemania, y nombró a Henry administrador de la fortuna familiar para afrontar aquellos tiempos que ella presagiaba que serían muy duros. Henry, después de trabajar y casarse en América, regresó al continente para ejercer desde París el cargo de director general para Europa de la empresa de pinturas americana donde trabajaba. Ella, por su parte, al quedarse viuda en 1933 y acceder Hitler al poder, decidió que aquella Europa no era la suya y junto con su hija Edith, ya casada, se fueron a la tierra de Palestina, bajo mandato británico. Mientras las circunstancias políticas lo permitieron, la familia siguió en contacto y se vieron con frecuencia, y más adelante el cruce de cartas entre ellos fue constante, intentando seguir y controlar la situación dentro de sus posibilidades. Sophie murió en 1936, cuando Hitler llevaba ya tres años en el poder.

En 1936 la situación en España continuaba complicándose. En los encuentros de las tardes en el Heidelberg, a los que a veces se unía Dorel, las dudas sobre el futuro del país estaban siempre presentes: «¿Qué pasará? ¿Qué debemos hacer? ¿Cuál será nuestro futuro aquí?». Temían que las derechas en España continuaran su ascenso.

Dorel era siempre la más crítica, la menos conformista. Dada la situación que se vivía en Barcelona, comentaba a Kurt y Rosl que si las cosas empeoraban ella se marcharía a Palestina con su tía Ella y su prima. Kurt y Rosl intentaban disuadirla, convencerla de que aquello no sucedería, pero tampoco ellos estaban convencidos de lo que argumentaban: la situación se endurecía en todas partes, y en España mucho más.

La bondad de la primavera contrastaba con el desorden político que tanto en la calle como en las instituciones se vivía. Enfrentamientos violentos hacían imposible la convivencia. La inestabilidad crecía y dejaba entrever la tormenta que iba a caer. En mayo Max y Rosa consiguieron realizar la última visita a España antes de que se cerrasen las fronteras españolas a causa de la Guerra Civil y conocieron a la que siete meses más tarde se convertiría en su nuera, aunque ellos ya no podrían salir de Alemania para asistir a la boda. Seguramente Max habló con su hijo sobre los problemas que estaban teniendo en Nuremberg. No solo sobre las dificultades económicas, sino sobre lo doloroso que era ver la actitud de las personas. De aquellos que creían que eran sus amigos y que repentinamente los rechazaban, de aquellos que creían demócratas y que comenzaban a adherirse al nacionalsocialismo. Él continuaba creyendo que aquella locura tendría un fin próximo.

Una tarde del mes de julio, Kurt y Rosl se encontraban en el Heidelberg comentando los últimos sucesos políticos. Pocos días antes, la Falange había matado al militar Castillo y, posteriormente, en revancha, los anarquistas

mataron a Calvo Sotelo. Aquello precipitó los acontecimientos. De pronto, el ambiente en el Heidelberg fue
cambiando, se hizo tenso; la gente gesticulaba nerviosa-
mente, no hablaban, susurraban, y eso los obligó a prestar
atención a la radio, en la que se escuchaba la noticia: «El
levantamiento ha tenido lugar en Melilla... [...] dirigido
por el general Franco».

La noticia les heló la sangre. Kurt fue a la barra, contra-
riado, para preguntar a Ramón si tenía más información.
Pero la voz de la radio los interrumpió confirmando
el levantamiento. Inmediatamente, como movidos por
una fuerza oculta o por un temor remoto pero nítido,
la gente se levantó de sus asientos y buscó la puerta de
salida. Ramón anunció a todo el mundo que cerraba y
Kurt entendió que algo grave se avecinaba. Tomó el brazo
de Rosl y salieron temerosos rumbo a casa en busca de
Dorel. Necesitaban estar juntos. Saberse a salvo. Mirarse
a los ojos. Darse palabras de aliento.

Kurt sabía desde hacía semanas que el levantamiento era
inminente; intuía que los militares contaban con el apoyo
alemán. Sabía también que, si sus sospechas llegaban a
confirmarse, no debían permanecer en el país. Rosl se
asía a su brazo con fuerza. Las ideas se le venían encima
sin decoro; las calles flanqueadas por edificios le causa-
ban terror. Sabía que no podían volver a Alemania. La
tensión de los últimos días en España, la situación en casa
de sus padres y de sus futuros suegros, Dorel criticando
continuamente la realidad que los rodeaba en un país
que no era el suyo. En ese momento Rosl fue consciente
de todo lo que echaba de menos: su madre, su padre, su
hermano, sus amigos, sus costumbres, sus comidas, sus
aficiones. Todo. No entendía qué hacía en España. Por
suerte, había conocido y se había enamorado de Kurt,

pero también encontraba raro eso. ¿Por qué aquí? ¿Por qué no en Alemania? Toda esa relación le habría gustado vivirla en su hogar, con su madre preparando el ajuar, con sus amigos, con sus futuros suegros. ¿Por qué? ¿Qué habían hecho para estar en aquella situación?

Kurt, por su parte, también tenía ganas de regresar a Nuremberg, pero al Nuremberg que él conocía, que no tenía nada que ver con el de aquel momento. Donde había dejado la universidad, los amigos, la familia.

Al llegar a casa de Kurt, encontraron a Dorel, que también había oído la noticia. Se derrumbaron en el sofá sintiendo el enorme peso del destino sobre sus hombros. Quizá lo más sensato sería adelantar la boda: Kurt ya era ciudadano español y, al casarse, Rosl conseguiría también la nacionalidad. Se sintieron solos. Juntos pero solos, aplastados por la incertidumbre, ajenos, una vez más perseguidos. Kurt miró el calendario: era el 18 de julio de 1936. No olvidaría nunca aquel día.

En noviembre, con las fronteras aún abiertas, Dorel se marchó. Dorel, la querida Dorel, huyó con su sonrisa llena de vida ansiando encontrar su lugar en otra parte. Un golpe duro para la pareja, otra separación forzosa. Justo un año antes, en verano de 1935, Dorel había ido a Praga a ver a la familia. Allí se reencontró con sus padres. Adoraba Praga, tierra de su madre. Quería con locura a sus tías, sobre todo a tía Martha y a sus hijos, Hans y Mariedl. Los veranos de su infancia habían dejado huellas imborrables en ella. Un año antes Praga y ahora Tel Aviv, su destino definitivo. En aquel momento no sabía que ese horizonte estaría tan cerca.

Tenía la idea de comenzar una nueva vida lejos del rencor, lejos de la codicia. Lejos del fascismo. Así que, aprovechando el cierre forzoso de la empresa cinematográfica donde trabajaba y con la carta de recomendación bajo el brazo, que no sabía para qué le iba a servir, con un sentimiento de intranquilidad y al mismo tiempo esperanza en el futuro, con solo veinticuatro años, emprendió el viaje. Su tía Ella y su prima Edith la esperaban, y Dorel imaginaba que el futuro allá, en Palestina, sería diáfano, sin el odio que aquí lo ensuciaba todo.

✉ Dorel Sontheimer
Ramoth Hashavim
Palestina

Ramoth Hashavim, 26 de noviembre de 1936

Max y Rosa Sontheimer
Rankestrasse, 13
Nuremberg

Queridos:
Como veis, estoy ya en Ramoth Hashavim. Como no puedo escribir individualmente a cada uno, te ruego que envíes esta carta a Heinrich y Liese. El viaje fue bien. En el barco teníamos una cabina con unas literas muy pequeñas, así que solicitamos que nos cambiaran de camarote y nos dieron uno de cuatro camas para nosotras solas. Hemos conocido a la señora Lowenzart y hemos compartido con ella el viaje. Viene de Berlín con su esposo y quieren construirse una casa en Palestina. Al llegar encontramos a toda la familia Steinhardt esperándonos. ¡El pequeño Ruben es una monada y Rachel se ha convertido ya en una mujercita! Les hizo mucha ilusión vernos. Como no encontrábamos la máquina de

escribir de tía Ella, nos retrasamos un poco. Primero fuimos hasta Tel Aviv para que tía Ella pudiera dejar su equipaje en el Hotel Metropol. Después, al llegar a Ramoth Hashavim, fuimos a mi hotel. Tengo una habitación muy bonita y es tan grande que tía Ella puede dormir conmigo. Ella ha alquilado un apartamento en Tel Aviv y cuando vaya allí podremos vivir juntas. De momento podéis escribirme aquí, al Hotel Brandeis. Enviadme, por favor, una botella de camomila: tengo el estómago un poco revuelto. Me parece que no he olvidado nada. Os escribiré todo aquello que pueda interesaros. Muchos besos y abrazos a la abuela Sophie. Dile a Heinrich que envíe, por favor, esta carta a Kurt y Rosl.

Un beso muy grande,

Dorel

Kurt y Rosl se volcaron entonces en la preparación de su boda y, a pesar de lo difícil de la situación, eran felices. Temían que la sombra negra de Hitler rasgara sus vidas, pero tenían fe, esperanza, confianza, ganas de construir un proyecto en común. Es cierto que no imaginaban la magnitud del mal que los perseguía; nadie podía imaginarlo entonces; nadie podría hacerlo incluso hoy. Era necesario poseer un pensamiento muy escabroso para poder vislumbrar una barbarie de tal magnitud. Así que se dejaron llevar por el entusiasmo de unir sus vidas preparando invitaciones y pensando en el banquete.

Buscaban un nuevo hogar. Necesitaban un espacio propio y, cuando uno de sus mejores amigos comentó que había un piso muy cerca de donde ellos vivían, se decidieron. La dirección: Muntaner, 476. Una finca regia. Trasladarían los muebles que habían traído de

53

Alemania. El piso era pequeño, pero muy luminoso. La luz que necesitaban para aplacar las sombras de su alma. Pero, a pesar de la proximidad de la boda y de la ilusión del nuevo piso, en el pecho de Rosl, al lado del hilo de algodón que había sembrado Kurt, se instaló una tristeza que hacía que viera a los suyos en los demás. Todo la llevaba a su casa, a su infancia, a su tierra. El sombrero de algún transeúnte, la comida del Heidelberg, el olor de las calles. Todo la llevaba a su hogar. Lo añoraba todo. Su hermano Julius volvía a su cabeza una y otra vez. Su madre albergaba la esperanza de poder enviarlo a Estados Unidos para alejarlo de aquel aire irrespirable. Y el solo hecho de imaginarlo a él también fuera de la casa materna acrecentaba todavía más su soledad. Sin embargo, superaba esos momentos de angustioso ensimismamiento a fuerza de ilusión; siempre había pensado cómo sería su boda: había soñado con su vestido, la ceremonia, las flores, el menú…, pero la realidad poco se parecía a sus sueños. Además, estaba sola: Dorel había huido y su madre no podía visitarla. Toda esa unión que se teje entre una madre y una hija al preparar una boda le era negada.

Kurt, haciendo un esfuerzo por suplir aquellas cosas que no se pueden suplir, la animaba con alguna flor de vez en cuando, con algún recuerdo grato de su origen, con algún rato de ocio. Fijaron la fecha de la boda: 31 de diciembre. «Año nuevo, vida nueva», comentaban entre ellos con la ilusión en el fondo del corazón. Así que enviaron las invitaciones de boda a Alemania para que fuese la madre de Rosl la encargada de repartirlas. Lo mismo hicieron con la familia de Nuremberg y de Praga. Los padres de Rosl organizaron una reunión con los padres de Kurt para las siguientes navidades.

Aunque sabían que sus padres difícilmente podrían acompañarlos el día del enlace, Kurt y Rosl estaban llenos de esperanza. Les costaba un gran esfuerzo imaginarse sin sus familias en un día tan especial. Y esta esperanza los sostenía. Deseaban disipar las nieblas que existían. Quizá pasaba por su cabeza o por su corazón que la historia daría un giro inesperado y esta ilusión, este sueño, los mantenía vivos.

 Lina Heilbruner
Moltkstrasse, 40
Friburgo

Friburgo, 22 de diciembre de 1936

Kurt y Rosl Sontheimer
Muntaner, 476
Barcelona

Queridos Kurt y Rosl:
¡Muchísimas felicidades! ¡Qué ilusión y qué tristeza! No he podido evitar las lágrimas pensando en vosotros. Tengo tantas ganas de veros. Fue para mí una gran ilusión poder estar con tus padres aquí, Kurt. Fue un encuentro entrañable. No hemos podido montar una gran fiesta, pero les preparé unos pasteles que pudimos servir con tés o cafés.
Rosl, te estoy preparando lo que puedo del ajuar. Como había muchas sábanas en casa, estoy bordando vuestras iniciales y creo que podré tener dos juegos. Con las mantelerías haré lo mismo. Tengo tres juegos guardados. Las bordaré con hilo blanco, que te quedará bien con todo y es del que tengo más. Ojalá te las pudiéramos llevar nosotros o vosotros pudierais venir a buscarlas aquí.
Julius está emocionadísimo con vuestra boda y

solo habla de las ganas que tiene de ir a España a conocerte, Kurt.

Yo hoy solo quiero desearos felicidad y mucho amor.

Vuestra madre,

Lina

Vuestro padre quiere escribiros unas líneas.

Queridos hijos:
Os deseo mucha felicidad.
Mucha templanza y fortaleza en estos difíciles días.
Trabajad duro y que Dios os dé mucha salud.
Espero veros pronto.
Vuestro padre,

Eduard

Pero llegó la fecha y nada había cambiado. Aquel 31 de diciembre fue un día luminoso. El sol invernal planeaba tibio sobre una Barcelona aún republicana e iluminaba los rostros de Kurt y Rosl.

Sin embargo, en el horizonte se atisbaba un grupo de nubes negras y estas nubes, desde su lejanía, fueron penetrando por sus ojos hasta ocupar sus mentes generando pensamientos idénticos: no solo los unía el amor, sino la adversidad. Cogidos de la mano, entraron en el Registro Civil. Rosl llevaba un ramo de flores blancas. Ella, esbelta, con un abrigo que cubría su vestido negro entallado, caminando pensativa al lado de a quien elegía como compañero de vida: Kurt. Él, con el sombrero en la mano, traslucía aquella serenidad que hoy por hoy aún se puede percibir en sus fotos.

En el Registro Civil del Juzgado Popular Local número 7, a las 11:45 h de la mañana, el juez encargado, el señor

Enrique Daltabuit Pelayo, en presencia de tres testigos, los unió en matrimonio. No sé quiénes fueron los testigos. No sé qué vínculo los llevó a este juzgado. ¿Quiénes debían de ser?

> Bendito eres tú, Adonay, Nuestro Dios, Rey del Universo, quien ha creado el gozo y la celebración, del novio y la novia, regocijo y júbilo, placer y deleite, amor y hermandad, paz y amistad. Permita ser escuchado pronto, Adonay, Nuestro Dios, en las ciudades de Judea y en las calles de Jerusalén, el sonido del gozo y el grito de celebración, la voz del novio y la voz de la novia, el grito feliz de los desposados en sus bodas y los jóvenes muchachos desde sus banquetes.

Después de la lectura, Kurt y Rosl se miraron, poniendo en evidencia sus secretos. Nunca habían tenido la sensación de estar al mismo tiempo tan solos y tan unidos. Se besaron no solo con amor, sino con solidaridad, con la certeza de estar atados al mismo destino. Fue una ceremonia íntima, sencilla. Con luces y con sombras. Alegre y triste.

El brindis tuvo lugar en el Heidelberg al caer la noche. Allí los esperaba Ramón con su calidez y su sonrisa. Ramón los quería, los había observado con detenimiento, los comprendía porque había llegado a Barcelona procedente de un pueblo de Andalucía y conocía lo difícil que había sido superar la separación de los suyos. Así que sabía lo especial que era aquel día para ellos y se esmeró para que no les faltara nada. Kurt y Rosl sabían también lo difícil que le había sido a Ramón, teniendo en cuenta las penurias de la Guerra Civil, obtener las serpentinas, los sombreritos de papel y las trompetitas para amenizar la fiesta.

Recibieron regalos, muestras de cariño, de empatía, de cercanía; se sintieron por un momento fuertes, acompañados.

✉ Max Sontheimer
Rankestrasse, 13
Nuremberg

Nuremberg, 31 de diciembre de 1936

Kurt y Rosl Sontheimer
Muntaner, 476
Barcelona

Queridos hijos:
En primer lugar, queremos felicitaros por vuestro enlace. Estamos contentísimos e inmensamente tristes de no poder estar a vuestro lado. Cómo nos habría gustado poder celebrar esta ceremonia con vosotros, vuestros padres y las familias.

Doy gracias a que hemos podido desplazarnos hasta Friburgo, aprovechando los días de Navidad, para estar juntos durante dos días con tus padres, Rosl, y celebrar así vuestro enlace. Julius ha crecido muchísimo desde la última vez que lo vimos.

Me parece que cada vez van a ser más difíciles los desplazamientos. En la estación nos piden los documentos. Yo aún tengo papeles del consulado, aunque ya me han dicho que no puedo utilizarlos más y que tenemos que obedecer los nuevos decretos emitidos, en donde constan nuestros derechos.

Tus padres nos han presentado a toda la familia que han conseguido reunir: tío Aaron, tía Fanny, tía Mathilde y tío Leopold con sus familias.

Desde París, tío Henry y tía Tess me han escrito una carta muy emotiva deseándoos felicidad. Y tía Ella y Dorel desde Palestina, lo mismo. Dorel está muy feliz en Tel Aviv, nos ha dicho que os ha enviado un telegrama y que se alegra mucho de vuestro enlace. Seguro que recibiréis cartas de todos ellos.

Hoy no es día para contaros lo que está ocurriendo aquí, sino desearos toda la felicidad para el futuro. No son tiempos fáciles, pero confiemos en que vuelva a existir una paz y una reconciliación entre las gentes. Vuestra madre quiere escribiros unas líneas.

Queridos Rosl y Kurt:
Me siento muy feliz con vuestra boda: nunca imaginé que mi hijo se casaría en España, lejos de su hogar. Sin embargo, las circunstancias en estos días nos obligan a hacer cosas que nunca habríamos pensado. Fueron dos días preciosos en Friburgo, llenos de cariño, aunque añorando vuestra presencia. Lina nos dio la carta que os enviamos con el mismo sobre para que os la hiciéramos llegar vía París. Nos sentimos muy solos este fin de año. Solo deseo pensar que el próximo podamos estar juntos.
Un beso muy fuerte.
Vuestros padres,

Max y Rosa

Sin duda fue un fin de año especial, con sentimientos encontrados que se pisaban los talones unos a otros: alegría y tristeza, ilusión y temor, unión y soledad, y con una enorme incertidumbre hacia el futuro. La guerra en España era un mal presagio.

El primer año de casados de mis padres no fue un año precisamente tranquilo. En 1937 Alemania saboreaba el triunfo de las Olimpiadas de Berlín y su Gobierno se preparaba para poner en marcha toda su estrategia en medio de una calma aparente. Fue un año de intensa preparación, tanto diplomática como militar. Empezaba la tragedia de Europa. La guerra civil española había dejado las manos libres a Hitler para poder llevar a cabo sus planes.

Aun así, para Kurt y Rosl, a pesar de la guerra iniciada en España, a pesar de las circunstancias en Alemania, a pesar de todo, 1937 fue un año de paz. La aventura de la vida en común había empezado. Y de momento iban capeando juntos los obstáculos que se presentaban. Rosl, ilusionada con su nuevo hogar, apagaba como podía aquella añoranza que tenía de los suyos. Y, cuando esta se acentuaba, bajaba a la calle en busca de flores, un pequeño pastel, cualquier cosa que tapara, aunque fuera superficialmente, aquella tristeza.

El 31 de diciembre de 1937 Kurt y Rosl celebraban su primer aniversario de bodas. Aquella tarde, antes de ir a cenar al Heidelberg con algunos amigos, Rosl encontró sobre su cama una rosa y un sobre con un poema en el que se traslucía esperanza en el futuro: la pesadumbre, la pena, la ira y el dolor habían sido paliados por el amor.

Pero algo habían conseguido ya Hitler y sus secuaces. La familia ya estaba dividida: Kurt y Rosl, en Barcelona; los padres de Rosl, con Julius, en Friburgo; los padres de Kurt, en Nuremberg, y Dorel, en Israel, entonces Palestina.

Hitler empezaba a hacer mella en sus vidas.

Lina Levi y
Eduard Heilbruner,
abuelos maternos
de Dory.

Max Sontheimer
y Rosa Winternitz,
abuelos paternos
de Dory.

Dorel (en el centro) y Kurt (a la derecha) con unos amigos
en la playa de Sitges en 1933.

Kurt y Rosl en San Pol de Mar el día que se conocieron,
30 de junio de 1934.

La familia Sontheimer en Milán, durante el
ochenta cumpleaños de Sophie, en junio de 1934.
Henry y su hija Eleanor, Ella, Tessa y Max (detrás).
Kurt, Sophie (sentada), Dorel y su madre, Rosa (delante).

Dorel conduciendo el coche familiar en 1935.

Kurt y Dorel a su llegada desde Praga
en un vuelo de Lufthansa en 1935.

Boda de Kurt (Conrado) y Rosl (Rosita)
el 31 de diciembre de 1936.

Dorel, Kurt y Rosl en Caldetes, julio de 1936.

Rosl con una amiga en 1940.

Kurt y Rosl en
Llavaneres, en 1940.

Kurt y Rosl visitan el Valle de Arán, agosto de 1941.

Max y Rosa embarcando en Bilbao hacia La Habana
con Kurt y Rosl, 23 de diciembre de 1940.

«Para Rosel y Conrado, en recuerdo del Día de la Victoria en
Europa. Todo mi amor, vuestro Julius», 8 de mayo de 1945.

Dorel en la calle Pražská
de Praga, en 1935.

Mila, esposa de Hans Kral,
con los gemelos Peter y Pavel.
Praga, 1948.

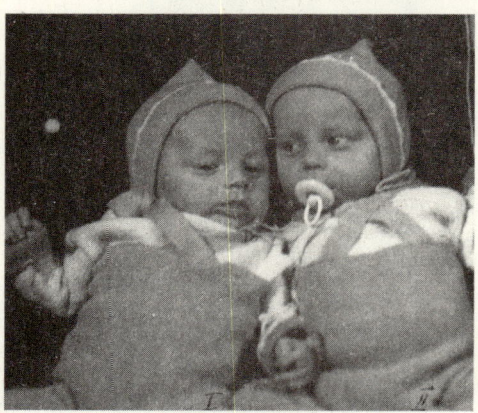

CAJA DOS
1938-1939

A principios de 1938 se hizo evidente que Dorel no había errado en sus predicciones: las derechas no se detenían y aquello que les había parecido una pesadilla se instalaba en sus vidas. En Barcelona el año empezó con una serie de bombardeos importantes: la Guerra Civil se intensificaba. En enero el número de muertos a causa de la guerra en la ciudad creció sorprendentemente.

Pese a todo, la pareja solía ir los miércoles por la noche a cenar al Heidelberg. Y, entre todos aquellos miércoles, hubo uno especial: el 16 de marzo. Durante aquellos días, se comentaba en el Heidelberg la situación de Austria, la farsa del plebiscito, los disturbios y, finalmente, el triunfo de Hitler. Hitler iba avanzando y la anexión de Austria era su primera gran victoria. Aquella noche la llegada de la primavera se podía percibir en el ambiente, pero de pronto el sonido de las sirenas antiaéreas los dejó clavados donde estaban. Kurt y Rosl corrieron al refugio más cercano y, en poco tiempo, el cielo cambió de aspecto. El sonido gutural provocado por unos cazabombarderos italianos de las tropas de Mussolini vibraba sobre la ciudad de Barcelona. El pánico se extendía por la ciudad a medida que aquel sonido ensordecedor se convertía en explosiones de bombas, muy cercanas. La orden de Mussolini era concisa: arrasar Barcelona. El cielo se llenó de esvásticas, que durante tres días ocuparon el horizonte de la ciudad. Un ensayo ideal para las nuevas armas del ejército de Mussolini. El 18 de marzo una de las bombas cayó en la Gran Vía sobre un camión militar lleno de explosivos. El «ensayo» italiano dejó más de mil muertos civiles, entre ellos muchos niños, y más de mil quinientos heridos. El fascismo estaba acercándose a la vida de mis padres. Las estrellas del cielo se convertían en cruces gamadas.

Definitivamente, Hitler y sus aliados se cernían sobre ellos. Kurt quería pensar que alguien los ayudaría. Pero ¿quién? ¿Quién estaría dispuesto a ayudarlos? Entrado ya el verano, los judíos intentaban escapar de Alemania masivamente y delegados de 38 países se reunieron para gestionar tal crisis. Solo uno de los países, la República Dominicana, aceptó acoger a algunas de aquellas personas.

El mundo miraba pero no veía; oía pero no escuchaba. Y, aunque ahora me duela muchísimo admitirlo, el mundo entero dio la espalda al pueblo judío y lo dejó en manos de Hitler.

Rosl estaba aterrorizada: la violencia de la guerra había llegado a su ciudad. Le preocupaba muchísimo que Kurt se alistara. Con nacionalidad española desde 1933, su marido estaba emplazado, aunque de momento lo tenían en la retaguardia. Y Rosl buscaba una rendija por donde poder colar una esperanza que lo mantuviera a su lado; no tenía absolutamente a nadie más. Y la encontró. Sabía en los pocos que podía confiar y no le fallaron. Una amiga, una enfermera de Olot, lo preparó todo. Sabía que los enfermos de tifus tenían que ser internados y quedaban libres de ser llamados a filas. Lo único que tenían que hacer era seguir los consejos de Margarita.

Pero ¿cómo demostrarían que tenía tifus? Margarita le había comentado que si después de vacunarte te hacen una analítica pueden confundirse los resultados y darte por enfermo. Así, siguiendo las instrucciones de su amiga, el 25 de julio a Kurt le pusieron la vacuna contra el tifus en el Instituto Municipal de Higiene de Barcelona y el 1 de agosto, tras un análisis en la Clínica Militar número 7 de Olot, le diagnosticaron tifus.
Ya no volvió a la 55.ª División.

 Lina Heilbruner
Moltkstrasse, 40
Friburgo

Friburgo, 20 de agosto de 1938

Kurt y Rosl Sontheimer
Muntaner, 476
Barcelona

Queridos hijos:
¿Cómo está Kurt? Espero que se mejore de salud. Ya sé que me dices que no tiene importancia, pero estamos muy preocupados. Contéstame, Rosl, aunque no tengas mucho tiempo libre, pero dinos algo. Dile a Kurt que estamos muy agradecidos de que su tío Henry acceda tan amablemente a continuar transmitiendo nuestra correspondencia hacia España.
Aquí la vida sigue con dificultades. La empresa está prácticamente muerta y nos veremos obligados a liquidarla o venderla. Debido a los balances de este año, con estos impuestos que nos han hecho pagar, nos van a dar un valor simbólico para justificar el traspaso, que tendremos que utilizar si conseguimos el visado para Julius. Tío Gustav desde Nueva York está haciendo todo lo posible. Ya sabes que el cupo

es reducidísimo, pero creo que lo conseguiremos. Estamos totalmente concentrados en este tema. Nuestros visados veo que serán imposibles de obtener. Si Julius consigue ir a América, quizá él desde allí podrá hacer algo más.

Pero estoy asustada, porque es muy joven y estará solo en ese país con toda la libertad y sin nadie que pueda asesorarle ni aconsejarle... Bueno, estará tío Gustav, pero...

¿Habéis leído el nuevo decreto? Esto es una auténtica locura.

Este mes de agosto nos hemos reunido varias veces con la familia. Estos encuentros fortalecen nuestros ánimos y conseguimos apoyarnos unos a otros.

Bueno, hija, escríbeme pronto. Dime cómo está Kurt y saluda a tus suegros de nuestra parte.

Recibe un gran beso.

Tu madre,

Lina
(A partir de ahora Lina Sara)

Rosl supo resolver aquella situación que la angustiaba. Fue una lucha interna para ella hacer aquella pequeña trampa para no enviar a su marido a la guerra. ¡Qué ironías de la vida! Siempre le habían enseñado que tenía que ir con la verdad por delante, pero su mente no había cesado hasta encontrar una solución. Solo ella sabía cuánto lo necesitaba a su lado y los dos sabían que tenían un número enorme de batallas por librar. No les hacían falta las trincheras.

Entre grandes preocupaciones y pequeñas alegrías, el verano de 1938 se acabó. Rosl observaba cómo el otoño asomaba a través de su ventana. Las pálidas hojas rojas de los árboles empezaban a caer para dejar paso a un torbellino de hojarasca sobre las calles. La cabeza de Rosl también tenía torbellinos: las cartas de aquel verano habían sido, cuando menos, desazonadoras. Los periódicos estaban plagados de temibles noticias que se cernían sobre los suyos. Los torbellinos pasaban a convertirse en una tormenta de proporciones desconocidas.

✉ Lina Heilbruner
Moltkstrasse, 40
Friburgo

Friburgo, 12 de noviembre de 1938

Kurt y Rosl Sontheimer
Muntaner, 476
Barcelona

Queridos hijos:
Solo cuatro líneas porque supongo que estáis al corriente de todo lo ocurrido. La noche y la madrugada del miércoles fue indescriptible. ¡Adónde ha llegado el odio que nos tienen! Fue espantoso. Una noche de horror que no sé adónde nos va a conducir. Gracias a Dios, no entraron en nuestra casa.
Rezo y ruego a Dios para poder sacar a Julius de aquí. Nosotros estamos bien, dentro de las circunstancias. No salimos prácticamente de casa. La empresa está cerrada. La situación económica es malísima, porque con el cierre hemos tenido que pagar una serie de tributos al Estado y no nos ha quedado nada tras pagar a los empleados que quedaban y cuentas pendientes de proveedores. Ahora lo importante es sacar a Julius de aquí. Estoy en contacto con tío Gustav desde Nueva York para ver si puede ayudarnos y acoger a Julius al llegar a América. Tu padre está muy hundido, pero no debemos dejarnos caer... La familia es un gran apoyo.

Suerte que vivimos cerca e intentamos buscar los máximos momentos de reunión y apoyo mutuo.

No os preocupéis por nosotros. Es importante que vosotros estéis bien y que sepamos que estáis ahí.

Tan pronto sepa algo sobre el visado de Julius os avisaré. ¡Escribidme! Espero noticias vuestras.

Un beso muy fuerte.

Vuestra madre,

Lina Sara

Entre el 10 y el 11 de noviembre, mis abuelos pasaron una de las noches más amargas de su vida. En toda Alemania se quemaron sinagogas, se destrozaron comercios, se saquearon hogares y se cometieron docenas de asesinatos. La Policía y los bomberos se mantuvieron al margen. No hay cartas sobre lo que ocurrió aquella noche: la Noche de los Cristales Rotos. Solo alguna referencia muy velada. Sé que mis abuelos pasaron por este episodio terrorífico gracias al testimonio de un documento que encontré en las cajas, en el cual leo que, años después, Max reclamaba los daños causados al entrar las hordas nazis en sus casas. El documento de reclamación de mi abuelo me enfrenta con la realidad de lo que debieron pasar. Se rompieron sus almas, se rompió su dignidad, se rompió su confianza en aquella sociedad alemana, y a Rosa se le rompió el corazón. Su primer infarto. Cada uno de los cristales rotos se clavó en él. El laúd de Rosa dejó de sonar para dar paso a los tambores de la muerte. En mi casa nunca se habló de aquella terrible noche. Los cristales clavados en los corazones se sellaron para poder mirar hacia el futuro. Pero el miedo y el silencio ocuparon su lugar.

Reglamento sobre el pago de una multa de expiación por parte de los judíos súbditos alemanes

12 de noviembre de 1938

La actitud hostil de los judíos hacia el pueblo y el Reich alemán, ya que ni siquiera vacilan ante el crimen cobarde, requiere una resistencia resuelta y una dura expiación.

Basándome en el decreto del 18 de octubre de 1936 para la ejecución del Plan Cuatrienal, ordeno, pues, lo siguiente:

1

La totalidad de los judíos súbditos alemanes pagarán una contribución de 1.000.000.000 (mil millones) de *reichsmarks* al Reich alemán.

Documento

Expedido por el notario Wilhelm Hoffmann (Notaría Nuremberg V.)

Plaza de Adolf Hitler, 26/II
31 de diciembre de 1937
Registro n.° 4705
sobre
Maienthau & Wolff, exportación de juguetes
en Nuremberg

EXPEDIENTE:
Acta notarial levantada.
Copia de la escritura libre de impuestos.
Sellos fiscales incluidos.

Comparecen:
Wilhelm Hoffmann, notario.
El señor Eduard Lindenthal, propietario de la empresa.
El señor Max Sontheimer, propietario de la empresa.
Para su liquidación se presentan los activos de la empresa
y sus balances a 31-12-1937.
A partir de la fecha de conversión de la empresa, se llevará
al Registro Mercantil de la Cámara de Comercio abierta de
nueva constitución en Nuremberg.
Los accionistas están de acuerdo con lo percibido.

Nuremberg, 31 de diciembre de 1937

Y al acabar el año un nuevo golpe: mi abuelo Max se vio forzado a liquidar una de sus empresas, Maienthau & Wolff. La otra, Lehmann, entró en proceso de venta y la adquirió un propietario ario en 1938. Según el decreto de noviembre de 1938, los judíos no podían poseer ningún negocio. Miles de empresas fueron liquidadas o *arianizadas* en Alemania y en los países aliados. Grandes empresas se beneficiaron de ello y las adquirieron a un precio inferior a su valor real. Miles de procuradores, administradores y notarios colaboraron en este proceso. Friedrich Lunz, procurador, se ocupó de la liquidación de las empresas de mi abuelo. Y él mismo, muchos años después, se ocupó del expediente de reclamación de bienes que el mismo Max efectuó.

Reglamentos para la eliminación de los judíos de la vida económica de Alemania

12 de noviembre de 1938

1

1) A partir del 1 de enero de 1939 les estará prohibido a los judíos dirigir tiendas minoristas, empresas de venta por correspondencia o agencias de ventas, o ejercer [una profesión] comercial de forma independiente.

2) Además, a partir del mismo día, les quedará prohibido ofrecer a la venta productos o servicios, hacer publicidad referida a estos o aceptar pedidos en toda clase de mercados, ferias o exposiciones.

3) Las empresas de comercio judías que transgredan este decreto serán cerradas por la Policía.

2

1) A partir del 1 de enero de 1939, un judío ya no podrá ocupar cargos al frente de empresas, según estipula la Ley del 20 de enero de 1934 para el Reglamento del Trabajo Nacional.

La Noche de los Cristales Rotos había significado un paso más en la pérdida de identidad y libertad de mi familia y del resto de los judíos alemanes. Un paso más extremadamente violento, pero con una violencia física palpable. Hasta el momento, los decretos de Hitler habían ido reduciendo sus libertades. Habían perdido la empresa, habían sido marcados incluso en sus nombres y en sus ropas. Pero esta violencia se había vuelto más real, con cara y voz. Habían ido a sus casas a despojarlos de sus pertenencias. Y eso no fue todo: en 1939 los aguardaba más violencia todavía.

En España el 26 de enero de 1939 las tropas de Franco entraron en Barcelona. El piso de la calle Muntaner ya no olía a flores. Olía a miedo, a un terror frío, a un pánico gélido. Habían sido tres años devastadores para nuestro país. Alemania con su nazismo e Italia con su fascismo se habían puesto a favor de los golpistas y habían aprovechado el conflicto para poner a prueba su dispositivo militar.

¿Qué debían pensar mis padres aquel día? Dos meses antes, en Nuremberg, mis abuelos habían sido agredidos por los nazis y ahora veían que en España se implantaba un régimen fascista. Habían venido a este país huyendo de la feroz dictadura, del dolor, de la vejación, y se encontraban ahora con otra cuya magnitud no podían prever, pero que les hacía sentir recelo y temor. Iglesia y Estado volvían a ser una sola cosa, y una pregunta daba vueltas en las mentes de Kurt y Rosl; una pregunta maligna, insidiosa, tenaz como un buitre: ¿qué haría Franco con los alemanes judíos residentes en España? Entre los amigos de Kurt se comentaba que la Gestapo operaba en Barcelona buscando a judíos y sacándolos del país. Hoy se sabe que era cierto[2].

A partir de entonces, los ojos de Kurt perdieron brillo. La

[2] Eduardo Martín de Pozuelo, en su libro *El franquismo, cómplice del Holocausto*, ha desvelado muchos secretos guardados hasta ahora y ha demostrado que el nazismo se instaló también en España.

tela gris de la desesperanza los cubrió como se cubren los cielos cuando hay tormenta. Pese a esto, no se dejó vencer: bajo los nubarrones de su cielo se continuaba levantando una esperanza a la cual sujetarse y así salvar a Rosl no solo de la muerte, sino de la ausencia, del temible abismo de la pena. Se empecinaba en mantener ese pedacito de libertad que habían conseguido juntos, unidos.

Y ese mismo mes, Max, mi abuelo, alcanzó la primera meta en la larga carrera para seguir con vida, es decir, el visado para entrar en Cuba. Samson, un gran amigo de Max al que había conocido en Cuba, hizo los trámites aprovechando su puesto diplomático en La Habana, ciudad en la que vivía desde ya hacía años y en donde era muy respetado entre los políticos. Desde el Consulado de Cuba en Hamburgo le emitieron el visado. ¿Habrá alguien capaz de imaginar lo que significó ese visado para Max? ¿Quién? ¿Quizá un condenado a muerte que tenga en sus manos la carta de absolución? Max podría refugiarse en una tierra conocida y querida. Sabía que estaría aún más lejos de sus hijos, pero estaba convencido de que sería temporalmente. Las aguas, tarde o temprano, pensaba, tendrán que entrar en el caudal correcto. Pero antes debía salvar más obstáculos: el pasaporte del Gobierno alemán y el billete de salida.

La lucha no sería fácil.

La guerra civil española terminó el 1 de abril de 1939 y con el fin de la guerra los problemas de correo con Alemania se solventaron. Ahora ya podían escribirse con facilidad, pero no con libertad. La censura hacía acto de presencia: había temas que no podían tocarse.

El 26 de abril de ese mismo año Kurt, mi padre, recibía una citación para presentarse en la Auditoría de Guerra de la 4.ª Región Militar para pasar la Comisión Clasificadora de Prisioneros y Presentados. Cuando Rosl se enteró de la noticia, solo recordó una cosa a su marido: España es católica. Y Kurt supo que dentro de aquellas palabras estaba la recomendación de no dar referencias de su familia ni de su pasado ni de su origen judío. A pesar del dolor que esto suponía, las circunstancias obligaban: debían abandonar su pasado para salvar la vida, romper con la tradición judía de sus familias.

✉ Julius Heilbruner
Moltkstrasse, 40
Friburgo

Friburgo, 2 de abril de 1939

Kurt y Rosl Sontheimer
Muntaner, 476
Barcelona

Querida Rosl y querido Kurt:
Muchas gracias por vuestro telegrama, en el que por desgracia pude constatar que nuestro encuentro no sería posible y la verdad es que se me hace muy difícil despedirme de vosotros por carta, ya que me había alegrado mucho pensando en nuestro encuentro. Quería contestar inmediatamente al telegrama, pero me fue imposible. Mamá ha estado toda la semana en cama con gripe y ya os podéis imaginar el ajetreo que he tenido. Gracias a Dios ya está mejor y puede estar levantada.
La hora de la despedida está cada vez más cerca. Hoy es mi último día aquí y mañana por la mañana a las 8:07 h me voy en tren hasta Hamburgo. La

despedida se me hace doblemente difícil porque no sé cuándo podrán seguirme papá y mamá y esto me preocupa muchísimo. Ayer por la noche celebré la despedida con mis amigos. Me hicieron tantos regalos que he tenido que hacer una maleta más.

Querido Kurt, otra vez muchas gracias por la fantástica manta de viaje que me enviaron tus padres desde Nuremberg. Fueron tan atentos que nunca olvidaré las maravillosas horas que pasamos juntos. Es un regalo que significa mucho para mí. Es un recuerdo constante vuestro. Junto con el regalo me dieron unos sellos para Kurt y unas fotos para vosotros.

Querida Rosl, es cierto que hasta ahora he escrito muy poco porque mamá se encargaba de la correspondencia, pero ahora me gustaría que, ya que todos estamos separados, nos mantengamos unidos por las cartas.

Todavía desde mi hogar, os deseo lo mejor.

Muchos saludos y besos,

Julius

Queridos niños[3]:
Con la partida de Julius me he quedado vacía, es como si todo hubiera muerto para nosotros. Estoy tristísima. Estas últimas semanas han sido para olvidar. Sé que estos últimos días he descuidado el correo y el envío de paquetes. Si Dios quiere y vuelvo a animarme, me ocuparé de ello otra vez. Sé que es lo mejor para Julius, pero no puedo evitar estar muy muy triste...

Esta es su nueva dirección:

A/A Sr. Arthur Dittler
West 75th St., 161
Nueva York

---

[3] Nota de Lina al margen en la misma carta.

El reverendo Ángel Rovira conocía su situación y estaba dispuesto a ayudar, bautizarlos y realizar el acto del matrimonio bajo el rito católico. Todo en el mismo día. Kurt llevaba meses preparando esta reunión: sabía que si quería permanecer en España debía convertirse al catolicismo. El Gobierno nacional no reconocía los matrimonios civiles de la República, con lo que su estado civil era el de solteros y no católicos. El reverendo había pedido conocerlos, tener una serie de charlas con ambos. Necesitaban dos testigos, pero no querían involucrar a nadie conocido; incluso tenían miedo de la fidelidad de los amigos. Por eso, le pidieron que él mismo les presentase a los testigos. No lo comentaron tampoco con sus familias.

Pero a través del miedo se abrían pequeñas rendijas de luz. Esa primavera, en Friburgo, Julius, el hermano de Rosl, preparaba las maletas para marcharse a Nueva York; se marchaba con la ilusión de un joven que va a conocer un nuevo mundo. Pero también con la pena de alejarse todavía más de los suyos. Con solo diecisiete años. Si pienso en mis propios hijos a esa edad me estremezco. Había madurado de golpe; mejor, pues el futuro no sería fácil para él. Lina se quedaba sin el único hijo que tenía a su lado, su pequeño. No sabían qué pasaría con ella y su marido, pero de momento habían podido poner a salvo lo que más querían: a sus dos hijos.

✉ Julius Heilbruner
A/A Sr. Arthur Dittler
West 75th St., 161
Nueva York

Nueva York, 16 de abril de 1939

Kurt y Rosl Sontheimer
Muntaner, 476
Barcelona

Queridos Kurt y Rosl:
Solo llegar el barco os mandé un telegrama que
espero hayáis recibido. Os quiero explicar cómo ha
ido todo. Por la mañana a las 8 h llegamos al puerto.
Desde aquí se veían los rascacielos y la Estatua de la
Libertad. El viaje ha sido fantástico, aunque hemos
llegado dos días más tarde. Paula Ullman me envió
una carta al barco y ahora me la han entregado. Ha
sido para mí una gran alegría ver una cara conocida.
Paula buscó enseguida a tío Gustav y Walter. Nos
hemos fundido en un gran abrazo.
Tuve que esperar primero hasta las 11 h a que se
hubieron solucionado todos los trámites. Entonces
pude bajar del barco. El primero que vino a saludar-
me fue Arthur. Fue para mí una gran alegría que me
saludara con tanto cariño. No sé cómo describiros
lo atento que ha sido conmigo.
Ha ido todo tan rápido que todavía no sé dónde
estoy. Esta es mi primera impresión de América.
Aquí se está en una carrera constante y hay que
esforzarse para seguirla. Arthur ya me ha reservado
una habitación y todos me ayudaron a colocar el
equipaje. Cuando estuvo todo arreglado, fuimos
a ver a Stella Aronson, que vive en el mismo bloque, y luego fuimos a dar una vuelta en autobús
por Nueva York. He visto tanto este primer día
que difícilmente lo podré retener. A las 18 h ros

encontramos con Florence, que venía de un viaje de varios días. ¡Otra vez fui recibido! Volvimos a casa y entonces fuimos todos juntos a cenar. Fue entrañable. A las 21 h me metía en la cama… agotado. He dormido de un tirón. Hoy estaba invitado a casa de tío Gustav a comer. Paula Ullman me ha acompañado hasta aquí, lo cual le agradezco. En el metro hay tal cantidad de gente que ya le he comentado a Paula que yo esto nunca lo aprenderé. Ya me ha dicho que me acostumbraré enseguida. Arthur me ha buscado trabajo. También me he encontrado con una amiga de Friburgo. Este mediodía Paula, Gustav y yo hemos ido a la exposición que tiene lugar estos días. Nos ha hecho gracia pensar que era como si estuviéramos paseando todos juntos por Friburgo. Paula me ha dicho que me tengo que acostumbrar a la forma de ser de los americanos. Aquí no puedes pensar lo que harás o qué pasará mañana. Viven al día y al máximo. Me doy cuenta de que todo es diferente y que no puedo perder ni un segundo.

Este mediodía he leído vuestra carta. Me ha hecho mucha ilusión recibir la primera carta de mi familia.

En este momento estoy sentado con tío Gustav en la cocina, ya que el salón está lleno de visitas.

Perdona la mala letra y el estilo, pero es que me interrumpen continuamente. Voy de cabeza con todas las novedades. Con el tiempo espero acostumbrarme.

Espero que estéis bien de salud. Por hoy tengo que acabar. Saludos a todos de mi parte.

Muchos besos,

Julius

Mientras tanto, en Nuremberg, Max y Rosa se empeñaban en conseguir los pasaportes antes de que el visado para entrar en Cuba caducara cuando cayó sobre ellos una nueva orden antisemita que casi acabó de aplastarlos: su vivienda de la Rankestrasse sería ocupada por gente aria. Debían dejarla y trasladarse a la Theodorstrasse, número 9, llevando consigo solo una maleta de mano. Los nazis habían decidido agrupar a los judíos de las ciudades en áreas, concentrándolos en «edificios judíos». Agrupados estaban más fácilmente controlados.

Berlín, 30 de abril de 1939

Los arios y los no arios no podrán vivir en el mismo bloque de pisos.
Los judíos pueden ser desalojados de sus propios hogares sin explicación ni documentación alguna.

Habían sido despojados de su patrimonio, habían sido ultrajados, vejados, despreciados, habían sido invadidos en su intimidad y en sus credos y ahora eran expulsados de su hogar solo con una maleta.

1 de abril de 1939

EQUIPAJE DE MANO

Max Israel Sontheimer
Nuremberg, Theodorstrasse, 9/1

	Valor	Antes
4 cubiertos + cucharas	RM 32 (1906)	H2
1 cepillo pequeño	RM 4 (1906)	H5
2 mantas de viaje	RM 20 (1920)	H7
2 broches dobles de granada	RM 8 (1906)	H8
1 anillo de aguamarina	RM 15 (1906)	H9
2 anillos de boda	RM 20 (1906)	H10
1 pulsera de plata	RM 45 (1926)	H12
1 sombrero	RM 3 (1939)	H14
1 reloj de bolsillo	RM 5 (1919)	H15
4 blusas de señora	RM 10 (1938/39)	H16
4 camisones	RM 8 (1906)	H17
2 pijamas	RM 12(1939)	H18
4 pantalones	RM 5 (1906)	H18
12 pañuelos	RM 6 (1906)	H19
1 corsé	RM 12 (1935)	H20
1 zapatos de viaje	RM 2 (1906)	H23
2 estuches con gafas	RM 1 (1906)	H25
1 botella de agua caliente	RM 2 (1906)	H26
1 gafas de repuesto	RM 10 (1939)	H27
2 camisas de repuesto	RM 15 (1930)	H28
3 camisas de hombre	RM 27 (1935)	H43
3 camisetas de hombre	RM 4 (1906)	H29

Tengo la copia del listado de la maleta de mano de Max y Rosa. Debo tragar saliva para poder leer esta lista. Toda una vida dentro de una pequeña maleta. Toda una vida de trabajo, de éxitos profesionales, de prestigio diplomático. Todo el pasado y el presente. El futuro no. Nadie sabía nada sobre el futuro. Era imposible imaginar lo que los nazis planeaban para el futuro. La maleta estaba tan llena de humillación y de desasosiego que apenas cabía lo descrito en el listado.

Así que mis abuelos no tuvieron más remedio que aceptar las nuevas condiciones y se marcharon a la Theodorstrasse, donde se alojaron junto a su querida sobrina Marianne, que era la hija de Alice, la hermana pequeña de Max, Ella y Henry.

Había sido una niña muy buscada que por fin llegó después de varios años de matrimonio. Su madre murió poco después del parto y su padre también murió muy joven. Desde entonces, Marianne había vivido en la casa paterna acompañada de Sophie, la abuela. Cuando Sophie también murió, Marianne continuó teniendo una relación muy especial con sus tíos.

También a Marianne le quitaron su casa. Primero, por ser judía, le habían prohibido continuar ejerciendo su profesión de enfermera. Y ahora le quitaban lo único que le quedaba. Con tan solo una maleta en la mano, también, se fue a vivir con Max y Rosa a la Theodorstrasse. Las noticias que llegaban desde Alemania eran, pues, abrumadoras, pero el correo que recibía Kurt de otros miembros de su familia no era mucho mejor.

Henry Sontheimer
Hotel Royal Malesherbes
Blvr. Malesherbes, 24
París

París, 5 de abril de 1939

Kurt Sontheimer
Muntaner, 476
Barcelona

Querido Kurt:
Estoy contento de haber recibido tu carta. ¿Puedes
arreglártelas para venir durante el mes de abril? Me
iré de París durante la primera semana de mayo y no
creo que vuelva antes de julio o agosto. Espero que
puedas venir. Tenemos que hablar de muchas cosas.
Besos a ti y a Rosl.
Tu tío,

Henry

Tío Henry le escribía desde París pidiéndole que lo
visitara para poder hablar de la situación de sus padres.
Kurt sabía que eso era imposible. ¿Cómo iban a aventurarse a ir a París con lo que se estaba viviendo en España?
La Guerra Civil acababa de finalizar y la situación era
caótica. Los republicanos huían por los Pirineos y las re-
presalias por parte de los nacionales estaban empezando
a materializarse. Francia no había querido inmiscuirse en
esa guerra y, aunque parecía que estaban dando cobijo a
los republicanos, en realidad los estaban encerrando en
campos de refugiados en unas condiciones miserables.
Kurt tenía bien claro, pues, que no podían aventurarse a
tener este encuentro. De todos modos, al cabo de pocos

días, la secretaria de tío Henry le informaba de su marcha precipitada de París. Henry había embarcado con toda su familia rumbo a Estados Unidos.

✉ Henry Sontheimer
Hotel Royal Malesherbes
Blvr. Malesherbes, 24
París

París, 18 de abril de 1939

Kurt Sontheimer
Muntaner, 476
Barcelona

Apreciado señor Kurt:
Su tío Henry me ha dicho que le comunique que, debido a unos asuntos importantes que tiene y a la incierta situación política, el sábado pasado se embarcó rumbo a América en el SS Queen Mary. Ruega que sea tan amable de escribirle a la American Chemical Paint Co., Ambler/PA.
Por orden del señor Henry Sontheimer,

Su secretaria

✉ Hans Kral
Nürnbergerstrasse, 20
Praga V
Bohemia y Moravia

Praga, 5 de mayo de 1939

Kurt Sontheimer
Muntaner, 476
Barcelona

Querido Kurt:
Hace tiempo que no nos vemos y por ello me gustaría explicarte mi situación aquí, en Praga.

Tengo pedido el visado para entrar en Estados Unidos, pero el número que tengo es tan elevado que creo que tardará años en tocarme. Por ello me pregunto si crees que existe alguna posibilidad de entrar en España. Tengo buenos amigos en Francia que podrían ayudarme en el tema económico; ¿crees que existe alguna posibilidad?

Hasta hace poco estaba ejerciendo mi profesión de abogado en mi propio despacho, algo que ahora ya no puedo hacer. Estoy trabajando como técnico electrónico en una fábrica a jornada completa. Mira por dónde, nunca habría pensado que podría tener estos conocimientos y ya ves… Además, hablo perfectamente inglés, francés y alemán, por lo que creo que no me costará aprender castellano. Toco muy bien el piano y estoy dispuesto a hacer lo que sea. Si tú ves alguna posibilidad, dímelo.

Espero contestación pronto y un fuerte beso a Rosl. Estoy deseando conocerla.

Tu primo,

Hans

Las cartas de Praga no eran tampoco tranquilizadoras. Hacía años que Kurt no veía a sus tías y a sus primos, pero, al igual que Dorel, aún acunaba en su memoria el recuerdo de aquellos años de infancia en los que correteaba con ellos por las calles de Praga. Sentía especial cariño por las hermanas de su madre y tenía una relación especial con su primo Hans, hijo de su tía Martha. Habían mantenido durante años una relación epistolar constante y sin torceduras, así que a través de las letras se acercaban unos a otros y se sinceraban, se dejaban conocer. Kurt imaginaba sus rostros, sus expresiones, las manos que sujetaban las plumas con las que escribían en el papel; imaginaba las frases construyéndose en su mente y las emociones que atravesaban su corazón. Pocos días antes de la entrada de las tropas alemanas en Praga, en mayo, Kurt recibió una carta de Hans en la que le pedía ayuda. Hans quería salir como fuera de ahí: había tenido que dejar su trabajo de abogado y no sabía a quién más podía recurrir. Pero ¿qué podía hacer Kurt desde Barcelona? Si ni siquiera sabía de qué manera ayudar a sus padres.

La lucha que estaba librando mi abuelo Max por salir de Alemania continuaba. El visado para Cuba que había conseguido para él y su esposa caducaba a finales de mayo. En abril, cuando tuvieron que trasladarse a la Theodorstrasse, aún no habían conseguido los pasaportes. Toda la alegría de principios de año al conseguir el visado se estaba convirtiendo en un estado de total decaimiento. Transcurrió el mes completo, se perdió el visado. Había que empezar de nuevo. Max sabía que desde Hamburgo se estaba preparando la salida de un buque rumbo a Cuba, el St. Louis, y estaba decidido a conseguir dos pasajes.

No pudo ser. No habían conseguido los pasaportes del Gobierno alemán.

En la prensa, pocas semanas más tarde se publicaba la siguiente noticia:

28 de junio de 1939

Neu Züricher Zeitung

LA TRAVESÍA DEL ST. LOUIS

El St. Louis, buque de pasajeros alemán, partió en mayo desde Hamburgo con 900 pasajeros a bordo. La mayoría de estos refugiados eran judíos. El 15 de mayo el St. Louis se detuvo en Cherburgo (Francia) para recoger más pasaje. El número total era de 937. Dichos ciudadanos se encuentran en las listas de admisión para entrar en Estados Unidos. Todos los pasajeros poseían certificados de desembarco que les permitían ingresar en Cuba, pero, cuando el St. Louis llegó al puerto de La Habana, el presidente de Cuba, Federico Laredo Brú, solo autorizó a unos 30 pasajeros que cumplían con los nuevos requisitos de la visa y pudieron desembarcar. Al resto de los pasajeros no se les respetaron dichos derechos. Al no poder atracar en La Habana, el barco se dirigió a la costa de Florida, pero Estados Unidos no permitió que el barco atracara en su costa.

El St. Louis se vio obligado a volver a Europa. Los siguientes países aceptaron recoger refugiados: Bélgica, 247; Gran Bretaña, 287; y Francia, 224.

El 17 de junio el St. Louis atracó en Amberes (Bélgica) y los pasajeros han sido llevados a los países que ofrecieron asilo.

Por una vez el destino jugó favorablemente para Max y Rosa. Las dificultades que atravesaban las personas que intentaban escapar del terror nazi quedan reflejadas en la travesía del St. Louis. El mundo seguía mirando sin ver y oyendo sin escuchar. Cientos de pasajeros que habían desembarcado en Bélgica, Países Bajos y Francia terminaron siendo víctimas de la solución final.

Julio y agosto de 1939 aportaron acontecimientos importantes para la familia. El 27 de julio, en Tel Aviv, Dorel se prometió con Morris según el rito judío. Tía Ella asumió al papel de madre y su prima Edith les dio todo el apoyo y cariño que necesitaban. Por otro lado, el viernes 18 de agosto el sol caía sobre la plaza Bonanova de Barcelona y en su parroquia se celebraba otra ceremonia: el reverendo Ángel Rovira bautizaba y casaba a Kurt y Rosl bajo el rito católico. Aquel sol sonreía a la esperanza. A las diez de la mañana Rosl entró en la iglesia acompañada de Kurt. Vestía un sencillo traje camisero gris con lunares blancos que hacía resaltar el gris profundo de sus ojos. Sobre sus hombros, una rebeca de punto. Una mantilla blanca le cubría la cabeza. Kurt llevaba un traje gris oscuro, camisa blanca, corbata azul y un sombrero en la mano. El reverendo los estaba esperando. Al llegar al altar, les indicó que se colocaran en primera fila. A su lado, los padrinos. Rosl se arrodilló y entrelazó las manos. Sus ojos grises miraban al párroco. Su mirada era triste. En su cabeza se agolpaban las palabras del reverendo y las imágenes de su infancia. Los actos religiosos que había realizado con su familia, sus tradiciones. Iba a abrazar la fe católica gracias a la benevolencia de aquel sacerdote dispuesto a ayudarlos. Buscaba protección, seguridad, vida, pero en su interior persistía la pena de tener que renunciar a su identidad judía. Y no solo la pena, sino la sensación de que estaba traicionando a su familia. ¿Qué pensarían sus padres? ¿Aprobarían esta decisión?

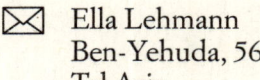 Ella Lehmann
Ben-Yehuda, 56
Tel Aviv

Tel Aviv, 6 de junio de 1939

Max y Rosa Sontheimer
Theodorstrasse, 9
Nuremberg

Mis queridos Max y Rosa:
Supongo que ya habéis recibido mi carta en la que
os explicaba que Dorel había conocido a Morris.
Hoy os escribo para daros la alegre noticia de que
se han prometido. Estoy muy contenta por ella y
estoy muy feliz de poder dar el sí en vuestro nombre.
Edith y Franz (mi yerno) ya han conocido a Morris
y están encantados con él, como yo. Haremos una
boda sencilla, solo la familia y mis amigos íntimos.
Lo que queráis hacer vosotros allí ya me lo comu-
nicaréis. Por si queréis anunciarlo en alguna revista
de la comunidad judía, os doy el nombre completo:
Morris Baume, de Manheim.
Doy paso a Dorel, que os quiere escribir.

Bueno, queridos, soy la mujer más feliz de este
mundo y puedo aseguraros que Morris y yo nos
amamos intensamente. Vosotros ya sabéis que no me
dejo llevar solo por una atracción física, sino por el
modo de ser de las personas, y Morris es encantador.
Me gustaría que asistierais a la boda, que tendrá lugar
dentro de dos meses, pero, si no pudierais venir, nos
casaremos igualmente; no queremos esperar más
tiempo. Todavía no tengo nada, pero Morris ya me
ha dicho que se casará conmigo aunque lleve solo una
camisa. Me quiere y yo le quiero muchísimo. Ahora
tenemos que ahorrar, pero gracias a Dios él gana un

buen sueldo. Tía Ella nos ayudará a arreglar el piso, como hicieron contigo hace treinta años, mamá, y Edith más que una prima parece una hermana para mí. Estoy enormemente agradecida.

Dorel se ha ido con Morris y yo voy a acabar la carta. Ahora solo nos faltaría tener ya vuestro visado para entrar en Palestina, para vuestra felicidad y la nuestra. La cédula tiene que llegar en los próximos días.
Un fuerte beso,

Ella y Dorel

✉ Dorel Sontheimer
Ben-Yehuda, 56
Tel Aviv

Tel Aviv, 30 de julio de 1939

Conrado y Rosa Sontheimer
Muntaner, 476
Barcelona

Queridos Conrado y Rosita:
Muchas gracias por la felicitación por nuestro enlace, me ha alegrado mucho vuestra carta. Desgraciadamente, hemos tenido que retrasar la boda, ya que queremos casarnos como palestinos [el 28 de agosto] y obtener los papeles cuesta su tiempo. Os avisaré cuando ya seamos una pareja felizmente casada.
Rosita, ¿qué hace tu hermano en América? Entiendo perfectamente tu preocupación por tus padres. A mí me pasa lo mismo con los míos. ¿No pueden irse a Argentina, donde ya tenéis tanta familia? Nosotros, a pesar de lo que nos hemos esforzado, no hemos conseguido el visado para que los míos puedan entrar

en Palestina. Como supongo ya habéis leído, solo se dan los visados de los certificados ya expedidos, luego cierran las entradas desde octubre hasta abril. Esto quiere decir que, si no los obtenemos en tres semanas, mis padres no podrían pedir ninguna solicitud más hasta abril de 1940. Eso sería horroroso y me preocupa muchísimo. ¿No podrían estar de visita durante seis meses en Barcelona, en vuestra casa, y luego venir aquí? ¿O creéis que mientras tanto deben irse a Cuba, algo que a mi madre no le hace gracia y que puedo llegar a comprender? ¿Qué opináis? Estamos muy decepcionados con el abogado. Hay personas que pidieron los papeles más tarde y ya han podido entrar. Esta espera desespera. Cada día pensamos que recibiremos los documentos correctos y cada día nos llevamos una decepción.

Aguardo vuestra rápida respuesta,

Dorel

La mirada de Kurt era tranquila, sosegada, como él: tranquilo y sosegado. Estaba seguro de la decisión que habían tomado. Sabía que él seguiría siendo el mismo. Su rectitud moral seguiría inalterable. Siempre había pensado que la bondad y la ética son inherentes a la persona. Además, para el judaísmo lo más importante es salvar las vidas humanas, y la generosidad de aquel vicario les aseguraba la vida. Pero, pese a todo, un halo de tristeza flotaba sobre su persona. Fue una ceremonia casi escondida: ellos, el reverendo y los padrinos. Nadie más.

Terminada la ceremonia del bautizo, el sacerdote se preparó para impartir el sacramento del matrimonio. Los padrinos del bautizo actuaron de testigos. Rosl y Kurt, ya más tranquilos, se prepararon para la nueva ceremonia. Rosl arregló la corbata de Kurt en un gesto lleno de cariño mientras Kurt, en un gesto intuitivo, le arreglaba la onda de la melena. Se habían preparado unas lecturas que tuvieron el temple de leer. Nuevas lecturas para una nueva identidad.

> Tu pueblo será mi pueblo
> y tu Dios será mi Dios.
> Donde tú mueras moriré
> y allí seré enterrada.
> Que el Señor me dé este mal
> y añada este otro todavía
> si no es tan solo la muerte
> la que nos ha de separar.

LIBRO DE RUT

Un beso, una caricia, una felicitación de los testigos. Kurt limpió una lágrima que corría por la mejilla de Rosl. La ceremonia se dio por finalizada.

«Qué paradójico», pensó Rosl. Sabía que la cita del libro de Rut era un texto muy cercano a los judíos por elección, a aquellas personas que decidían convertirse al judaísmo. Ahora ella lo recibía en un contexto de renuncia al judaísmo, en un momento doloroso. Después de la ceremonia, y después de agradecer al sacerdote su ayuda, se acercaron al Heidelberg a celebrar su segunda boda, la boda de Conrado y Rosa, como figura en los certificados de bautizo y de boda. A pesar de todo, hubo alguna sonrisa. Alguna esperanza aleteó en el pecho de Rosl.

Apenas un mes después de su segunda boda, el curso de la historia se torció: a las 4:24 h de la madrugada del 1 de septiembre de 1939, tres bombarderos alemanes descargaron sobre Varsovia las bombas que dieron inicio a los seis años más maquiavélicos y destructores que ha conocido la historia de la humanidad. La Segunda Guerra

Mundial había empezado. Fueron seis años durante los cuales Alemania no solo buscaba recuperar sus territorios perdidos, sino que, además, pretendía dominar el mundo. Y, de la forma más macabra jamás imaginada, quería matar además a once millones de personas por el mero hecho de ser judíos.

---

20 de septiembre de 1939

**Orden del Reichstag:
Los judíos no pueden poseer aparatos de radio.**

Fueron unos meses arduos para Kurt. Había conseguido algunas representaciones de productos extranjeros. Debido a la escasez de productos en España, todo tenía que importarse y los siete idiomas que hablaba dieron sus frutos. El trabajo le forzaba a viajar por toda España y Rosl desde Barcelona dirigía la incipiente empresa y el hogar. Ambos trabajaban con ahínco, pensando en construir un futuro esperanzador. Entre el trabajo y la abundante correspondencia, los días pasaban con una rapidez frenética.

Además de Max y Rosa por un lado y Lina y Eduard por el otro, ahora se sumaban los familiares de Praga, que desde que estaban bajo el poder de Hitler también necesitaban ayuda. Poco podían hacer por ellos, aparte de darles ánimo. Gran parte de la familia paterna y materna se encontraba en peligro en distintas partes del mundo. Las noticias llegaban a veces a partir de otros familiares, la información circulaba de unos a otros frenéticamente: «¿Sabéis algo de…?», «¿Habéis tenido noticias de…?».

✉ Ella Lehmann
Ben-Yehuda, 56
Tel Aviv

Tel Aviv, 17 de septiembre de 1939

Conrado y Rosa Sontheimer
Muntaner, 250
Barcelona

Queridos Rosita y Conrado:
Los certificados de vuestros padres han llegado
demasiado tarde. Tal como han anunciado en la radio, estas cartas
escritas en inglés pasan la censura más rápidamen-
te. Te escribiré en inglés y te ruego que tú hagas lo
mismo. Recibí tu carta hace dos días y me alegro de
saber que estáis bien. Nosotros también. Entiendo
que estéis preocupados por tus padres. Recluidos
del mundo exterior, sin poder tener noticias de sus
familiares más próximos y sin suficiente comida.
¡Qué clase de vida es esta! Cuántas veces tío Henry
y yo le dijimos a tu padre el pasado septiembre que
saliera lo antes posible, pero sabes que no nos hizo
caso. Espero que tú, Conrado, con tu máxima dili-
gencia, consigas algo.
Como podéis imaginar, echo mucho de menos a
Dorel desde que es una mujer casada después de
haber estado juntas tanto tiempo, pero a los dos
se los ve muy felices y su habitación está muy cerca
de mi apartamento, lo cual me alegra. Es una estancia
estupenda, ella misma os lo contará.
He hablado con mis amigos de Suiza para que se
pongan en contacto con tus padres y en lo posible
les envíen paquetes.
Y ahora, mi querido Conrado, te deseo todo lo mejor
para tu próximo cumpleaños. Espero que pronto nos

podamos encontrar y estemos todos juntos otra vez,
y que mientras tanto disfrutéis de salud y felicidad.
Decidme algo lo más pronto posible.
Un afectuoso saludo.

Tía Ella

Tía Ella y Dorel, desde Tel Aviv, estaban preocupadísimas e intentaban con todos sus recursos conseguir el visado para que Max y Rosa pudieran entrar en Palestina. Kurt buscaba billetes por si sus padres conseguían llegar a España. Henry insistía en que lo mejor era salir por Italia, donde tenía un enlace en Turín. Max, que seguía el comportamiento de Mussolini, no podía entender que su hermano le aconsejara ir a Italia y buscaba la salida por cualquier otro sitio. Sus relaciones con altos cargos de Cuba eran muy buenas y tenía la promesa del ministro Campa de que haría lo posible por obtenerle el nuevo visado. Allá donde tuviera la menor oportunidad se iría, contando siempre con la asistencia económica de su hermano Henry, porque él se había quedado en la más auténtica miseria.

Fueron unos meses durísimos de su vida, aunque todavía vendrían otros peores. Su país era ahora para él un lugar extraño, irreconocible; sus amigos eran ahora sus enemigos. ¿En qué mente humana cabía eso? Pero no eran momentos de analizar, sino de actuar, y su hermano Henry, desde Nueva York, muchas veces no le entendía. Su situación económica ya no era tan privilegiada: las exportaciones a Europa habían caído en picado. Y, aunque veía lo que estaba pasando en Europa y sufría con temor por lo que le podía ocurrir a su familia, la distancia del océano hacía que su visión fuera lejana. En las cartas,

Henry apoya a Max, pero en ocasiones le riñe, le exige más celeridad, más resultados, sin ser consciente de las dificultades que estaba pasando.

✉ Henry Sontheimer
   West 79th St., 310
   Nueva York

Nueva York, 15 de septiembre de 1939

Kurt Sontheimer
Muntaner, 250
Barcelona

Querido Kurt:
Recibí tu carta y estoy contento de que hayamos encontrado el modo de ponernos en contacto de esta forma, rápida y fácil. Todo tiene que ir a través de mi secretaria, la Sra. Sarasin, en Basilea. Ella sabe cómo debe trasladar la información de forma que nos llegue. Me gustaría que Rosl pudiera comunicarse también con su familia a través de Suiza, pero no puedo comprometer más a mi secretaria. Sobre todo, dile a Rosl que debéis tener cuidado con la correspondencia con Alemania. Que avise a sus padres. Ningún comentario sobre política. Perdona que haya tardado tanto, ya que el correo aéreo ha cerrado durante un tiempo a causa de la guerra. Espero que no te hayas enfadado.

En cuanto a tu padre y a tu madre, no sé cómo tienen el visado para irse a Palestina, pero veo difícil que lo puedan conseguir. Estoy de acuerdo contigo en que, si no consigues para ellos el visado para España y pueden renovar el de Cuba, deben salir de Alemania, si es necesario, por Italia. En Italia tengo contactos que se harán cargo de ellos hasta su salida para Cuba. Económicamente, ya nos hemos puesto de acuerdo con Ella y les pasaremos unas cantidades de dinero para sus necesidades básicas. Dorel también participará. De momento yo no tengo prácticamente ingresos, ya que los negocios en Europa se han cerrado debido a la guerra y tengo problemas con mi propia familia. Tú eres un hombre de negocios y puedes entenderlo. Pero entre todos vamos a contribuir para que tus padres puedan salir.

En referencia a tu cuñado Julius, estuvo comiendo con nosotros hace dos semanas. Está trabajando y con lo que gana tiene suficiente para él. Yo lo voy controlando y animando: es joven y debe habituarse a vivir solo. Ya hemos quedado en que vendrá a comer un domingo cada dos semanas.

Un beso muy fuerte para Rosl.

Al franquear la carta, intenta, por favor, que el sello sea de los últimos que se hayan emitido.

Tu tío Henry

En Barcelona, a pesar de todo, la vida continuaba. Kurt y Rosl estaban preparando su mudanza. Habían encontrado un piso unas manzanas más abajo, en la misma calle Muntaner de Barcelona, donde además podían alquilar un pequeño local en la portería que les serviría para almacén de su negocio. Era un piso situado en la última planta del edificio. La luz entraba a raudales y las vistas desde el pequeño balcón que daba a la calle Muntaner les dejaba apreciar el maravilloso enclave de la ciudad de Barcelona. Al sur, antes de llegar al mar, Montjuic: el monte de los judíos; al norte, la montaña del Tibidabo. El piso tenía cuatro habitaciones; lo habían escogido pensando ya en la posibilidad de que los padres de ambos pudieran establecerse en la ciudad. Los muebles que habían llegado de

Alemania los iban acompañando en todos sus traslados. Rosl ponía todo su esfuerzo en convertir aquel nuevo hogar en el punto de encuentro de la familia.

✉ Lina Heilbruner
Moltkstrasse, 40
Friburgo

Friburgo, 28 de diciembre de 1939

Conrado y Rosa Sontheimer
Muntaner, 250
Barcelona

Querido Kurt:
Solo cuatro líneas para desearos un feliz año. Sé que estáis de traslado y que debéis de estar llenos de trabajo, por lo que no quiero entreteneros mucho. ¿Habéis recibido noticias de Julius? Sigo preocupadísima por él; ya sé que diréis que es una obsesión, pero tú, Rosl, escríbele. Que no salga con chicas, que aún es muy joven, y que vaya con cuidado con la bebida. Te hará más caso a ti que a mí.

Hemos recibido carta de tus padres desde Nuremberg. Nos ha alegrado mucho y por lo que me dicen creo que ellos podrán resolver la salida antes que nosotros. Ojalá lo consigan. ¡Y nosotros también!

Hoy no os entretengo más. Escribidme. Que paséis un feliz quinto aniversario de bodas. ¡Cómo me gustaría que lo pudiéramos celebrar juntos! ¡Espero que sea el próximo año!

Un beso muy fuerte.
Vuestra madre,

Lina

N.º 3229[4]

---

[4] Número de censura, escrito a mano, que llevaban las cartas.

Y en estas circunstancias llegó el fin de año de 1939: Kurt y Rosl, en Barcelona, intentando levantar la cabeza para llenarse los pulmones de aire y poder ayudar; Eduard y Lina, aún en Friburgo, atrapados, desesperados y sufriendo por Julius; Max y Rosa, en Nuremberg, demolidos después de haber perdido el visado; Dorel, en Palestina con su marido, hecha un manojo de nervios, queriendo ayudar sin saber cómo; Julius, también en Nueva York, arrastrando sus diecisiete años; tío Henry, en Nueva York, moviendo cuerdas para ver si saltaba algún resorte; tía Ella, en Tel Aviv, lejana, atada de manos; la familia de Praga, acorralada, pero todavía en sus casas.

La familia celebraba la entrada al año nuevo de formas muy diferentes, pero con algo en común: la incertidumbre y el temor al futuro.

CAJA TRES

1940

 Barcelona, 1940. Ya no había guerra, pero tampoco había paz. Al menos en los corazones de Kurt y Rosl, que cargaban en sus hombros con toda la angustia y la preocupación por su familia. A pesar de todo, seguían luchando con su incipiente empresa. Mi madre, desde que había dejado de trabajar en los almacenes Sepu, volcaba todo su esfuerzo ayudando a mi padre en el despacho mientras él daba la vuelta a España en busca de representaciones. Para Kurt, quizá inconscientemente, era una manera de huir: viajar, alejarse, trasladarse de un lugar a otro, dejar de estar donde estás para estar en otro lugar. Pero dejar atrás aquella realidad era imposible. Ni cambiándose de ciudad, ni cambiándose de nombre, ni cambiándose de religión, ni cambiándose de identidad lo conseguiría.

Durante aquellos primeros meses de 1940, Kurt, Henry, Max y Ella continuaron en contacto. Habían encontrado un sistema de comunicación para eludir la censura y se escribían tratando de darse aliento. Todas las cartas pasaban a través de la secretaria de Henry, la Sra. Sarasin, que se encontraba en Basilea. En Cuba, mientras tanto, se preocupaban de obtener la renovación del visado de entrada para Max y él, desde Nuremberg, seguía en la labor de obtener el pasaporte. Y, entre toda esta maraña de infortunios y angustias, un hilo quedaba suelto: la sobrina huérfana, Marianne, que vivía con ellos. Todos sabían que debían sacarla de Alemania, pero conocían las dificultades con las que se encontrarían. Marianne, pese a la prohibición de ejercer en el hospital público, no había renunciado a su vocación. Visitaba a personas de la comunidad judía que necesitaban asistencia al lado del doctor Baer, un médico del hospital de Nuremberg que también había sido despedido por cuestiones raciales. La necesidad continuaba existiendo y Marianne sabía que su deber era continuar con su labor; no podía ser de otro modo.

✉ Max y Rosa Sontheimer
    Theodorstrasse, 9
    Nuremberg

Nuremberg, 1 de noviembre de 1939

Sra. Sarasin
Basilea

Sra. Sarasin:
Escriba, por favor, a mi hermano y dígale que hasta ahora no he recibido el certificado que debían enviarme mi hija y mi hermana para encontrarme con ellas en Palestina, lo cual es grave, porque deseo emigrar lo más pronto posible y reunirme con ellas.

También debe conocer la dirección de mi hijo. Escríbale, por favor, y dígale que es imposible obtener un visado para visitarlo a él.

En caso de que obtuviera el visado para Cuba, lo cual me prometieron desde allí, tengo que pagar el pasaje en moneda del país. No puedo sacar dinero de Alemania. Las salidas son desde Génova o Rotterdam.

Por favor, envíele esta carta a mi hermano para que cuando yo obtenga el visado hacia donde sea pueda ayudarme. Si quiere pasarme un telegrama, dígale que ya no voy a mi antigua empresa. Mi dirección actual es: Sontheimer-Nuremberg-Theodorstrasse, 9. Con esto es suficiente.

Saludos,

Max Israel Sontheimer

A más de seis mil kilómetros de Barcelona, en Estados Unidos, el día a día de los judíos era muy distinto. Tío Henry no temía por su propia vida ni por la de sus hijos, pero debía hacerse cargo de los familiares directos e indirectos que habían llegado a Nueva York huyendo de Alemania y debía también continuar luchando por salvar a los que todavía estaban atrapados allí.

Además de sus propios hijos, Carl y Eleanor, otros jóvenes de edad parecida estaban bajo la tutela de Henry. Julius, cuñado de su sobrino Kurt, estaba viviendo en Nueva York sus horas más bajas. Había decidido independizarse y dejar la casa de tío Gustav, hermano de su madre. Sin embargo, tío Henry encontró una solución satisfactoria. Habían llegado a la ciudad tres jóvenes más de la familia: Fritz, Paul y Heinz. Eran primos segundos de Kurt, hijos de tío Felix, de Stuttgart. Felix, por el hecho de haber llegado a director de banco, había disfrutado de una situación económica y social acomodada y gracias a ello había podido conseguir los visados para sacar a sus hijos de Alemania y enviarlos a Estados Unidos.

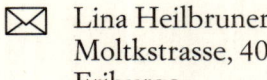 Lina Heilbruner
Moltkstrasse, 40
Friburgo

Friburgo, 25 de abril de 1940

Conrado y Rosa Sontheimer
Muntaner, 250
Barcelona

Queridos niños:
Estaba a punto de ponerme a escribir cuando ha
llegado vuestra carta del 20 de abril. Nos hemos
alegrado mucho de lo que nos decís y de que estéis
siempre tan atareados. ¡Ojalá se recompense vuestro
trabajo! Gracias a Dios he recibido noticias de Julius
a través de una carta por avión. Dice que ahora está
mucho mejor. Espero que no vuelva a enfermar y que,
aunque vuelva a ganar algo de dinero, no quiera irse
y alquilar una habitación. Julius es aún demasiado
joven para estar solo, es lo que siempre le digo. En
casa ha tenido buenos consejos y debe seguirlos,
pero tengo miedo de la influencia que pueda tener
de según qué personas.
Hemos pedido los visados, pero la contestación es
negativa hasta que no tengamos los pasaportes. Las
cosas de Nuremberg todavía no han llegado. Todo va
muy lento. Solo entonces podremos hacer las listas.
Bueno, seguro que Conrado debe de estar de viaje y
seguro que tendrá suerte. Le mandamos sellos para
su colección y cuando tengamos ocasión de obtener
más de algunos amigos se los enviaremos.
Se me pasan tantas cosas por la cabeza, pienso en
tantas cosas, y también pienso que a vosotros no os
debe de ser nada fácil, pero lo importante es tener
salud.
Quiero escribir todavía una carta a Nuremberg, o

sea que más vale que termine esta. Ya veis que no solo vosotros tenéis que escribir tanta correspondencia. Miles de besos.
Vuestra madre.

26 de abril

Todavía no había echado la carta y mientras tanto ha llegado la respuesta para los papeles de salida. La obtención del pasaporte puede tardar un año. Debemos dirigirnos a: Solicitud de viaje, Dr. E. Zimermann, Kalsruhe. Lo intentaremos de nuevo.
Otro beso,

Lina

N.º 3229

Tío Henry convenció a Julius para que viviera con uno de los primos, Fritz. Pensó que le sentaría bien estar con alguien de su edad, que se pudiera expresar en su mismo idioma y compartir aquellos momentos tan largos, tan duros, tan solitarios, durante los cuales la tristeza de la separación se mezclaba con la preocupación por lo que se avecinaba.

Aquel año, en abril, Henry casó a su hijo Carl. Le habría gustado poder compartirlo con sus hermanos y sus sobrinos, pero tampoco pudo ser. Como no pudieron compartir tampoco las bodas de Kurt y Rosl en Barcelona ni la de Dorel y Morris en Tel Aviv. Las tres familias, tan cercanas emocionalmente y tan lejanas en la geografía, dispersas en tres continentes: América, Europa y Asia. Kurt soñaba con asistir a la boda de su primo, aunque sabía que era un sueño imposible. Pero soñar era lícito. Aún no lo tenían prohibido.

Una mañana, en medio de aquella masa gris en la que se había convertido la realidad, llegó una noticia que inflamó el corazón, hizo temblar sus manos y arrancó lágrimas de los ojos de Max: tenían por fin la renovación del visado para Cuba con validez para un año más. Pero Max recibió aquel documento con desconfianza porque ya habían perdido el visado anterior y los pasaportes no habían llegado todavía. Ambos documentos eran imprescindibles para entrar en un país extranjero. No lo comentó con su esposa; no quería hacerse ilusiones. Aquel papel le daba vueltas en la cabeza. Solo veía las dificultades. La experiencia anterior le decía que ni él ni su mujer serían capaces de aguantar un golpe más, una negativa más. Así que la incerteza dominó a la esperanza. Pero, cuando días después recibieron los pasaportes con validez también para un año, entonces sí que el pecho se les llenó de futuro. Los pasaportes eran a la vez unos papeles llenos de ofensa y de exaltación a la vida. Tengo los pasaportes en mis manos. Han surgido en medio de todos los papeles de la caja número tres.

Busco los pasaportes anteriores y los encuentro. El pasaporte de mi abuelo, expedido el 2 de enero de 1931, va dirigido al señor Max Sontheimer. El de mi abuela, a la señora Rosa Sontheimer, de soltera Winternitz. En 1940, en cambio, mis abuelos habían dejado de ser señores para la Alemania nazi. Eran Max Israel y Rosa Sara. Ya no eran ni considerados personas. En las tapas de los documentos destaca nítidamente una gran letra de color rojo: «J». Eran «J», judíos. El pasaporte de Max, con el número tres; el de Rosa, con el número cuatro.

¿Solo habían expedido cuatro pasaportes desde enero hasta abril de 1940 para la comunidad judía? Hay muchos detalles que todavía no comprendo.

Los pasaportes judíos llevarán en su portada una «J» grande de color rojo.

Al ver la «J» siento rabia y humillación. Esta «J» se clava como un dardo venenoso en mi alma. A las reses las marcan con fuego. Hitler marcó a mis abuelos. Me pregunto por todos aquellos administrativos que se dedicaban a colocar la «J» con un tampón en los pasaportes. Ciudadanos aparentemente normales, que hacían sus labores cotidianas, algunos posiblemente amantes de la música, quizá buenos padres de familia. ¿Qué les pasaba por la cabeza cuando estampaban la «J»? ¿Bromeaban con sus compañeros? ¿Se vanagloriaban de las aventuras amorosas con sus esposas o amantes? Me pregunto qué neurona fueron capaces de alterar los nazis en tantas personas.

El sentimiento de desdén era tan brutal que solo las ganas de huir podían superar el hundimiento personal de mis abuelos. Cuando Max recogió los pasaportes, le temblaban las manos…, aquellas largas manos tan pulidas. Sin embargo, un nombre le vino inmediatamente a la mente: Marianne. No había manera humana de conseguir nada para ella. Nada.

Conseguir billetes para salir de Alemania en avión o tren era una misión casi imposible. Los pocos disponibles estaban vendidos con meses de antelación, ya que las salidas del país estaban prácticamente bloqueadas. Hasta octubre no había posibilidad. La situación económica de Henry tampoco estaba en sus mejores momentos, pero Max sabía que este problema en concreto se solucionaría. Su hermano, su hermana y sus hijos los ayudarían.

Kurt, por su parte, continuaba buscando billetes para viajar de España a Cuba. La pregunta era: ¿para cuándo? ¿En qué fechas? Sabía de la amistad de su padre con Eusebio Güell y sabía que esta amistad se había perpetuado con su hijo Juan Antonio Güell, marqués de Comillas. Este, muy vinculado a la monarquía, había fundado la Compañía Transatlántica, de la que era además presidente, y tenía la exclusividad de la ruta entre España y las Antillas. Hacía también la ruta semanal a Cuba. Kurt lo tuvo muy claro: se presentaría en las oficinas de la Compañía Transatlántica, previo contacto con el marqués de Comillas, y le plantearía la situación. Dio resultado. Extendieron los billetes para el mes de diciembre, aunque todavía faltaba solucionar la salida de aquella jaula que era por aquel entonces Alemania.

Aun así, las yemas de los dedos de Kurt tocaban suavemente aquellos billetes como si se pudieran estropear, como si tocara el teclado de su piano antes de empezar el andante n.º 41, *Júpiter*, de Wolfgang Amadeus Mozart. Aquellos billetes tenían música propia. Ahora ya solo tenían que sacar a Max y Rosa de Alemania. La esperanza asomaba entre las nubes. Solo faltaba el visado de tránsito para poder entrar en España. Había que hablar inmediatamente con el Consulado de Cuba. Solo un paso más. Un paso más hacia la vida.

Durante la primera mitad de 1940, Max estuvo ocupado en la labor desesperante de conseguir al precio que fueran los billetes para salir de Alemania hacia España. No tenía recursos económicos, no tenía ya a quién recurrir en Alemania: su vida había cambiado radicalmente. Durante toda su vida había estado acostumbrado a moverse con libertad por toda Europa, por todo el mundo. Había descubierto y amado otras culturas, otras lenguas, y ahora se encontraba enjaulado y estigmatizado en su propio país. Los pasaportes lo acompañaban siempre allá donde fuera; de ellos dependía su vida.

La propaganda de Hitler ensalzaba los nuevos avances del nacionalsocialismo: entre abril y junio ocuparon Dinamarca, Bélgica, Holanda y parte de Francia. La exaltación de Hitler era máxima. La esvástica nazi, desde el 14 de junio de 1940, ondeaba en la torre Eiffel. La capital del amor, de la moda, de la elegancia, del glamur, del arte y de la gastronomía se había rendido a sus pies. Max observaba atónito y apenado aquella sociedad enferma, de la que antes había formado parte y que ahora no reconocía.

Otras noticias no habían llegado, por suerte, a oídos de Max: la apertura del campo de Auschwitz, la creación de los guetos o el comienzo de los ensayos demenciales de los nazis con enfermos mentales. Vuelven a atacarme las preguntas: ¿de qué está hecho un hombre capaz de llenar una habitación de judíos y matarlos? ¿Alguien pensó lo que iban a hacer? ¿Nadie sintió vergüenza, lástima, culpa? ¿Nadie pensó interrumpir la instrucción, desobedecerla?

El verano de 1940 entraba con fuerza. Kurt y Rosl, ya en su nuevo piso, se sentaban en el balcón aquellas noches, en las que la brisa del mar templaba el calor que caía sobre la ciudad. Kurt debía consolar a su esposa, ya que sus suegros no habían conseguido ni tan solo el visado. Ni siquiera el pasaporte degradante con la «J». Seguían intentándolo con constancia, pero siempre recibían la misma respuesta: no. A veces las palabras no fluían y entonces se concedían un respiro y cogidos de la mano marchaban al Heidelberg, donde Ramón les sonreía cuando los veía y les buscaba la mejor mesa posible.

Y llegó septiembre, mes que en adelante iría tantas veces unido a la desgracia en mi familia. Días antes, mis padres habían recibido una carta de Dorel, preocupada por Max y Rosa y enmascarando esta preocupación con el amor del recién constituido matrimonio. No pudo imaginar Kurt que esta sería la última carta que recibiría de su hermana. Una de esas tardes en que parece que se empieza a despedir el verano, Rosl entró en el despacho de su marido con un telegrama para él. Lo encontró con el teléfono en la mano en mitad de una llamada. El documento venía de Palestina, de Tel Aviv.

·············· TELEGRAMA ··············

Fecha: 9 de septiembre de 1940
Remitente: Edith Lehmann y Franz Steinhardt
Tel Aviv

Destinatario: Conrado Sontheimer
Muntaner, 250 - Barcelona

TERRIBLE NOTICIA. TENEMOS QUE COMUNICAR LA MUERTE DE ELLA Y DOREL POR UN BOMBARDEO DE AVIONES DE MUSSOLINI SOBRE LA CIUDAD DE TEL AVIV. TÍO HENRY AVISADO. MUY APENADOS.

·······························

Un peso implacable cayó sobre los hombros de Kurt, que acabó bruscamente la conversación que mantenía con un cliente. Cuando terminó de leer, el auricular cayó al suelo, emitiendo el típico sonido de línea interrumpida, y Kurt se derrumbó abatido en el sofá. Su hermana había muerto. Su tía Ella había muerto. Por primera vez, Rosl vio cómo aquella entereza de Kurt se resquebrajaba y observó cómo las lágrimas le empezaban a caer. Cogidos de las manos y llorando abrazados, los minutos se hicieron eternos. Fue la noche más triste desde su boda. Rosl no solo había perdido a su cuñada, sino a su mejor amiga, a aquella que la había apoyado en los momentos difíciles de su llegada a España. Aquella que le dio cariño cuando tanto lo necesitaba. Kurt perdía a su querida hermana pequeña, aquella que revoloteaba a su alrededor durante su niñez, aquella que le hacía reír con sus divertidas ocurrencias, aquella que le presentó a Rosl y aquella que tuvo la firmeza de mantener su postura ante las dictaduras y proseguir con sus convicciones en Palestina cuando le habría sido más cómodo quedarse en España. ¿Para qué le había servido? Joven, recién casada, enamorada, feliz. ¿Qué mal había hecho? ¿Por qué tenía que ser víctima de aquella locura? La pobre tía Ella, que lo único que había hecho era ser como una madre para Dorel, darle todo el amor que su madre no había podido proporcionarle. ¿Cómo iba a dar esta noticia a sus padres?

Las primeras horas fueron de tal desconcierto que la tormenta de verano que cayó sobre Barcelona parecía la tormenta que Kurt y Rosl sentían en su interior. Con la noticia partiéndole el alma, Kurt, al día siguiente, fue a buscar la prensa, que le mantenía al corriente de las noticias.

Neu Züricher Zeitung

La Regia Aeronautica de Italia ha estado bombardeando el Mandato Británico de Palestina, con sus ataques centrados especialmente sobre las ciudades de Tel Aviv y Haifa. Muchas otras localidades costeras, como Acre y Jaffa, han resultado alcanzadas. El bombardeo sobre la ciudad de Tel Aviv ha causado 137 muertos. En Haifa, el objetivo era el oleoducto que discurre desde Mosul y que en Haifa se adentra en el mar. El bombardeo encendió fuegos que duraron varios días.

Las patrullas británicas llegaron demasiado tarde para interceptar a los aviones italianos.

Solo deseó que su padre no lo hubiera leído. Sabía que él, desde Alemania, tenía muy difícil el acceso a la prensa extranjera. Pero no tocaba otra solución que afrontarlo.

Al rebuscar entre los documentos, después de leer el telegrama de Tel Aviv, recordé una pequeña caja estampada de tela con el nombre de Dorel escrito en el frontal. Fui a buscarla y la abrí. Era su caja de recuerdos de adolescencia y de juventud, la caja que mi tía dejó en Barcelona cuando se marchó a Palestina. Al abrirla, percibí su frescura, su alegría, su juventud y su personalidad. Recortes, cartas de sus amigos, invitaciones y menús de boda, caricaturas, dibujos… Arrancada de este mundo cuando estaba empezando a vivir, cuando estaba empezando a ser una mujer.

Fue un duro golpe para Henry. Se dio de bruces con la realidad de la guerra a pesar de la distancia. Algunas veces he pensado que quizá la muerte de Dorel y Ella sirvió de acicate para que tío Henry no cejara hasta conseguir sacar a su hermano de Alemania. Me lo imagino al recibir la noticia, cegado por la rabia, cayéndole la venda de los ojos. No sé qué noticias llegaban a Estados Unidos sobre lo que estaba ocurriendo en Alemania, pero sea como fuera parece ser que la mera posibilidad de perder también a su hermano Max le hizo reaccionar y consiguió los billetes de Stuttgart a Madrid para el 22 de octubre.

 Henry Sontheimer
West 79th St., 310
Nueva York

Nueva York, 16 de septiembre de 1940

Kurt y Rosl Sontheimer
Muntaner, 250
Barcelona

Querido Kurt:
Enterados de la terrible noticia. Tessa, Carl y Eleanor están consternados. Sentimos muchísimo esta tragedia. No comuniques nada a tus padres hasta que consigamos sacarlos de Alemania. Tendrás que darles tú la triste noticia cuando lleguen a España. Creo que conseguiremos billetes para principios de octubre. La Sra. Sarasin me informa de que prácticamente están confirmados. Me comenta que es muy difícil, ya que no existen plazas, y las listas de espera son de meses, pero al final todo es una cuestión de precio. La Sra. Sarasin sabe con quién tiene que contactar y esperemos que se verifique

la confirmación. Max está en contacto con ella. Mientras tanto, no comentes nada con nadie, no sea que les llegara la noticia a tus padres. Sabes que tu madre sufre del corazón y no podemos permitirnos en este momento un *shock* emocional de este calibre. Tú intenta conseguir el visado de tránsito para que puedan entrar en España.

Me preocupa Marianne, porque no podemos dejarla sola. Tu padre está buscando una solución para ella. Les he mandado a Edith y Franz un fuerte abrazo con el pesar de toda la familia. Tiene que ser terrible para ellos. Descansen en paz. Dios les recompensará. Ahora hay que ser fuertes y mantener la calma y el espíritu de lucha. Tan pronto sepamos algo más de los billetes, os lo comunicaremos.

Un beso muy fuerte.

Tío Henry, Tessa, Carl, su esposa y Eleanor

El 9 de octubre, justo un mes después de aquel telegrama fatídico, Kurt y Rosl recibieron otro muy distinto: Max y Rosa les anunciaban que tenían nuevos billetes para ir a España, pero que necesitaban el permiso oficial para permanecer en Barcelona hasta que encontraran los de Cuba. Kurt viajó inmediatamente a Madrid, pero no había billetes disponibles en el buque Marqués de Comillas de Bilbao hacia La Habana. Los únicos pasajes disponibles eran para diciembre. España no concedía permiso de estancia a los judíos; solo excepcionalmente concedían un visado de tránsito. Y el visado de tránsito que había conseguido Kurt para sus padres era solo de tres días. Debía alargarlo como fuera hasta diciembre, pero solo el consulado alemán en España podía interceder para ello.

Fecha: 9 de octubre de 1940

Remitente: Max Sontheimer, Nuremberg

Destinatario: Conrado Sontheimer
Muntaner, 250 – Barcelona

CONSEGUIDO BILLETE 22 DE OCTUBRE STUTTGART-
MADRID. NECESITAMOS VISADO TRANSITORIO PARA
ENTRAR EN ESPAÑA.

··· ······

Y otra vez entró tío Henry en acción. Le habló de una
princesa muy influyente, otra incógnita de la historia.
Todavía no sé quién era ni qué hizo la tal princesa Sonja
Rosetti Roznovano, pero tras aquel encuentro llegó una
carta del cónsul general de Alemania en España que
solicitaba a la embajada española permiso para que el
ciudadano Max Israel y su esposa pudieran permanecer
en España por espacio de tres meses debido al delicado
estado de salud de Rosa Sara. Hay quien me ha dicho
que la princesa quizá fuera una espía. ¿Quién era? He
buscado información y efectivamente existió. Otra par-
cela que investigar. Un nuevo reto. ¿Cómo se movía esta
princesa? ¿Con los británicos? ¿Con los alemanes?

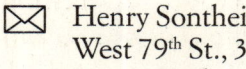 Henry Sontheimer
West 79th St., 310
Nueva York

Nueva York 27 septiembre de 1940

Kurt y Rosl Sontheimer
Muntaner, 250
Barcelona

Querido Kurt:
Mientras estuve en París conocí a una persona muy influyente en las relaciones del Gobierno español y alemán: la princesa Sonja Rosetti Roznovano. Me he puesto en contacto con ella y me ha dicho que la semana próxima estará en Bilbao para encontrarse con unas personas. Luego viajará a Barcelona para posteriormente trasladarse a Estoril. De allí marchará a Tánger, donde residirá durante una temporada. Me ha dicho que cuando llegue a Barcelona se pondrá en contacto contigo para mantener una entrevista. Le he dado tu dirección y tu teléfono. Busca su encuentro.
Contéstame tan pronto lo tengas.
Besos,

Tío Henry

Pero esta buena noticia venía coja: Max, a pesar de sus esfuerzos, no había conseguido el visado de salida para Marianne. Ante tal incertidumbre, tuvo que ser ella misma quien ofreciera una salida.

«Deben marcharse —les dijo sin dudar—. Desde Cuba tendrán más fuerza para reclamarme. Por favor. Si no se van ahora, estarán cargando sobre mí la responsabilidad de no haber podido salir por mi culpa».

La fuerza de sus palabras los hizo tomar la decisión. Consiguieron que Marianne se trasladara a vivir a Múnich, a casa de una entrañable amiga de la familia, la señora Weil.

El sábado 19 de octubre de 1940, la señora Weil esperaba a Max, Rosa y Marianne en el recibidor de su casa. Sobre la mesita humeaba la jarra de café junto a unas pastas dulces preparadas por ella misma, quizá en un intento de contrarrestar el amargo sabor de la despedida. Marianne estaba tranquila. Veía por fin que sus tíos podían irse. Ella era joven, se sentía útil ayudando a la comunidad judía que estaba luchando por sobrevivir y quería quedarse allí. Sin embargo, a pesar de su convicción, sentía una pena honda. Se separaba de su familia, de sus tíos, que le habían hecho de padres. Recordaba su infancia rodeada de sus primos, que fueron como hermanos para ella. Hablaron, se miraron, se acariciaron, se dedicaron palabras bonitas. Se despidieron diciéndose «Hasta muy pronto» sin saber que sería para siempre.

La puerta de la casa de la señora Weil se cerró y la vida se cerró también para Marianne. Nunca más se volvieron a ver.

En Múnich, Marianne continuó al lado del doctor Baer, ayudando en lo que podía, con una actividad cada vez más frenética. El doctor y Marianne, además de continuar asistiendo a personas judías que no podían acudir a la sanidad pública, visitaban diariamente el asilo de Antonienheim, una residencia para niños huérfanos judíos. Dos años atrás, en 1938, el *Gauleiter*[5] de la zona

---

[5] Término que se utilizó para denominar a los jefes políticos territoriales del partido nazi –creados por Hitler en 1922– en cada estado o región alemana.

ordenó el cierre de la casa. Pero parece ser que habían conseguido un aplazamiento y de momento continuaban con la actividad. Marianne y el doctor pasaban sus horas ayudando y atendiendo a los niños. Aquel trabajo la llenaba, la reconfortaba. Estaba preocupada por sus tíos; los veía mayores, cansados, y para ella era un alivio que pudieran escapar. Ahora, desde la distancia, pienso en aquellas difíciles horas de toma de decisiones.

Tres días después de la despedida, tuvieron que partir. Kurt esperaba impaciente en Madrid la llegada de sus padres. Angustiado, nervioso, con la emoción de verlos después de más de cuatro años y con la enorme tristeza y responsabilidad de comunicarles la tragedia que había ocurrido. ¿Cómo lo haría? ¿Qué palabras eran las adecuadas? ¿Cómo decirles que su hija y su hermana habían muerto en un bombardeo en Tel Aviv? Sin embargo, al verlos en el aeropuerto, no encontró a sus padres, sino a un par de ancianos. Otros. Ellos, pero otros. Ancianos. Tuvo que esforzarse para reconocerlos porque parecía que no los hubiera visto en veinte años; más, cincuenta; más aún, toda una vida. El dolor los había erosionado, los había minado, los había reducido. Se abrazaron sin decir palabra; se limpiaron las lágrimas que, a pesar del esfuerzo por no salir, brotaban, y se palparon para tener la certeza de que, pese a todo, estaban vivos. Y juntos.

Traían consigo dos pequeñas maletas con los restos de sus pertenencias como si fueran los restos de un naufragio. Los muebles y el resto de pertenencias aún no habían llegado. Max, prudentemente, los había colocado en un almacén de transporte antes de que los desalojasen de su casa, intuyendo que lo podían perder todo. Y, una vez con el pasaporte en la mano, ordenó que lo trasladaran todo a Barcelona a través de Suiza. Henry, desesperado por el coste. Mi padre y mi abuelo, preocupados. Fue una tarea interminable y agotadora; encontré dos carpetas con todos los trámites que realizaron con los agentes de aduanas y los transportistas. Los muebles tardaron años en llegar, se quedaron en las aduanas hasta el fin de la guerra y nunca llegaron a Cuba. Por el camino se perdieron muchas cosas, como la máquina de escribir de Max. Un instrumento básico por aquel entonces y un objeto al que mi abuelo tenía un especial apego. Era la misma, seguramente, con la que escribió algunas de las cartas que muchos años después yo descubrí en estas siete cajas donde ahora indago y de donde rescato esta historia a pedazos. La máquina de escribir desapareció, la engulló la historia, pero las páginas que se escribieron con ella perviven, las conservo, las tengo ahora mismo en mis manos.

Pasaron dos noches en Madrid, descansando y hablando, y luego, un poco más serenos, viajaron a Barcelona. Se instalaron en casa de Kurt y se sintieron, por primera vez en mucho tiempo, si no felices, tranquilos. Con su hijo. Las tormentas del cielo habían desaparecido para Max. Todavía no sabía que le iba a caer el diluvio. Aquella misma noche, entre sorbo y sorbo, mordisco y mordisco, comentario y comentario, Kurt afrontó la empresa más difícil de su vida. Se lo dijo primero a su padre; luego ambos hablaron con su madre. Quedaban casi dos meses para la fecha de embarque. Pensaron que tendrían, pues, dos meses de duelo, dos meses para consolarse mutuamente, con tranquilidad. Pero no fue así. Al día siguiente una nueva nota desgarró la prensa internacional. Pocos días después, la noticia llegó a manos de Kurt y Rosl:

23 de octubre de 1948

Neu Züricher Zeitung

Tal como nos ha comunicado United Press, los 9.000 judíos de la zona de Baden y de Platz han sido agrupados y trasladados. Parece ser que los han llevado a la zona sur de la Francia no ocupada. Muchos de ellos han sido transportados en trenes franceses pasando por Mülhaus hasta la zona de Alsacia. A muchos de estos judíos se les comunicó el lunes por la noche que el martes por la mañana tenían que abandonar sus hogares llevando un máximo de cincuenta kilogramos por persona y cien marcos. En Mülhaus ocurrió lo mismo. En otras poblaciones, como Baden, se ha recogido a los judíos dándoles 20 minutos de tiempo para preparar su partida.

Friburgo pertenecía a la zona de Baden, o sea que las noticias eran lo suficientemente claras. Rosl no sabía nada de sus padres. Esta vez los recién llegados Max y Rosa se sumaban también al desaliento: los acontecimientos no les daban un respiro. Nadie pudo darles ninguna explicación del paradero de Lina y Eduard hasta que después de unos angustiosos días recibieron un telegrama desde el campo de concentración de Gurs. Al menos ya sabían dónde estaban, aunque era un triste consuelo.

Fecha: 27 de octubre de 1940
Remitente: Lina Heilbruner, Francia

Destinatario: Conrado y Rosita Sontheiner
Muntaner, 250 – Barcelona

TODA LA FAMILIA AQUÍ DESDE AYER. DEPORTADA AL
CAMPO DE GURS. PIRINEOS BASE ISLOTE M. BARRACÓN
16. ENVIAR URGENTE ROPA CALIENTE, ZAPATILLAS
CALIENTES Y VÍVERES. ESTAMOS ABUELO, TÍO NA-
THAN, TÍO AARON CON TÍA BERTHA Y TÍO LEOPOLD CON
TÍA CLÄRLE. COMUNICAR URGENTE A ARGENTINA.

Al cabo de pocos días recibieron una carta más larga,
escrita con lápiz el 29 de octubre en un papel de libreta. Mi
padre la reescribió a máquina para poderla manipular y en-
señar a la familia. Contactó a unos amigos de Suiza para que
desde allí les enviasen víveres y ropa caliente. Quizá cuando
las desgracias se acumulan la resistencia humana es capaz
de aguantar más. Para Max y Rosa, que todavía no habían
podido asimilar la muerte de su hija, cada noticia era un
nuevo sobresalto. Pero ante tales circunstancias querían dar
también su apoyo, su ayuda, a su nueva hija, Rosl. Tenían
un gran cariño a Lina y a Eduard, sus consuegros. Querían
ayudarlos. Y continuaron llegando las cartas de Lina, cartas
que emanan tristeza y desazón sin querer, que intentan no
preocupar demasiado, no volcar todo lo que sentía, queriendo cuidar y proteger a sus hijos de la barbarie incluso
en un paradero tan desolador, preguntando por Julius,
por Rosl, preocupándose por su estado de salud, por el
trabajo…, ejerciendo de madre en todo momento.

✉ Lina Heilbruner
Islote M, Barracón 18
Bajos Pirineos
Gurs

Gurs, 29 de octubre de 1940

Conrado y Rosa Sontheimer
Muntaner, 250
Barcelona

Queridos queridos niños:
Supongo que os debéis de haber quedado sorpren-
didísimos del telegrama y todavía no sois conscientes
de los cambios producidos. El 23 de octubre en pocas
horas vino la orden de que debíamos dejar nuestras
viviendas y no os podéis imaginar lo que esto significó. Solo nos dejaban llevar lo más necesario, pero
con toda la excitación ni siquiera lo cogimos todo. El
miércoles por la noche a las diez nos transportaron en
un tren especial sin saber adónde. Nos tranquilizamos
al ver que íbamos hacia el sur. Como viajamos durante
dos días y dos noches, pensamos que era a un lugar
no ocupado. Sobre las diez de la mañana del sábado
llegamos aquí, todos constipadísimos. Nos recogieron
en la estación. Un frío horrible. No había calefacción
en ningún lado. En la estación fuimos separados,
los hombres por un lado y las mujeres por otro, por
lo que hasta ahora no sé nada de vuestro padre, del
abuelo, de tío Nathan, de tío Leopold y de tío Aaron.
Tía Bertha está cerca y me ha podido ir comunicando
algunas cosas durante estos últimos días. En total,
estamos aquí ocho miembros de la familia.
Estoy con fiebre en este barracón, sobre un petate
de paja donde con suerte tengo que curarme. Dios
nos ayudará y espero que haga un milagro mientras
estemos transitando por estos lugares. En el telegra-

ma os he pedido zapatillas calientes porque con las prisas no las he cogido. Necesitaría también un par de medias de lana calientes, papel para escribir, algo de mantequilla y sobre todo ayuda para sacarnos de aquí. Solo nos hemos podido llevar cien marcos y una maleta por persona. El resto del dinero en efectivo nos obligaron a dejarlo encima de la mesa. Los marcos nos los han cambiado por francos y nos instan a que compremos cosas, con lo que el poco dinero que tenemos desaparecerá enseguida. Por las mañanas nos dan un café negro, al mediodía un plato de sopa y por la noche otro plato de sopa. Un trozo de pan para todo el día. A las personas mayores nos niegan hasta eso, no sé qué fortaleza voy a tener para aguantar. Lo peor es que no hay calefacción en los barracones y hace mucho frío, más frío que en Alemania. Además, solo pienso en la tragedia de lo que ha ocurrido con tu querida hermana, Kurt. No me lo puedo ni creer. Por favor, nuestro más profundo pésame, aunque estemos separados. No sé si vuestros padres habrán podido llegar. Solo deseo verlos pronto.

Rosl, por favor, escribe a Julius. Desde el 14 de septiembre no tengo noticias de él.

Por favor, intentad enviarnos lo pedido.

Vuestra madre,

Lina

Tras los acuerdos del mariscal Pétain con Hitler en 1940, proliferaron en Francia campos de internamiento destinados a «dar alojamiento» a los judíos extranjeros. Los campos de internamiento ya eran utilizados desde 1938 en Francia para internar a «extranjeros indeseables». Dentro de esta calificación se hallaban miles de republicanos españoles. Los principales campos estaban en el Prepirineo y cerca del Mediterráneo. En la zona de Toulouse se concentró la red más densa de campos, muy diferentes unos de otros. Algunos con barracones de madera, con o sin miradero. En teoría eran campos de «alojamiento, acogida y hospitalización», pero su verdadero objetivo era aplicar el sistema represivo y racial del Gobierno de Vichy.

El campo de Gurs se construyó en 1939 en la región de Aquitania, en el departamento de los Pirineos Atlánticos. En un principio, en el campo se encarceló a los soldados republicanos que habían huido a Francia después del colapso de la República española y la victoria del general Franco. En octubre de 1940, según el Neu Züricher Zeitung, se agrupó en Gurs a unos 9.000 judíos de la zona de Baden y el Palatinado en la llamada Operación Bürckel, muchos de ellos personas mayores de clase media, entre ellos Lina y Eduard. El Gobierno de Hitler debía decidir todavía qué hacer con ellos. De momento, amontonados, sin aseos, sin agua, sin apenas comida, pasando frío y hambre. Gurs no fue un campo de trabajo ni un campo de exterminio. Estaba administrado por las autoridades francesas; no había SS. Parece ser que no hubo asesinatos ni trabajos forzados, pero no fue necesario: la edad avanzada, el frío, el hambre y las condiciones insalubres se llevaron a un 20 % de aquellos ancianos. De allí, muchos de los que sobrevivieron fueron llevados a los campos de exterminio.

Hoy solo sigue intacto el camino de asfalto de dos kilómetros de largo que dividía el campamento en dos partes iguales. Lina caminó por ahí. Eduard caminó por ahí. Solos, desvalidos. De Lina y sus seis hermanos solo tres estaban a salvo: Gustav en Estados Unidos, Fanny y Mathilde en Argentina. Los otros cuatro fueron a parar a Gurs: Nathan, el hermano soltero; Aaron, con Bertha, su mujer; Leopold con Clärle, su mujer; y Lina con su esposo, Eduard. Todos confinados como animales y sin futuro. También estaba el abuelo, Abraham, un anciano de noventa y siete años. Los cuatro hermanos tuvieron que soportar ver a su progenitor acabar sus últimos días en medio de toda aquella inmundicia. Lina y Eduard fueron arrojados ahí como quien tira la basura. Pero sobrevivían. Pese a las barracas, los retretes, la falta de alimento, el frío y el barro, vivían. Intentaban aún, desde ese hoyo inhumano, desde esa grieta sucia, conseguir un documento, un papel al cual aferrarse como se agarra un náufrago al salvavidas para poder asomar la cabeza y, al fin, respirar.

Aquel 23 de octubre en que los sacaron de sus casas nunca más sería olvidado por la familia. El mismo día Hitler se entrevistaba con Franco en Hendaya y Himmler estaba en Barcelona.

Y así fueron pasando estos duros días de octubre, noviembre y diciembre. El torbellino de hojas muertas sobre las calles de Barcelona se asemejaba al torbellino en la cabeza de Rosl. Mientras, iban mandando paquetes a Gurs, entre los que les ponían también dinero, algún pequeño ahorro. Max y Rosa colaboraron mano a mano preparando los envíos. Seleccionaban los alimentos que era posible enviar. Buscaban la ropa que pensaban que les podía ser útil. Ofrecían lo poco que tenían por si podía servir de ayuda a los padres de Rosl. Rosa le dio con cariño a su nuera aquella chaqueta de punto marrón que Lina le había regalado cuando se conocieron, dentro de un paquete. Todo parecía poco. Max ayudaba a su hijo en todo lo que podía en su incipiente empresa. La vida seguía y la ayuda mutua era vital. No podían hundirse. Lina y Eduard, conocedores de que Max y Rosa habían podido llegar a España, se fueron también tranquilizando. Tal como decía Lina, saber que sus hijos desde España y Julius desde Nueva York estaban haciendo todo lo posible daba sentido a sus vidas.

✉ Lina Heilbruner
Islote M, Barracón 18
Bajos Pirineos
Gurs

Gurs, 7 de noviembre de 1940

Conrado y Rosa Sontheimer
Muntaner, 250
Barcelona

Queridos queridos niños:
Nos hemos alegrado muchísimo al recibir vuestro telegrama. Os respondemos sobre lo que nos preguntáis. Todos los papeles (de todos nosotros), certificados de nacimiento, de boda y el número de registro para la entrada a América de las ocho personas, se han perdido en el camino. Ahora quiero saber de vosotros, ya que estáis recibiendo una mala noticia detrás de otra. ¿Han podido llegar a Barcelona Max y Rosa? ¿Están ya con vosotros?
Ayer por primera vez pude ir a ver a tu padre, al abuelo y a tío Nathan. Los tres están en el mismo barracón. Tu padre me pide si es posible que enviéis un pantalón para tío Nathan. Me es muy desagradable pediros todo esto. Tío Nathan está muy asustado, solo tiene el traje que lleva puesto, ya que el día anterior había venido a Friburgo a visitarnos y estaba casualmente en casa. Zapatos no envíes, porque no creo que coincida el número. Sé lo que tenéis que luchar

vosotros y solo os pedimos ayuda. Pedimos lo que nos es imprescindible y no queremos molestar.

Al abuelo no podemos trasladarlo a ningún otro sitio. A sus noventa y siete años, está durmiendo en el suelo encima de un jergón de paja. Ya os podéis imaginar cómo está. Enviadme a mí el correo, porque intento encontrar un momento de pausa para leerlo y pido poder ir a visitar al abuelo. Enviadnos, por favor, un paquete con mantequilla, lo que podáis de embutidos y jabón para poder lavar la ropa, papel para escribir y unos cubiertos. Hace ahora quince días que estamos fuera de Alemania y desde el 27 de septiembre no sé nada de Julius. A pesar de lo que estamos pasando, me preocupa su salud. Le he mandado un telegrama y una carta.

Muchos muchos besos.

Vuestra madre,

Lina

Consulado General de Alemania en España

NOTIFICACIÓN

El Consulado General de Alemania en Barcelona NOTIFICA:

Que no tiene inconveniente alguno en que el súbdito alemán Max Israel Sontheimer, nacido el 3 de septiembre de 1876 en Múnich, y su esposa, Rosa, ambos poseedores ya del visado de entrada en Cuba, permanezcan en Barcelona por algunas semanas más, por razón de la actualmente delicada salud de la esposa.

A petición y para que conste ante la Jefatura Superior de Policía, libro la presente

en Barcelona, a 25 de noviembre de 1940
El Cónsul General de Alemania

Y desde Alemania alguien más intentaba por todos los medios socorrer a Lina y Eduard. Aunque no fueran familiares directos, tío Felix, primo de Max, intentaba utilizar sus contactos de exdirector de banco para ayudarlos. Al fin y al cabo, uno de sus hijos, Fritz, había convivido durante unos meses con Julius, el hijo que tanto añoraba Lina. Pero, llegados a este punto, los judíos parecía que ya no tenían escapatoria posible.

✉ Felix Sontheimer
Director de banco
Hasenbergsteige, 12
Stuttgart-W

Stuttgart, 5 de noviembre de 1940

Max y Rosa Sontheimer
Muntaner, 250
Barcelona

Queridos Max y Rosa:
Celebramos que hayáis podido salir por fin de Alemania y que estéis con vuestro hijo. La noticia que me habéis dado sobre el fallecimiento de Dorel y de Ella me ha trastornado profundamente. No me lo puedo creer. Mi más profundo pésame y también de parte de mamá. No existen palabras para poder expresar lo que sentimos; nos hacemos cargo de vuestro dolor por la doble pérdida. Tengo un grato recuerdo de vuestra hija de cuando nos visitó de regreso a España y lo que queríamos a tu hermana no hace falta que te lo diga.
¡Todo lo mejor en el lejano país y un buen viaje!
Un fuerte abrazo.

Felix Sontheimer

P. D.: Guardad el sobre para la colección de sellos de Kurt.

N.º 3162

La partida de Max y Rosa se acercaba. El 20 de diciembre de 1940, desde Bilbao, debían embarcar en el Marqués de Comillas con rumbo a Cuba. La Habana significaba entonces la tranquilidad, la libertad, la vida. Decidieron pasar los últimos días junto a Kurt y Rosl en Bilbao. El automóvil Singer que utilizaba Kurt en sus viajes de representación por todo el país esta vez iba rumbo al norte con los cuatro, felices y acongojados a la vez. Kurt despedía a sus padres triste, pero con la tranquilidad de que estarían a salvo. Otra vez abrazos, otra vez palparse las caras. Otra vez besos. ¿Cuándo volverían a verse? ¿Qué es lo que quedaba por llegar? No lo sabían, pero no importaba. Lo importante era el hecho de que estaban vivos y eran conscientes de ello.

Fue la última vez que Kurt besó a su madre. Nunca más volvería a verla. Max estaba muy nervioso. Pudieron cenar todos juntos a bordo y pudieron conocer a los pasajeros que viajarían con ellos en la misma cabina, gente encantadora. Estaba previsto que el 1 de enero de 1941 llegaran a La Habana. La mente de Rosl estaba dividida en dos entre sus padres y sus suegros. Igual que su corazón. Cabían unos y otros: sus suegros, sanos y salvos; sus padres, indefensos.

✉ Felix Sontheimer
Director de banco
Hasenbergsteige, 12
Stuttgart-W

Stuttgart, 24 de diciembre de 1940

Conrado y Rosa Sontheimer
Muntaner, 250
Barcelona

Queridos Conrado y Rosita:
Supongo que vuestros padres ya han partido hacia
Cuba. Espero que hayan pasado unos días agrada-
bles con vosotros después de la terrible noticia, que
a mí también tanto me ha afectado.
Sobre mi pregunta acerca de los padres de Rosita
en el consulado americano de Stuttgart, he recibido
la siguiente respuesta: «No podemos identificar al
matrimonio Heilbruner: no podemos saber si han
sido registrados en las listas de espera en el registro
de Estados Unidos. Recomendamos que el matrimonio Heilbruner se dirija al consulado americano
para realizar los trámites necesarios».
No entiendo que no hayan registrado la solicitud y
que ahora tengáis que esperar nuevas indicaciones.
Quizá los padres de Rosita se han equivocado, pero
podéis estar seguros de que yo he hecho las consultas
según las indicaciones que me disteis en vuestra carta
del 20 de noviembre y que transmití al consulado.
Por aquí nada nuevo. Frío. Como tenemos suficiente carbón, en casa se está calentito. De mis hijos
no tengo noticias, pero, a través de una sobrina que
está en Nueva York, sé que los dos pequeños han
cambiado de ciudad y que trabajan en una fábrica de
calzado. Fritz sé que estuvo viviendo con el hermano
de Rosita, pero ahora vive en Houston (Texas).

Estos días de fiesta nos irán bien. Os deseo feliz año y saludos a Cuba.

Tu tío Felix

N.º 3162

En aquellos momentos, la familia estaba todavía más dispersa: Kurt y Rosl, en Barcelona; Max y su esposa, rumbo a La Habana; tío Henry y su familia, en Estados Unidos; Eduard y Lina, deportados a Francia; Julius, en Nueva York; Felix y Marianne, atrapados en Alemania; y Ella y Dorel, en el otro mundo.

Aquel 1940 fue un año durísimo, pero no era el fin. La complicidad entre Kurt y Rosl era cada vez más intensa. El amor, cariño y protección entre ambos aumentaba. Rosl preparó la cena de fin de año solo para ellos dos.

CAJA CUATRO

1941

Tocar tierra fue como tocar la libertad, o algo más puro, la vida. Finalmente, el 1 de enero de 1941 Max y Rosa lograron ponerse a salvo en La Habana. Apesadumbrados e inquietos, desolados y tristes, descendieron del barco y pusieron los pies en la isla de Cuba. Aunque en su cabeza cabían ya pocas cosas, hubo tiempo para acercarse a la primera oficina de telégrafos para dar la buena nueva a la familia. La noticia cayó sobre Kurt y Rosl como una manta suave y tibia. Nada más enterarse, Kurt escribió inmediatamente a tío Henry. Es una de las pocas cartas donde aparece la palabra «tranquilidad», ya que casi todas están manchadas por otras expresiones más dolorosas.

·····························   TELEGRAMA   ·····························

Fecha: 1 de enero de 1941
Remitente: Conrado Sontheimer, Barcelona

Destinatario: Henry Sontheimer, Nueva York

MIS PADRES HAN LLEGADO.

···

En La Habana tenían la oportunidad de comenzar de nuevo. Aunque antes había que olvidar, sanar, alejar los pensamientos de la persecución y el miedo. Pero a mi abuela Rosa no le era posible olvidar. Rosa tenía ocho hermanos: dos varones y seis mujeres. Los dos hombres de la familia se casaron con austríacas y se establecieron en Austria; no sé mucho de ellos. Al casarse con Max, Rosa se fue a vivir a Nuremberg y dejó a sus seis hermanas en Praga, casadas con médicos y abogados. Dos de ellos fueron los testigos de boda de Max y Rosa. Antes de la ocupación de los nazis, Rosa visitaba con frecuencia a sus hermanas y Kurt y Dorel la acompañaban. Algunos de los jóvenes de la familia fueron enviados fuera del país, como mi padre, pero el resto se quedó. Fue un grave error. Pero ¿quién podía predecir lo que ocurrió?

No es difícil imaginar cómo se sentía el débil corazón de Rosa en Cuba, tan lejos de los suyos. El 15 de marzo de 1939 las tropas alemanas se encontraban en Praga, aquella maravillosa ciudad en el corazón de Europa. Por el fascinante puente de Carlos sobre el río Moldava, se veía a los soldados alemanes paseando orgullosos mostrando el lustro de sus botas negras, saboreando la buena cerveza y la comida, pero ahogando y oprimiendo a la población. Y Rosa sabía lo que era eso. Sabía lo que era vivir, si a eso se le puede llamar vivir, con los nazis.

La población judía tenía una importancia vital para los nazis: trabajadores gratuitos, trabajadores esclavos en las minas y en las fábricas. Curiosamente, les hacían producir material de guerra. Material de guerra utilizado para matar a la propia población judía. Judíos produciendo material de guerra para matar a judíos. Judíos produciendo las mismas balas que les quitarían la vida. Cavando su propia tumba. Catastrófica paradoja.

Hitler nombró *Reichsprotektor* de Bohemia y Moravia a Reinhard Heydrich, un hombre astuto, joven, ambicioso, frío y cruel, conocido por su antisemitismo. Tal era su crueldad que entre sus colegas lo llamaban el Verdugo. Fue acérrimo seguidor de la ideología de la raza, tanto que fue en la oscuridad de su mente donde surgió la solución final al problema judío.

La comunicación con Praga era difícil y, además, ¿qué podía hacer Rosa desde tan lejos? Por otro lado, el dolor por la muerte de Dorel y Ella siempre la acompañaba. Estaba dentro de su maleta allá donde fuera. Pero sobre todo el dolor de la pérdida de su hija. La niña alegre, resuelta, decidida, que estaba convencida de que los llevaría a Palestina junto a ella. A Rosa no le gustaba Cuba. Nunca le había gustado y en aquellas condiciones mucho menos todavía.

Lina y Eduard continuaban en Gurs, viendo cómo el número de internos del campo iba creciendo. Holanda estaba ya dominada por los nazis, que buscaban exhaustivamente a la población judía peinando la zona y enviando a los que encontraban a campos de concentración. A partir de enero de 1941, un grupo de presos habían constituido en Gurs un Comité Central de Asistencia que se ocupaba de organizar los oficios religiosos y actividades manuales que sirvieron para mejorar dentro de lo posible las condiciones de vida del campo. De esta manera, las personas que estaban confinadas ahí mataban el tiempo y a la vez se podían sentir útiles. Lina y sus hermanos participaban en la vida colectiva del campo; al fin y al cabo, muchas de las personas que estaban ahí dentro habían sido sus vecinos. Mis padres y Lina se escribían de dos a tres cartas semanales. Tras la carta de Lina, está la copia de la carta escrita a máquina por mi padre.

Todas están archivadas. Una tras otra. Un verdadero documento histórico.

Pero, pese a los esfuerzos por dignificar sus vidas, Gurs continuaba siendo un lugar inmundo. Un lugar donde los hombres dejaban de ser hombres para convertirse en ratas. Un lugar donde Lina y Eduard lograban ir sobreviviendo gracias a los víveres, prendas y mantas que Kurt, Rosl y la familia de Estados Unidos continuaban enviando de tanto en tanto. El clima tampoco ayudaba. El frío era intenso y aquel año, por si fuera poco, había sido extremadamente lluvioso. El terreno era un auténtico barrizal. Los hombres y las mujeres estaban en barracones separados. Sin higiene. Sin letrinas. Solo unas enormes cubas donde se depositaban los excrementos. Pasaban hambre.

·· TELEGRAMA ··

Fecha: 20 de marzo de 1941
Remitente: Lina Heilbruner, Francia

Destinatario: Conrado Sontheimer, Barcelona

TODA LA FAMILIA TRASLADADA AL CAMPO DE RÉCÉ-BÉDOU. PABELLÓN 77. PARPORTET LA GARONNE. ALTO GARONA. CERCA DE TOULOUSE.

···

Estuvieron allí hasta el 20 de marzo, cuando los trasladaron al campo de Récébédou, otro de los muchos campos de concentración franceses. Otra vez, otro destino. Otra vez rumbo a lo desconocido. Así que mi familia materna volvió a cargar con sus deseos, su esperanza, su dignidad e inició su camino trashumante hacia Récébédou. Busco e indago para saber cómo era aquel campo. Me tranquiliza leer lo que escribía Lina. Las condiciones eran mejores y leo que se creó en febrero de 1941 cerca de Toulouse, en la zona de Porte Sur-Garonne. En mi búsqueda fui a ver lo que averiguaba. Hoy es un barrio periférico de Toulouse donde hay un centro comercial. Cientos de personas pisando aquellos terrenos, en donde no queda casi ninguna indicación del sufrimiento que allí se vivió. Solo un pequeño centro de documentación que encontré cerrado. La historia cuenta que en 1939 se construyeron allí 87 edificios de ladrillo pequeños destinados a los trabajadores. Con la guerra, estos edificios, a partir de julio de 1940, fueron utilizados por los republicanos españoles y judíos que huían de las zonas ocupadas. El Gobierno de Vichy lo convirtió en un principio en un hospital de campaña, pero las condiciones fueron degradándose. Iban trasladando a los judíos a otros campos, como fue el caso de Lina, Eduard y su familia. Generalmente eran personas de edades superiores a los sesenta años. Durante el invierno de 1941 y 1942, muchos de ellos murieron de hambre o de enfermedades.

✉ Lina Heilbruner
Pabellón 61
Récébédou
Alto Garona

Récébédou, 30 de marzo de 1941

Conrado y Rosa Sontheimer
Muntaner, 250
Barcelona

Queridos queridos niños:
Nos han trasladado a toda la familia al campo de
Récébédou. Justo antes de trasladarnos, habíamos
recibido el telegrama de Julius donde nos decía que
había obtenido los afidávits para nosotros, para ir
a Estados Unidos. No os podéis imaginar la ilusión
que nos hizo.
Aquí las condiciones son mucho mejores que en
Gurs. Los barracones son de ladrillo. No hay ratas,
como en Gurs, y por lo menos hay retretes. Hace
menos frío. Los hombres están separados de las
mujeres. Yo sigo con tía Berta y tía Clärle. Al abuelo
Abraham también lo han trasladado y dicen que con
sus noventa y siete años es el hombre más mayor de
todo el campo. Quieren llevarlo a un asilo de ancianos. Yo creo que estaría mucho mejor allí.
Estamos a diez kilómetros de Toulouse, cerca de
donde vive la familia Wertheimer. Hemos podido
contactar con ellos y han dicho que vendrán a vernos
este próximo domingo.
Días antes habíamos recibido la carta de Argentina sobre la muerte de mi hermana, tía Mathilde.
Sabéis que estaba muy enferma. Dios la tenga en su
gloria. Por lo menos ha podido morir con dignidad
y rodeada de todos los suyos.
Hemos recibido los paquetes 79, 80 y 81. Por

favor, no enviéis más de momento. Nosotros somos los que recibimos más paquetes. Todo lo que mandáis lo repartimos entre la familia. Si la lata de sardinas es de ocho unidades, por ejemplo, una para cada uno.

Con respecto al afidávit, ahora que lo tenemos, debemos conseguir el pasaporte y los visados de salida. Vamos a consultar con personas que saben qué tenemos que hacer. Los papeles tienen que salir del consulado americano, que está en Marsella. Pero ya me han dicho que en Marsella hay miles de personas esperando para conseguir billetes de barco. Sería mejor poder salir desde España. Cuando sepa algo más de los papeles os digo alguna cosa.

Espero recibir pronto noticias vuestras.

Un beso muy muy fuerte.

Vuestra madre,

Lina

Desde Récébédou, Eduard y Lina llevaron una actividad intensísima gestionando el afidávit que había conseguido Julius, indispensable para obtener el pasaporte y el visado. Desde su llegada a América en 1939, la obsesión de Julius era poder sacar a sus padres de Alemania y trasladarlos consigo. Cuando leo lo que llegó a hacer, siento admiración y respeto. Solo él sabía lo que le había costado la obtención de aquel papel. Idas y venidas a Washington con solo dieciocho años. Buscar contactos a través de tío Henry o de cualquier otra persona. Todo esfuerzo era poco para conseguir salvar a Lina y Eduard.

Pero la naturaleza no se deja vencer por las miserias humanas. Las flores se desperezaron, los árboles brotaron y la hierba emergió de los prados. El sol asomaba su cara tímidamente empujando las frías nubes para imponerse a ellas. Y con el buen tiempo, por fin, tras una espera larga, lenta y oscura, llegó un comunicado desde el Consulado americano de Marsella citándolos. El afidávit que había conseguido Julius había servido de algo. Los citaban. Una esperanza. Así que Eduard y Lina pidieron el traslado a Marsella y el resto de la familia se quedó en Récébédou.

.... TELEGRAMA ....

Fecha: 20 de mayo de 1941
Remitente: Lina Heilbruner, Récébédou

Destinatario: Conrado Sontheimer, Barcelona

RECIBIDA HOY CITA PARA MAYO O JUNIO EN EL CONSU-
LADO AMERICANO DE MARSELLA. NOS TRASLADAMOS
PADRE Y YO.

....

En la Francia no ocupada por los alemanes, la Policía les permitía desplazarse para poder solucionar sus trámites. Todos los papeles de salida tenía que expedirlos el consulado americano. Para abandonar Francia, les tenían que extender los visados y posteriormente tenían que obtener los pasaportes de salida. Marsella estaba saturada de alemanes, austríacos, polacos, belgas, franceses que habían podido huir de las zonas ocupadas y que buscaban una salida. El 20 de mayo, cuando Lina abrazó a sus hermanos y a sus cuñados al despedirse, las lágrimas afloraron a sus ojos. Se le encogió el alma.

Tan solo imaginar el sentimiento que ocupó su pecho en aquel momento me produce un nudo en la garganta. Por un lado, la esperanza de ver a Julius, la esperanza de salir de allí, le había dado vida durante las últimas semanas, pero tener que dejar a su familia le producía no solo una gran tristeza, sino hasta un sentimiento de culpabilidad pese a que todos opinaban igual: «Hay que intentarlo, hay que intentarlo».

Recogieron, pues, sus escasísimas pertenencias y salieron del campo en busca de un poco de luz. Dejaron a miles dentro, entre ellos a sus seis familiares directos. Hoy, ahora, me pregunto cuál fue el criterio del destino para salvar el pellejo de unos cuantos. ¿Por qué macabra razón fueron elegidos los que vivieron? Debió de ser igual de terrorífico quedarse allí que lograr salir y dejar a los otros encerrados. Igual de horrible morir que tener la posibilidad de vivir. No creo que haya dolor más retorcido.

Cada vez que Kurt y Rosl escuchaban al cartero, el ritmo cardíaco se les aceleraba. El cartero era entonces una especie de mensajero indeseable, pero esta vez traía buenas noticias. El traslado a Marsella fue una noticia celebrada y esperanzadora. Kurt empezó entonces a buscar billetes para Lina y Eduard, igual que había hecho para sus padres. Esta vez el destino debía ser Nueva York, para que se reencontraran con su añorado hijo Julius. Kurt reservó dos pasajes de clase turista con destino a Nueva York. El vapor partiría desde el puerto de Bilbao. Otra vez un barco. Otra vez, salvar la vida. Esta vez la fecha impresa en el billete era junio.

La entrada a Marsella fue chocante para Lina y Eduard. Llegaron con las dos maletas donde Eduard guardaba su traje para cuando llegara a América y Lina su abrigo para Barcelona. Lina, en una carta, lo describe así: «Esto es un hervidero de personas». Las calles estaban plagadas de refugiados. La ciudad, abarrotada. Más de trescientas mil personas deambulaban absortas, consternadas, buscando una huida. Todos luchaban por lo mismo, aunque sabían que los visados eran limitados y que solo unos pocos conseguirían salir, sobrevivir. Todos con trámites iniciados, con familias que los estaban reclamando desde el exterior.

Allí también los alojaron por separado. A Eduard, en un campo de concentración situado en el departamento de Bocas del Ródano llamado Camp de Les Milles, una antigua fábrica de tejas que desde 1939 había sido convertida en un campo de internamiento y que, a partir de julio de 1940, fue utilizado como campo de tránsito para refugiados judíos que podían emigrar con la ayuda de organizaciones internacionales. A Lina la alojaron con las mujeres y los niños en el Hotel Atlantique, en la Rue Mazanod.

Al poco de llegar, Lina y Eduard asistieron a la entrevista en el consulado americano y estaban a la espera de los papeles. Pero los papeles no llegaban. Los nervios se palpaban hasta en las letras de las cartas. «Mamá –insistía Rosl–, argumenta que ya tenéis los billetes con salida desde España. Insiste. Insiste. Nosotros estamos haciendo todas las gestiones para que el consulado español en Marsella responda». Lina acudía cada día al consulado. Memorizó las calles, el paisaje, las esquinas. Se aprendió el camino hasta el punto de que seguramente le habría sido posible hacerlo con los ojos cerrados.

Registró en su mente cada paso, cada bache. Numeró sus pasos con la esperanza de que años después, fuera ya de ese calvario, sería capaz de reconstruir el esfuerzo que dedicó a su salida. Eduard no podía acompañarla: sus problemas de salud no le permitían tantos desplazamientos.

También Max, desde Cuba, hacía todo lo que estaba en sus manos para ayudarlos. Escribió una carta al cónsul americano en Marsella, de colega a colega, en la que le solicitaba que extendiera los visados de salida para Eduard y Lina.

Fecha: 2 de junio de 1941
Remitente: Conrado Sontheimer, Barcelona

Destinatario: Lina Heilbruner, Récébédou

VISTA LA IMPOSIBILIDAD PARA EL 17 DE JUNIO,
PASADOS BILLETES DEL BARCO MAGALLANES AL
MARQUÉS DE COMILLAS. SALIDA 2 DE JULIO DESDE
BILBAO. EL NÚMERO DE CAMAROTE SE CONFIRMARÁ
LA PRÓXIMA SEMANA.

Pero todo fue en vano. El 17 de junio, cuando Lina
debería haber estado en la cubierta del barco que zar-
paba rumbo a la libertad, se encontraba delante del
consulado, deseando con todas sus fuerzas abrazar a su
hija. Kurt, aun así, consiguió cambiar los billetes para
julio. Fue inútil: tampoco lograron salir. Kurt volvió a
cambiar los billetes, ahora para agosto. Pero el visado
de salida no llegó.

Fecha: 9 de junio de 1941
Remitente: Lina Heilbruner, Récébédou

Destinatario: Conrado Sontheimer, Barcelona

SALIDA EL 2 DE JULIO IMPOSIBLE. RESERVA PA-
SAJES PARA FINALES DE JULIO O PRINCIPIOS DE
AGOSTO. NECESITAMOS CONFIRMACIÓN.

La situación política mundial se iba complicando. El 22 de junio de 1941 Alemania rompió el pacto con la Unión Soviética y se produjo el primer ataque. América restringió todavía más las entradas y dificultó la emisión de los visados de salida. Los pocos visados que se expedían en el Consulado de Marsella eran para franceses. A partir del 1 de julio, Estados Unidos publicó nuevas disposiciones que ralentizaban la obtención de los papeles y a finales de julio el consulado americano dejó de expedir visados de inmigración. La esperanza de ir a América estaba definitivamente rota.

Ante estas circunstancias, volvieron la esperanza a Cuba. Mi abuelo Max seguía luchando por los visados de Marianne y los de Eduard y Lina. Mi padre, por su parte, no cejaba en el empeño de hacerlos venir a España. Incluso envió una solicitud directamente al cónsul general de España en Marsella. Todo inútil. No les dejaron salir de Francia. No les dejaron entrar en América. No consiguieron el visado para Cuba. No les dejaron entrar en España. El mundo les volvía la espalda.

.... TELEGRAMA ....

Fecha: 16 de junio de 1941
Remitente: Conrado Sontheimer, Barcelona

Destinatario: Lina Heilbruner, Récébédou

DOS PASAJES RESERVADOS, SALIDA CON EL MAGA-
LLANES PARA FINALES DE JULIO. LOS NÚMEROS DE
CAMAROTE SERÁN FIJADOS EL 15 DE JULIO.

....

El cónsul general de España en Marsella, V. Vía Ventalló, era un protector del régimen alemán. Me pregunto: ¿qué le hicieron mis abuelos? ¿Por qué no les dejó reencontrarse con sus hijos? ¿Qué mal le habían causado?

El 28 de octubre, en el consulado español de Marsella, le entregaron a mi abuela Lina un sobre firmado por don V. Vía Ventalló. Ella no se atrevió a abrirlo ante nadie. Tomó el sobre y salió del consulado con un peso obstruyendo su respiración. Buscó la sombra de algún árbol. Dos jilgueros se hablaban cantando. Abrió el sobre. Una simple palabra en el papel: «Denegada».

Consulado de España en Marsella

Marsella, 28 de octubre de 1941

Sr. Eduard Heilbruner
Camp de Les Milles
Les Milles

Señor:
En respuesta a su carta del día 21 de octubre, le informo de que el Ministerio de Asuntos Exteriores en Madrid me acaba de comunicar que la autorización para permanecer en España que había solicitado no se puede otorgar.
Le ruego acepte mis respetuosos saludos.

EL CÓNSUL DE ESPAÑA

Lina miró a los jilgueros y pensó que ellos eran libres. Una idea atravesó sus pensamientos: «¿Será que los pájaros no tienen religión?». Hay momentos que marcan la vida de las personas para siempre. En el momento en que la mirada de Lina recorrió aquella palabra, la sentencia quedó en el registro de su vida. O, mejor dicho, en el registro de su muerte.

⊠ Felix Sontheimer
    Director de banco
    Hasenbergsteige, 12
    Stuttgart-W

Stuttgart, 2 de septiembre de 1941

Conrado y Rosa Sontheimer
Muntaner, 250
Barcelona

Querido Kurt:
Recibí tu carta del 22 de julio. Ya sabes en qué situación nos encontramos y cuáles son nuestros problemas.

Te agradezco que te hayas puesto en contacto con Heinz y Paul. Marianne continúa viviendo en Múnich y trabajando en el asilo de Antonienheim.

Os deseo lo mejor en el nuevo año.

Lo de tus suegros quizá pueda resolverse a través de Washington, donde se pueden obtener algunos visados.

Sin más que decirte, recibe un fuerte abrazo de tu tío. Franqueo la carta con un sello de la última emisión para ti.

Felix

N.º 3162

Abogados. Consultas. Consulados. Todo inútil. Volvió el otoño. Los árboles adquirieron aquellos maravillosos colores amarillos rojizos, acompañando la tristeza y la melancolía que sentía toda la familia. Lina estaba muy afligida. Intentaba demostrar su fortaleza, pero la decepción acumulada anulaba sus esperanzas. Tenía ya sesenta años, y su marido, sesenta y cinco. Estaban cansados. Hundidos. Ya no tenían ganas de luchar. Algunos habían salido. «¿Por qué nosotros no?», escribe Lina en sus cartas. ¿Cuánto dinero se necesita para sobornar?

Pocos días después, Kurt recibió un telegrama desde Récébédou:

.... TELEGRAMA ....

Fecha: 11 de septiembre de 1941
Remitente: Lina Heilbruner, Récébédou

Destinatario: Conrado Sontheimer, Barcelona

NOTICIAS DE LA FAMILIA DE RÉCÉBÉDOU. EL ABUELO A SUS NOVENTA Y SIETE AÑOS MURIÓ EL 9 DE SEPTIEMBRE. DIOS LO TENGA EN SU GLORIA.

....

Justo un año antes, el 9 de septiembre de 1940, habían muerto Ella y Dorel en el bombardeo de Tel Aviv. Habían pasado trescientos sesenta y cinco días, aunque parecía una vida entera.

Pero la vida seguía. Los meses se solapaban unos con otros. Los pájaros se preparaban para buscar un destino ya más cálido. Tenían derecho a volar. Se movían con libertad. No necesitan visados ni pasaportes. Lina, sentada en un banco delante del puerto, observaba aquel grupo de pájaros que emprendían el vuelo. Delante, el que hacía de guía. Y todos revoloteando sus alas con fuerza. No habían excluido a ninguno. Lina pensaba en los últimos doce meses de su vida. La habían sacado de su casa, la habían recluido como prisionera en unos campos inmundos y ahora la despojaban de su identidad. ¿Qué sería lo próximo? ¿Dejar de considerarla un ser humano?

Las esperanzas se desvanecían. Kurt y Rosl lo habían intentado todo para que Lina y Eduard entraran en España, pero estaba claro que la vía oficial no surtía efecto, así que dirigieron sus esfuerzos hacia otras vías. Lina había establecido contacto con republicanos españoles que estaban refugiados en Francia e intentaban ayudar a las personas que querían entrar en España. Les habían dicho que los pasaban andando a través de los Pirineos.

Aquel verano Kurt y Rosl habían viajado a Salardú, en el Valle de Arán, para ponerse en contacto con los enlaces adecuados. La preocupación de Lina era la salud de su marido. Sabía que no podría realizar tal caminata, pero la esperanza de buscar soluciones era lo único que la mantenía viva. Cuando estaba en Gurs, estaban mucho más cerca de España, a solo treinta kilómetros. Sin embargo, ahora la distancia era casi de trescientos kilómetros. No perdía la esperanza, pero le preocupaba Eduard. Tenía un problema en los pies que le impedía andar, aunque ella pensaba que serían capaces de arrastrarlo de alguna forma. Sabían que habían empezado las deportaciones. Supongo que no tenían un conocimiento exacto de lo que ocurría, pero en una de las cartas Lina escribe: «No tenemos noticias de ningún deportado. Desaparecen».

Ante tal exasperación, cualquier solución era válida

para huir de allí. No me puedo imaginar cómo habrían podido atravesar los Pirineos nevados dos personas de sesenta años, en las condiciones en las que estaban, andando. Arrastrando los pies con aquellas zapatillas que habían conseguido que les enviaran sus hijos. Con frío. Lo cierto es que existían los contactos y se les había pagado para que los traspasaran. Existen imágenes: las tengo delante de mí. Mis padres en lo que podrían parecer inocentes excursiones a la montaña. He identificado las fotos; había visitado los mismos lugares en diferentes ocasiones con ellos. Nunca me hablaron de aquellas salidas.

En las cajas había fotos de Montgarri, donde después me han contado que efectivamente había un camino por donde se pasaba a las personas. Hay fotos desde Les, al borde de la frontera. Incluso hay una imagen que podría ser del otro lado de la frontera.

¿Pasaron mis padres a Francia? Podrían haber cruzado gracias a la ayuda de alguna persona del pueblo, ya que por aquel entonces obtenían permisos para ir a comprar pan, café y otros productos básicos. Nunca sabré si fue así, pero lo que sé con seguridad es que agotaron todas las posibilidades. Finalmente no pudo ser, no sé por qué motivo. Quizá lo vieron poco seguro. El agente de aduanas de Les sufrió una terrible experiencia con una familia de judíos polacos. Le explicaron su huida y le rogaron que los dejara entrar a España; iban con niños. El agente cumplió con lo que creía que era su obligación. Pidió autorización al Gobierno de Madrid y lo obligaron a devolverlos a la gendarmería francesa. Al día siguiente la Policía francesa le comunicó que ya no debía preocuparse: ya se habían encargado de ellos las patrullas de las SS que recorrían los Pirineos. Desde aquel día el agente ya no volvió a preguntar.

Orden que prohíbe la emigración de los judíos del Reich

Octubre de 1941

Oficina Principal de Seguridad del Reich (Reichssicherheitshauptamt)

Berlín, 23 de octubre de 1941

Al encargado por el Jefe de la Policía de Seguridad y de la SD para Bélgica y Francia:

SS Brigadeführer Thomas
Bruselas
Secreto

Objeto: La emigración de los judíos
Referencia: Ninguna

El Reichsführer de las SS y jefe de la Policía alemana ha decretado que la emigración de los judíos deberá impedirse, con efecto inmediato. (No se verán afectadas las operaciones de evacuación.)

Solicito que las autoridades internas alemanas involucradas sean informadas de esta orden. Los permisos para la emigración individual de judíos solo serán aprobados en casos únicos y muy específicos; por ejemplo, cuando se trate del verdadero interés del Reich y, en esos casos, solo después de haber logrado una decisión previa por parte de la Oficina Principal de Seguridad del Reich.

Firmado: Müller

En noviembre un nuevo decreto anula a los reiterada-
mente humillados judíos alemanes: ahora se les negaba
la nacionalidad. A partir de aquel momento, mi familia
dejó de ser alemana. Eran apátridas. Es decir, sin derecho a nada. Ciudadanos sin patria. Alemania no devolvió
la ciudadanía a los supervivientes del Holocausto hasta
1951. Todo el orgullo de ser alemán que durante años
había seguido a mi familia judía lo anuló Hitler con un
decreto. Lina pensaba en su hermano mayor, Nathan,
que había puesto en peligro su vida defendiendo a su
patria, Alemania, como piloto en la Primera Guerra
Mundial. Un héroe convertido en apátrida. La humillación se sumaba a la ya desesperada situación. Recordaba
la fiesta que organizaron cuando Nathan recibió aquella
Cruz de Plata en honor a su mérito militar. El aplauso
de aquellos gobernantes hacia su hermano y la familia.
Los mismos que ahora los perseguían, los vejaban y
los consideraban inferiores, «no arios». No aptos para
convivir con ellos.

El decreto torpedeó también la dignidad de Max y
Rosa, en Cuba. Pero no era el momento de pensar en
uno mismo; aunque no sufrían por sus vidas, sí que lo
hacían por las de sus familiares. Rosa continuaba preocupadísima por sus hermanas de Praga y la situación de
Eduard y Lina oprimía su corazón. Además, Marianne,
su querida sobrina, continuaba sola en Alemania. Ese
mismo mes veinte niños y cuatro cuidadores de Antonienheim fueron deportados y asesinados. A ella no le
tocó, de momento.

Berlín, 26 de noviembre de 1941

Artículo II:

Los judíos pierden la nacionalidad alemana.
Si el interesado se encuentra fuera del país, esta orden
también es válida.

En diciembre, Julius escribió desde Nueva York con una gran inquietud: el ataque de Pearl Harbour había conmocionado al mundo. Los Estados Unidos entraban en guerra y para él significaba una esperanza de que por fin el tsunami de Hitler pudiera ser dominado. Toda su ilusión estaba en alistarse en el Ejército norteamericano; llevaba dos años estudiando cursos de radiocomunicación: quería contribuir a la paz, aunque lejos de las armas.

Y llegó así aquel triste diciembre de 1941. Las cartas eran lo único que unía a las familias que la política había desunido. La dispersión cada vez era mayor. Ella y Dorel, enterradas en Palestina. Los demás, vivos pero separados, que es otra forma de destrucción: Eduard y Lina, en Francia; Max y Rosa, en Cuba; Julius, en Estados Unidos, con tío Henry; Felix, todavía en Stuttgart, intentando salvar lo que podía del patrimonio familiar; Marianne, en Antonienheim, ocupada y angustiada ante la dirección que tomaba el país; la familia de Praga, en un campo de concentración; y Kurt y Rosa, en Barcelona, actuando como dique de contención de tantas almas.

Aquel fin de año de 1941, fiel a su costumbre, Kurt dejó su ramo de flores y su poema en la silla de Rosl. Un año más difícil que el anterior, durísimo. Ramón los esperaba en el Heidelberg. Les tenía reservada su mesa. Caían unos pequeños copos de nieve sobre la ciudad de Barcelona. Kurt y Rosl, de la mano, fueron hablando, comentando, ayudándose el uno al otro, calmándose. El amor entre ellos crecía, al igual que las dificultades, pero todavía esperaban solucionar el futuro de sus padres.

Pasaporte de
Max Sontheimer
en 1931.

Pasaporte de Max en 1940,
en el que se añadió
la «J» de judío
y al nombre «Israel».

Pasaporte de
Rosa Sontheimer
en 1931.

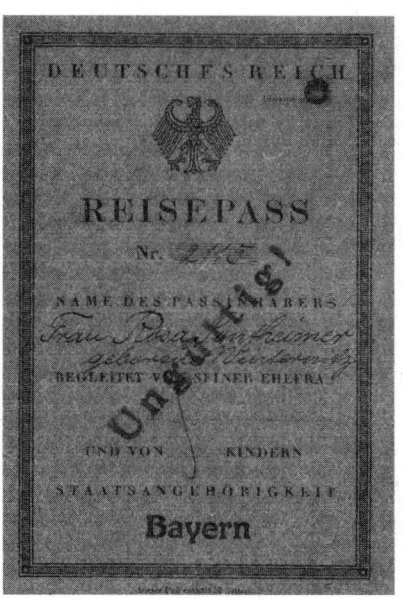

Pasaporte de Rosa en 1940,
en el que se añadió
la «J» de judía y
al nombre «Sara».

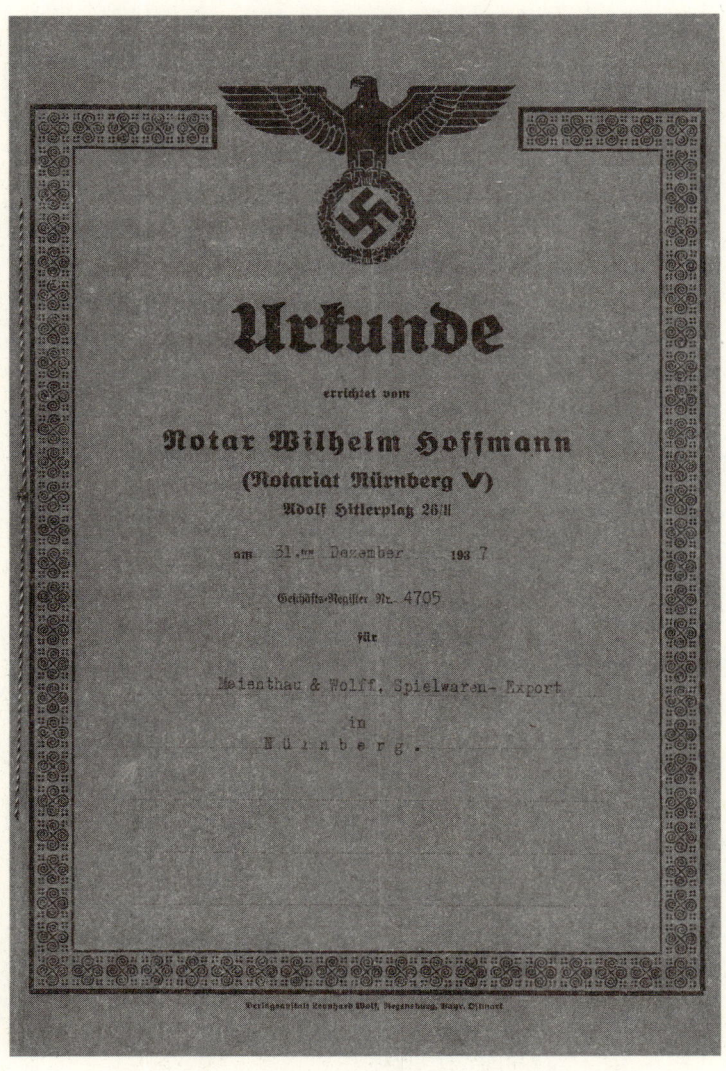

Escritura de disolución –diciembre de 1937– de la fábrica Maienthau & Wolff, filial de Lehmann (que no fue vendida hasta 1938),
propiedad de Max Sontheimer y Eduard Liedenthal.

Max Jarael Santhelmer, Nürnberg, Theodorstr.9/1.

Listado con todo lo que contenía la maleta de Max
cuando los obligaron a abandonar su casa.

Telegrama recibido por Conrado (Kurt) en el que
le comunican la muerte de Ella y Dorel durante un bombardeo
en Tel Aviv el 9 de septiembre de 1940.

Telegrama comunicando el internamiento de la familia
en el campo de Gurs y en el que piden ropa de abrigo, zapatos
y que se informe a la familia de Argentina.

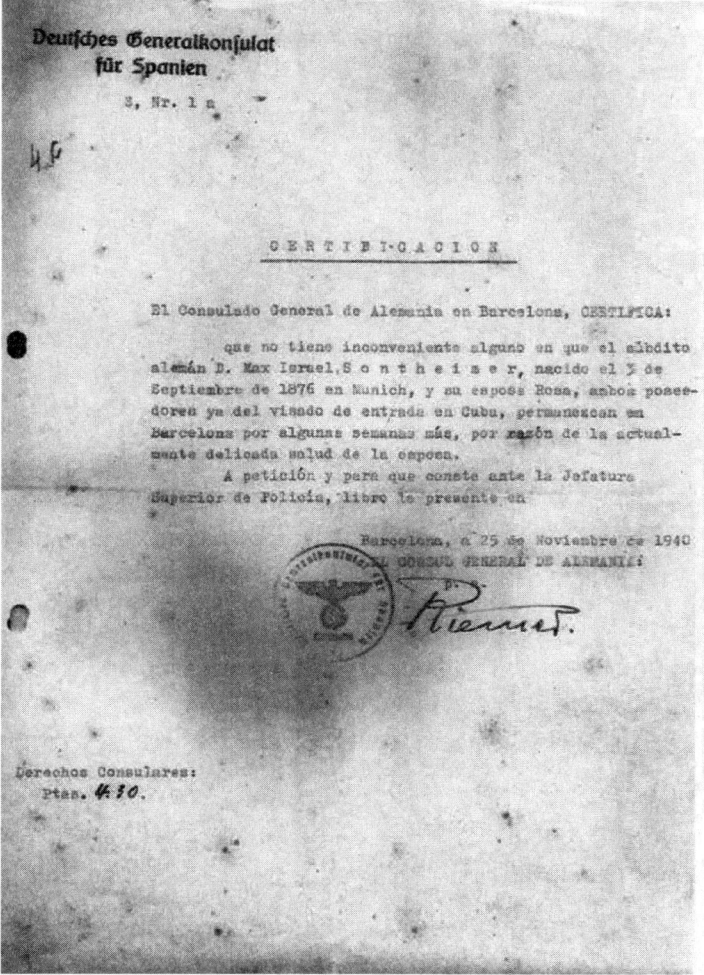

Deutsches Generalkonsulat
für Spanien

S, Nr. 1 n.

46

C E R T I F I C A C I O N

El Consulado General de Alemania en Barcelona, CERTIFICA:

que no tiene inconveniente alguno en que el súbdito alemán D. Max Israel Sontheiser, nacido el 3 de Septiembre de 1876 en Munich, y su esposa Rosa, ambos poseedores ya del visado de entrada en Cuba, permanezcan en Barcelona por algunas semanas más, por razón de la actualmente delicada salud de la esposa.

A petición y para que conste ante la Jefatura Superior de Policía, libro la presente en

Barcelona, a 25 de Noviembre de 1940

EL CONSUL GENERAL DE ALEMANIA:

Derechos Consulares:
Ptas. 4.30.

Permiso de estancia temporal en España para Max y Rosa,
25 de noviembre de 1940.

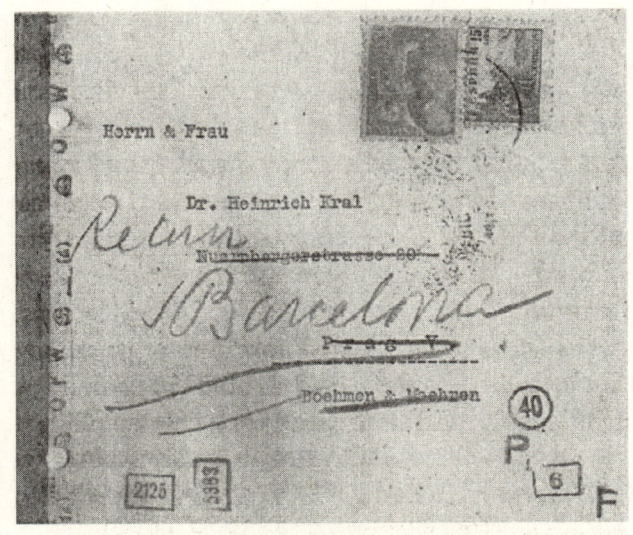

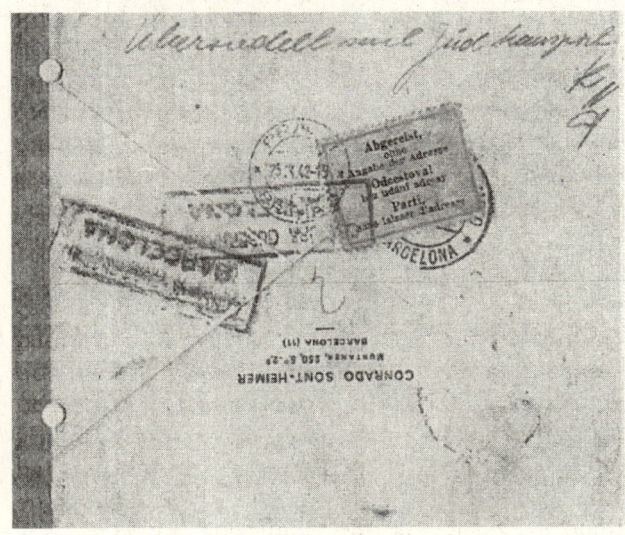

Sobre de la carta dirigida a Heinrich Kral en el que se puede leer escrito a mano: «Retornar a Barcelona» y «trasladados en el transporte judío».

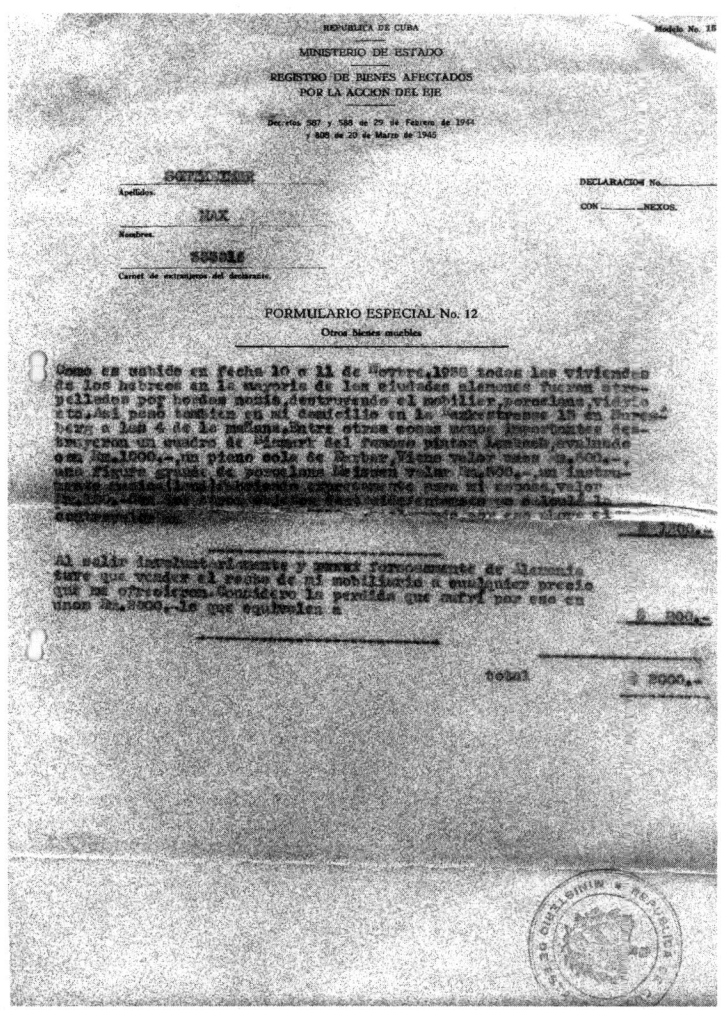

Formulario a nombre de Max Sontheimer en el que pide le sean restituidos los bienes que le fueron destruidos y saqueados por las hordas nazis, durante la Noche de los Cristales Rotos en noviembre de 1938 en su domicilio de Rankestrasse, 13 de Nuremberg.

Consulado de España
en
Marsella

HD/ No. 1216

Marseille le 17 septbre. 1941

Monsieur Edouard Heilbruner
Groupe 15
Camp des Milles
Les Milles

Monsieur,-

Comme suite a votre lettre du 15 courant j'ai le regret de vous faire savoir que je n'ai encore reçu aucune réponse à votre demande de séjour en Espagne.

Veuillez agréer, Monsieur, mes salutations distinguées,

LE CONSUL D'ESPAGNE

V. Via Ventalló.

Carta del cónsul general de España en Marsella denegando el permiso de entrada a Lina y Eduard, 17 de septiembre de 1941.

REPUBLICA DE CUBA

DIRECCION GENERAL DE INMIGRACION

EXPTE. #9/41-Investigaciones

En uso de las facultades que me están conferidas y habiéndose cumplido los trámites legales del caso, tengo a bien otorgar.

AUTORIZACION DE REGRESO

a la persona cuya fotografía, firma, impresiones dactilares, descripción personal y generales se expresan a continuación.

Nombre.......... MAX---------------------   No. 886-------

Apellidos......... SONTHEIMER----------

Natural de........ ALEMANIA--------------

Ciudadano........ APATRIDA-------------

Edad.............. 70 AÑOS--------------

Estado Civil....... CASADO---------------

Clasificación....... RESIDENTE-----------

Profesión......... SIN PROFESION--------

Vecindad......... 11 #652, Esq. a B.---

Estatura......... 1.59 MTS.-------------

Peso............. 145 LIBRAS-----------

Color del cabello...... CANOSO------------

Color de los ojos....... PARDOS-----------

Complexión....... FUERTE--------------

Señas particulares........ -----------------

Carnet de extranjero No. 35016-------------

para que pueda retornar al Territorio Nacional dentro del término de... SEIS MESES

que vencerá en NOVIEMBRE 30 de 194 7

Dada en la Oficina de la Dirección General de Inmigración, en la Habana, a los 30 DIAS

del mes de..... MAYO..........del año. 1947

Jefe del Negociado de Inmigrantes.   Director General de Inmigración.

Autorización de regreso a España de Max Sontheimer
por parte de la República de Cuba, mayo de 1947.

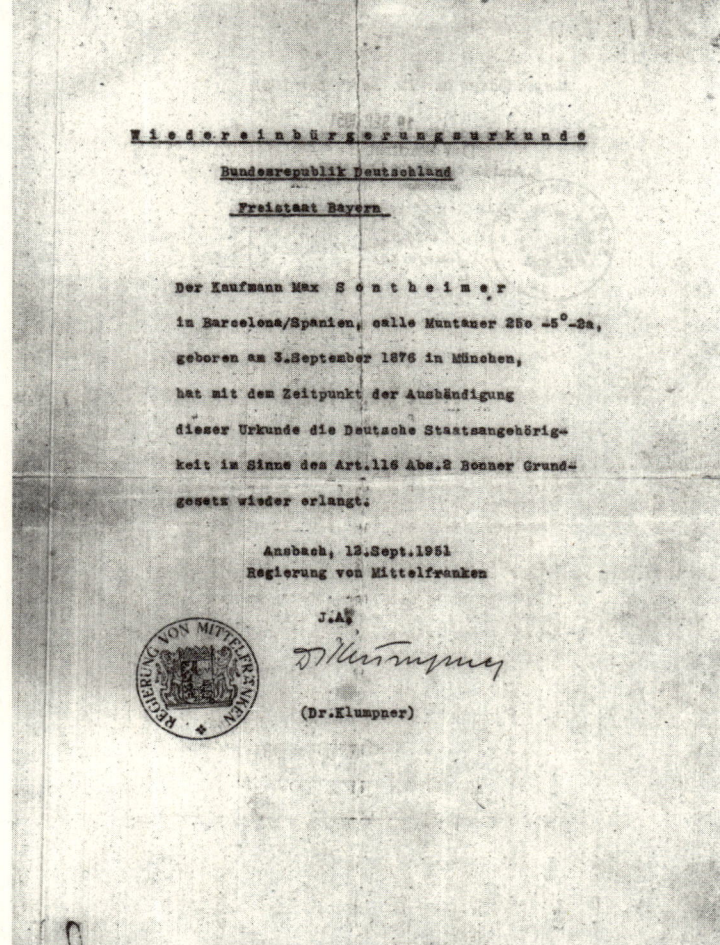

Documento en el que se restituye la nacionalidad alemana
a Max Sontheimer, 12 de septiembre de 1951.

Karlsruhe, den 1.September 1960
Akademiestr. 6 — Tel.: 2o 141

ÖAF 795 — Lo./BHe. —

Frau
Rose Sont—Heimer   Einschreiben

25o Muntaner
Barcelona / Spanien

Betr.: Eduard und Lina Heilbronner — Erben

Sehr geehrte Frau Sont—Heimer !

Mit verbindlichem Dank bestätige ich den Eingang Ihres
Schreibens vom 22.8.196o. Darauf habe ich folgendes vor-
zutragen:

Wenn das Landesamt f.d.Wiedergutmachung Freiburg in seinem
Bescheid hervorhebt, dass Lina Heilbronner zuletzt in
Auschwitz war bzw. nach dort überführt worden ist, be-
sitzt es Unterlagen. Daran braucht nicht gezweifelt zu
werden.

Das Landesamt f.d.Wiedergutmachung kann sich auf die Todes-
vermutung gem. § 18o BEG stützen. Es sei denn, wir können
den Gegenbeweis führen. Der Festsetzung des Todestages
auf 8.5.1945 steht dem nichts im Wege.

Nach allgemeiner Erfahrung und nach der Rechtssprechung
wird der anderweitig festgesetzte Todestag bei jüdisch
Verfolgten nur berücksichtigt, wenn die Verfolgten bei
weiblichen Personen noch nicht 60 Jahre und bei männlichen
Personen noch nicht 65 Jahre alt waren. Im vorliegenden
Falle steht fest, dass Lina Heilbronner im 6o.Lebensjahr
stand bei der Einlieferung nach Auschwitz und Julius Heilbronner über 65 Jahre alt war.

Es muss also bei beiden angenommen werden, dass sie bei
Ankunft i-m Lager Auschwitz sofort umgekommen sind.

—2—

Carta en la que se confirma la muerte de Lina y Eduard en
Auschwitz. Enviada el 1 de septiembre de 1960.

CAJA CINCO
1942

Nunca habría podido imaginar lo que encontré en la caja número cinco. La crudeza de la realidad que emanan las cartas es tal que debo ir digiriendo la información poco a poco. Para mi familia, como para muchas otras familias judías, 1942 fue un año devastador. El 20 de enero, en una villa maravillosa situada al lado del lago Wannsee, a pocos kilómetros de Berlín, tuvo lugar una reunión de quince representantes civiles, militares y policiales de la Alemania nazi. En aquella reunión de ochenta y cinco minutos se trató un único tema: la solución final al problema judío. Los acuerdos a los que llegaron aquellas personas antes de cenar en un lujoso comedor afectaron directamente a muchos de mis familiares. Se expusieron las medidas a tomar y se presentó el plan de deportación hacia el este para la «labor apropiada». Durante dicha acción, sin duda, muchos serían eliminados por causas naturales y el remanente tendría que ser tratado convenientemente, porque si fuera liberado actuaría como la nueva semilla del nacimiento judío. Se calculó el número de judíos que había en Europa, once millones, y se acordaron también los métodos de evacuación teniendo en cuenta la edad y los países de origen.

✉ Lina Heilbruner
Hotel Atlantique
Rue Mazanod, 30
Marsella

Eduard Heilbruner
Camp de Les Milles

Marsella, 18 de febrero de 1942

Conrado y Rosa Sontheimer
Muntaner, 250
Barcelona

Querido Kurt:
He recibido tu última carta y estoy muy preocupada
por lo que me cuentas de Rosl. Lo que yo daría por
poder estar con vosotros y poderla cuidar. Cuéntame
todo lo que te digan los médicos. No hago más que
rezar para que en la próxima carta me puedas contar
que todo va mejor. Hemos recibido vuestro último
paquete. Gracias por los zapatos para vuestro padre
y por la ropa. No sabéis lo bien que nos va lo que
nos mandáis. Aquí no tenemos nada. Solo dos trajes
de tu padre que nos llevamos de casa y un abrigo
mío. Los guardo como oro en paño para cuando
podamos ir a visitaros.
Del paquete de comida he hecho un pequeño paquete para enviárselo a los de Récébédou. Suerte también de lo que nos envías, porque pasamos
hambre. Todo lo que nos dan aquí no tiene ningún
alimento. Nos faltan proteínas y grasas, pero el cuerpo se acostumbra a todo.
He ido al consulado español. Los papeles que tú
dices que había enviado el abogado no han llegado. A
los refugiados nos ignoran totalmente. No nos hacen
ningún caso y las contestaciones que nos dan parecen
todas mentira. Veo que hay que tener mucha mucha

paciencia. Pero estoy segura de que si tuviéramos la ayuda de alguna persona influyente nos entregarían los papeles. No entiendo cómo pueden poner tantas dificultades.

Me dicen que desde España tienen que enviar la autorización desde el Ministerio de Asuntos Exteriores y que no pueden hacer nada. Este domingo me dejan ir a ver a vuestro padre a Les Milles. Está en la enfermería, porque no se encontraba bien. Toda esta situación se la está tomando muy mal, no la sabe asumir.

¿Sabéis algo de Julius? Yo no tengo noticias de él. No sé si dejan entrar cartas de Estados Unidos. Contadme si sabéis algo. Entre los refugiados nos ayudamos. Yo voy a clases de inglés dos veces por semana. Hay gente muy agradable y podemos mantener largas conversaciones. El martes volveré a ir al consulado y os diré qué me han dicho.

Por hoy nada más. Un beso muy fuerte a Rosl. Deseando leer sobre su restablecimiento.

Vuestra madre,

Lina

Felix Sontheimer
Director de banco
Hasenbergsteige, 12
Stuttgart-W

Stuttgart, 20 de enero de 1942

Conrado y Rosa Sontheimer
Muntaner, 250
Barcelona

Querido Kurt:
Recibí tu carta del 14 de diciembre y estoy contento de saber que tú y tu esposa estáis bien, que estás

trabajando duro. Te deseo los mejores triunfos para el futuro.

Mientras tanto, de mis tres hijos tengo las mejores noticias. Fritz va a cambiar ahora de trabajo y los gemelos, Heinz y Paul, me dicen que han recibido una postal tuya del pasado septiembre.

Aquí nosotros estamos bien. De momento vivimos en nuestros prados mi madre, mi hermano Max con su mujer y yo y dentro de poco dejaremos la ciudad para irnos a Dellmensingen, a Kr. Ulm. a. D. (Württ). Están arreglando un castillo con jardín y espero que tengamos allí una buena estancia. No sabemos la fecha exacta de partida; ahora estamos ocupados con el cierre de la casa. Nos llevaremos solo lo necesario.

En la situación actual, ya veo que será imposible que los gemelos puedan venir a visitarnos.

Un fuerte abrazo a tus padres de nuestra parte.

Tu tío Felix

N.º 3162

A principios de año, la correspondencia entre Lina y Kurt iba y venía. Dos cartas semanales. Lina seguía en su empeño visitando diariamente el consulado. Era lo único que podía hacer y lo hacía. Rosl, mi madre, sufrió un revés de salud importante, una operación de riñón que luego se complicó. La fiebre no remitió durante semanas y semanas hasta que por fin descubrieron que se debía a un absceso de pus. Tuvo que ser intervenida otra vez. La enfermedad la tuvo alejada de las tareas diarias y de la escritura durante casi tres meses, pero no de la inquietud. Kurt iba sorteando las dificultades como podía, sin abandonar su incipiente empresa. Con serenidad y aplomo, mantenía el contacto con la familia: sus padres, tío Felix de Stuttgart, su prima Marianne en Múnich, su cuñado Julius, en Estados Unidos y su tío Henry desde Nueva York. Intentaba transmitir, a pesar de las malas noticias, ese sentido del humor que le caracterizaba. Respecto a sus padres, la preocupación había disminuido. Las dificultades en La Habana eran sobre todo económicas, pero estaban a salvo, sin peligro. Muchos alemanes residentes en Cuba pedían asesoramiento de todo tipo a Max y aquello le suponía unos pequeños ingresos. Tío Henry, desde Estados Unidos, controlaba como podía los avatares de la familia más directa y seguía informando sobre Julius.

En primavera, Rosl empezaba a salir del túnel. Al menos del físico, porque el otro, el túnel más oscuro, se alargaba eternamente y la consumía poco a poco. Era como esperar que la fatalidad les alcanzara, intuyendo que tarde o temprano ocurriría. De nada servían los consuelos de los amigos españoles y alemanes. Sabían a poco las buenas noticias de los médicos. El oscuro peso del nazismo aplastaba cualquier alegría.

En lo que concernía a la familia de Stuttgart, Felix continuaba escribiendo. Estaban a punto de ser trasladados al castillo de Dellmensingen, una residencia judía en Baden-Württemberg. Felix tenía sesenta y cinco años cuando lo trasladaron; su madre, ochenta y ocho. Entre marzo y agosto de 1942, Dellmensingen alojó a más de cien ancianos judíos; dieciocho de ellos murieron durante los seis meses en que estuvieron allí. El resto fueron transportados a los campos de exterminio nazis.

✉ Felix Sontheimer
Director de banco
Hasenbergsteige, 12
Stuttgart-W

Stuttgart, 28 de febrero de 1942

Conrado Sontheimer
Muntaner, 250
Barcelona

Querido Kurt:
Hace pocos días recibí tu carta y también otra de tus padres. Estoy contento de que podáis estar todos bien. Tu padre me comentó que recibió noticias de los señores Jeitteles, que tenían que haber ido a Cuba, pero pocos días antes de partir fueron trasladados a una pequeña ciudad de Würtemberg. A nosotros también nos trasladaran en ocho o diez días a una residencia de Dellmensingen. Tan pronto lleguemos te enviaré la nueva dirección. Las últimas semanas han sido muy agobiantes, ya que he tenido que deshacer toda la casa. En pocos días vendrá el transportista que se llevará muebles y ropa para guardar. El resto intentaré venderlo si es que antes no ha ido a parar a otras manos.

Bueno, doy gracias a Dios, pues hemos podido pasar este invierno tan frío aún aquí, en casa, y, como hay que ser positivo, debo decirte que me han quitado un peso de encima. No sabía cómo jubilar a la asistenta de casa, que ya tiene setenta y un años, y, mira por dónde, nos han solucionado este problema. Mi madre, a sus ochenta y nueve años, está, como dice su médico, «robustamente sana» y mi hermano Max y su esposa siguen bien. Es curioso, pero mi madre es la que está llevando mejor toda esta situación. Yo la verdad es que he estado durante unas semanas muy *down*, pero ahora estoy mucho mejor.

Nada más por hoy, sobrino. Te escribiré desde
nuestro nuevo destino y recibe un abrazo muy fuerte
de todos nosotros.

Tu tío Felix

N.º 3162

 Felix Sontheimer
Dellmensingen
Residencia judía
Kr. Ulm. a. D. (Württ)

Dellmensingen, 10 de abril de 1942

Conrado Sontheimer
Muntaner, 250
Barcelona

Querido Kurt:
He recibido tu carta anterior del mes de marzo.
Nosotros ya llevamos un mes aquí. Siento mucho lo
que me cuentas sobre el estado de salud de Rosl y le
deseo de todo corazón un pronto restablecimiento
y que todas las preocupaciones que tenéis encima
puedan disiparse y todo pueda ser como antes.
De nosotros no hay mucho nuevo que contar. Nos
hemos adaptado a la nueva situación. La residencia
está rodeada de un jardín donde podemos trabajar y,
como ya llega la primavera, todo con el buen tiempo
se ve mejor. Yo estoy en una habitación con otras
cinco personas, y Max y su esposa están en otra con
otros tres matrimonios. La verdad es que Max lo está
llevando muy mal, pero yo ya sabéis que intento ver
todo lo positivo y pienso que, aunque no nos dejen
salir de la residencia, mientras podamos estar entre-
tenidos en el jardín y el huerto, para qué queremos

185

estar fuera. Mejor que pasen los días estando aquí ocupados con el jardín y esperar con salud hasta que todo se solucione.

No sabemos nada de Marianne y estamos muy preocupados por ella.

Me alegro de que todo les vaya bien a tus padres y siento las dificultades que tienen tus suegros para salir, pero lo importante es que estén bien de salud y que vayan aguantando allá donde estén.

Un fuerte abrazo,

Tu tío Felix

N.º 3162

························ TELEGRAMA ························

12 de marzo de 1942

NUEVA DIRECCIÓN
Felix Sontheimer
Dellmensingen
Residencia judía
Kr. Ulm. a. D. (Württ)

CENSURA GUBERNATIVA BARCELONA

························

En abril, Kurt recibió un telegrama de la señora Weil donde le comunicaba que a Marianne y al doctor Baer los habían trasladado al gueto de Piaski, en Polonia. En abril de 1942 se acabó definitivamente el tiempo para los niños de Antonienheim. Se cerró el asilo y los deportaron a todos: niños, maestros, cuidadores, director. A todos.

Fecha: 19 de abril de 1942
Remitente: Señora Weil

Destinatario: Conrado Sontheimer

MARIANNE BING. TRANSPORTE DESDE MÚNICH. GUETO
DE PIASKI (ZONA DE LUBLIN). CORREO ALEMÁN OESTE.
GOBIERNO GENERAL.

··

Nada más recibir la noticia, Kurt respondió inmediatamente a la señora Weil, pero aquella carta no llegó lejos,
no llegó a nadie. De hecho, la tengo ahora en mis manos.
Fue devuelta a su origen. La palabra que leo en el sobre
me queda registrada en la mente: «Evacuada».

········· TELEGRAMA ·········

Remitente: Conrado Sontheimer
Muntaner, 250
Barcelona

Destinatario: Sra. Louise Weil
Goethestrasse, 22/I
Múnich, Alemania
EVACUADA.
RETORNAR A BARCELONA

··

Debido a este hecho, Rosl sospechaba que a ellos también los estaba tocando la extensa mano de la censura.
Presentía que leían sus cartas, que husmeaban en sus
vidas, que metían las narices en sus asuntos más íntimos

y esto la llenaba de terror. Se sentía vulnerable. Ahora ya sabía con certeza que la Gestapo estaba actuando en España, concretamente en Barcelona, enmascarada bajo una empresa. Le habían explicado que había personas que habían desaparecido después de ser citadas por la Policía española, que colaboraba con la Gestapo. Kurt apelaba a su conversión al catolicismo, a su cambio de nombre y a su intervención en la guerra española con la esperanza de que estos hechos borraran de alguna manera su rastro y su condición. Sus ojos color miel miraron con cariño y amor a su esposa. La abrazó, intentando tranquilizarla, mientras las primeras lágrimas de Rosl se convertían en un gran llanto. Él también tenía miedo. Pero no lo podía mostrar. No podía ni intuir el final, pero entre los amigos habían hablado, comentaban y cada uno daba la información que había conseguido. Existían filtraciones en las que se hablaba de los horrores que se estaban llevando a cabo en Polonia.

 Conrado Sontheimer
Muntaner, 250
Barcelona

Barcelona, 11 de julio de 1942

Sra. Louise Weil
Goethestrasse, 22/I
Múnich

Querida señora Weil:
Desde aquí no puedo enviar nada, si no ya lo habría hecho. He escrito a Marianne, sin obtener respuesta. No sé si le habrán llegado mis cartas. El doctor que ha sustituido al doctor Baer, el doctor Oscar Maron, me ha confirmado que Marianne y el doctor Baer

están juntos, pero que él ya no tiene nada que ver con ellos.

Desgraciadamente, no puedo hacer nada más. Se lo he comunicado a mi tío Henry y a mis padres por si pudiera existir algún tipo de ayuda, pero desde hace tiempo no sabemos nada de ella.

Espero que usted no sea trasladada. Nos alegraría mucho tener noticias suyas de vez en cuando. Reciba nuevamente mi agradecimiento por los deseos de recuperación para mi mujer y nuestro saludo.

Kurt

Un soldado de la resistencia polaca, Witold Pilecki, se había ofrecido voluntario para ser llevado como prisionero a Auschwitz. Obtuvo una considerable información que traspasó a Varsovia y desde allí fue remitida a Londres. Desde el gueto de Varsovia, un periodista americano, enamorado de una polaca que luchaba en la Resistencia, pasó información a la prensa londinense.

En todas estas informaciones se detallaban con exactitud los campos de concentración y los campos de exterminio. Se hablaba del funcionamiento de estos campos, de las cámaras de gas, del trato esclavo a los prisioneros que vivían en barracones. Después de la invasión de Rusia, los comandos especiales habían matado a cientos de miles de ciudadanos. Tras la reunión de Wannsee, el plan consistía en reunir a las víctimas para asesinarlas masivamente. Para ello habían construido los campos de exterminio en zonas escondidas y habían elaborado una infraestructura férrea de kilómetros y kilómetros para que los trenes llegaran hasta los campos. He leído muchos libros y artículos, he visto reportajes, pero la verdad supera la ficción de lo que el hombre es capaz de hacer contra el hombre. El aprovechamiento económico de los cuerpos llegó al cénit, lo aprovecharon todo: los dientes, la piel, la grasa, los órganos, los huesos. Y quisieron quedarse también con las almas, pero esto no lo consiguieron.

✉ Felix Sontheimer
Dellmensingen
Residencia judía
Kr. Ulm. a. D. (Württ)

Dellmensingen, 23 de julio de 1942

Conrado Sontheimer
Muntaner, 250
Barcelona

Querido Kurt:
He recibido con ilusión tu carta del 29 de junio, en la que me das noticias de Fritz, lo que me ha tranquilizado mucho. Después de seis meses, ¡una señal de vida! Por favor, dale noticias nuestras y transmítele los mejores consejos. De los dos pequeños también tengo noticias y además una foto en la que se ve que se han convertido en unos jóvenes apuestos.

Ya que he tenido que entregar la máquina de escribir, quiero contestar a tus preguntas con mi pluma de la forma más breve posible.

No tengo constancia del cuadro que me dices de Louis Neustätter. Los cuadros me los entregó Arnold antes de su marcha para que los almacenara, pero al igual que muchas otras cosas los tuve que abandonar antes de mi partida. En lo que se refiere a Josef Oppenheimer, no sé nada de su existencia y tampoco sé quién es tía Selma.

Te guardo todos los sellos que caen en mis manos. Pero nosotros vivimos «detrás del mundo» y no salimos de nuestro castillo con jardín. No vamos a Correos, con lo que solo puedo conseguir lo que llega aquí y lo que necesito para poder enviarte una carta. Esta mañana, a primera hora, he ido acompañado de dos agricultores a buscar madera al bosque cercano para el invierno. Me han invitado a hacer este trabajo porque a mis sesenta y cinco años soy el más joven de la casa.

La carta de hoy creo que tiene suficiente material para que le puedas hacer un informe a Fritz y para que le transmitas nuestro más cálido saludo. Quizá puedas escribir también a Heinz y Paul antes de que cumplan dieciocho años.

Desgraciadamente, no he sabido nada de Marianne, lo cual no me gusta, pero el correo no llega allá donde está.

Saludos para Rosl y para tus padres. Mi madre os envía un fuerte abrazo.

Tu tío Felix

N.º 3162

Los altos mandos de los aliados sabían lo que se estaba haciendo. Por suerte, creo que esta información tan exhaustiva no había llegado a la población ni a Rosl y Kurt, y, aunque este fuera consciente de ello, puede que le evitase el horror a Rosl. Lo que sí se sabía es que se deportaba a muchas personas al este y que de los deportados no se tenían noticias.

✉ Lina Heilbruner
Hotel Atlantique
Rue Mazanod, 30

Eduard Heilbruner
Camp de Les Milles

Marsella, 23 de julio de 1942

Max y Rosa Sontheimer
Calle 11, n.º 652
La Habana-Vedado

Mis queridos Max y Rosa:
Sé de vosotros por parte de los chicos, pero ahora
ya hace días que no recibo noticias vuestras y estoy
intranquila. De Julius tampoco sé nada. Desconozco
en qué parte del mundo se queda retenido el correo,
pero no llega. Aquí el calor empieza ya a apretar e
imagino que en Cuba debe de ser mucho más fuerte.
Tengo apuntado que dentro de pocos días es el cumpleaños de Max y deseo que recibáis nuestra felicitación cordial, tanto de Eduard como mía. Nosotros
dentro de poco cumpliremos los dos años de estancia
en Francia. Al final te acostumbras a todo y lo que en
principio te parecía un infierno ahora ya casi te parece un paraíso. No hago nada más que preguntarme
cuándo podremos reunirnos con nuestros hijos. Aquí
entre los refugiados nos ayudamos como podemos. A
través de una conocida me han dado algo de trabajo
y he podido ganar un poco de dinero. Cada vez hay
menos productos en el mercado libre, aunque todavía
puedo conseguir algo de fruta.
Querida Rosa, ¿sabes algo de tu familia más directa
de Praga? Escribidnos, esta es mi única conexión
con el mundo exterior. Por hoy no tengo nada más
que comunicaros.
Esperando pronto la libertad.

Lina

Durante el segundo trimestre de 1942 se intensificaron las deportaciones. Hitler había ordenado que a finales de 1942 el problema de los judíos de Europa tenía que estar solucionado. En Alemania, a los judíos la vida se les hacía cada vez más atroz. Debían entregar los aparatos eléctricos y ópticos, las bicicletas, las máquinas de escribir, las obras de arte, los metales preciosos, no podían acudir a las librerías de los arios y los niños no tenían acceso a la enseñanza. El cerco se iba cerrando. Implacable y terrible.

En una de las cajas encuentro otra carta devuelta al destinatario. Una carta cerrada que mi padre enviaba a la familia de su tía Martha, en Praga. Está dirigida a su marido, Heinrich Kral, padre de Hans, el primo de mi padre.

································· TELEGRAMA ················· ··········

Remitente: Conrado Sontheimer
Muntaner, 250
Barcelona

Destinatario: Dr. Heinrich Kral
Nürnbergerstrasse, 20
Praga V
Bohemia y Moravia

PARTIÓ SIN DEJAR DIRECCIÓN. AUSENTES.
LLEVADOS EN EL ÚLTIMO TRANSPORTE DE JUDÍOS.
RETORNAR A BARCELONA

···

En cierto momento me percato de que no estoy descubriendo, sino más bien investigando. Se ha apoderado de mí una actitud indagatoria que me somete a saber, a entender. Y para conseguirlo me es imprescindible buscar. Entiendo entonces que el viaje en el que estoy metida ya irremediablemente me será doloroso. Dudo. Me detengo. Pasa por mi cabeza la idea de abandonar. Cerrar las cajas. Sellarlas. Devolverlas al altillo y olvidarlas. Enterrarlas. Sin embargo, la fuerza de mi historia golpeándome en las venas me obliga a continuar. Mis dedos tropiezan con el sobre cerrado. La carta que había enviado mi padre y que fue devuelta al remitente. Entiendo entonces que esa carta es para mí. Para que yo la abra. La carta había sido abierta en el lateral y vuelta a cerrar con una cinta adhesiva donde se lee: «CENSURA». La dirección está tachada y escrita a lápiz la de mi padre en Barcelona. Giro el sobre y leo en el reverso: «Ausentes. Llevados en el último transporte de judíos».

Me es difícil sostener este sobre en las manos. Lo abro y de su interior se desliza una carta con la letra de mi padre. Debo parar. Las ideas quieren ir tan rápidas que me cuesta dominarlas.

En la carta, mi padre pregunta por toda la familia, extrañado de no recibir novedades. La realidad de la situación de aquel septiembre de 1942 se lee en el sobre.

Estoy sentada frente a mi Mediterráneo. Es un día de abril. El sol calienta esta maravillosa tierra y las ondas del mar se ven en el horizonte. ¿Por qué estaba cerrada esta carta? ¿De verdad la dejaron allí para que yo la abriera? Vuelvo a mirarla y pongo la música de

Mozart que tranquiliza mis pasiones. Dios mío. Tengo que descansar.

A mi familia de Praga le sucedió lo mismo que al resto de los judíos checos. Primero los desalojaron de sus casas, luego los trasladaron al gueto que se construyó en Terezín (en alemán *Theresienstadt*). En febrero de 1942, los nazis evacuaron a los habitantes de la ciudad para convertirla en un campo de concentración. El campo tuvo un local de ventas, moneda propia que los prisioneros debían utilizar allí, servicio postal, cabaret, orquesta, hospital, talleres artesanos y un centro cultural.

Pero esto fue solo la fachada, el rostro maquillado de cara a la galería; lo cierto era que los prisioneros vivían en unas condiciones humillantes. En la plaza de Theresienstadt recogían diariamente a los obreros esclavos para llevarlos a las fábricas. Era una suerte ser seleccionado para trabajar en alguna de ellas. El gueto estaba controlado por las SS.

Después de la carta devuelta, todas las cartas que leo son ya desde Theresienstadt. Los llevaron a todos al gueto. Al primo de mi padre, Hans, lo llevaron a Haupstrasse, 20. La calle principal. Al resto de la familia, a Leestrasse. Tengo el mapa de la ciudad delante de mí e intento ubicarlos. ¿En qué condiciones debían vivir?

Las cartas se fueron sucediendo hasta abril de 1944. En ellas iban contando las dificultades familiares. Las condiciones se iban deteriorando y el miedo empezó a instaurarse cuando empezaron las deportaciones. En junio de 1944 fueron deportados todos a Polonia. Solo Hans se salvó, rescatado por los rusos, del campo de concentración.

Llegó nuevamente el verano, uno de los más violentos de toda la historia, y no me refiero solo al clima, sino al ardor, al terror, al miedo, al horror.

Pese a todo, Kurt ofreció a su mujer el día de su cumpleaños un ramo de rosas llenas de amor y cariño y le deseó una pronta recuperación. Fueron unos meses intensos, duros, de lucha por salvar y trasladar a Eduard y Lina de Marsella y evitar su deportación. Optaron por continuar buscando ayuda, esta vez por medio de Pascual Ortega, un hombre que pasaba personas clandestinamente a través de los Pirineos. Ya lo habían intentado en verano del año anterior desde el Valle de Arán, pero no sé qué falló. Ahora debían trasladarse a Osseja, en la Cerdaña, y una vez allí contactar con él. Habían de pagarle, por supuesto; era clandestino, por supuesto también; sin embargo, estaban dispuestos a correr cualquier riesgo. Cualquiera. Incluso la ilegalidad. Siempre quedaba la esperanza de conseguirlo y había que intentarlo. Más tarde se trasladaron a San Sebastián para poder localizar los distintos pasos a través de Hendaya.

En Marsella, a Lina y Eduard empezaban a llegarles rumores de lo que estaba sucediendo y había ya listas de deportaciones. En Récébédou, la familia de Lina vivía la misma tragedia. Ocurría lo mismo: las listas de deportación ya se estaban preparando. Nadie sabía exactamente lo que pasaba con quienes se iban; simplemente se iban, se los tragaba la historia. Nada más. Observo con detenimiento las cartas de ese verano de 1942. Cartas de personas expuestas a las inclemencias de los tiempos que corrían, impotentes. Todavía vivas, pero que con una extraña lucidez percibían la muerte muy cerca. La especulación crecía como una bandada de pájaros negros, el rumor se hacía grande, hasta tal grado que casi se podía palpar. En Marsella, estaban mis abuelos. En Récébédou, mi familia. Personas importantes para mí, familia. Unos de tantos, sin embargo.

✉ Felix Sontheimer
Dellmensingen
Residencia judía
Kr. Ulm. a. D. (Württ)

Dellmensingen, 24 de junio de 1942

Conrado Sontheimer
Muntaner, 250
Barcelona

Querido Kurt:
Me alegro de leer que tu esposa está mejor y que os podéis tomar unas merecidas vacaciones en la montaña, de las cuales seguro que volveréis fortalecidos. Lo que me cuentas de Heinz y Paul me hace mucha ilusión. No he dudado en ningún momento de que los dos, que son chicos muy válidos y aplicados, saldrán adelante, al igual que Fritz. Me ha preocupado no tener noticias de ellos desde el último noviembre y te ruego que, bien tú o a través de tus padres, les sigáis los pasos. Estoy seguro de que les irá bien y quizá estaban tan ocupados que no han tenido tiempo de escribir.

En lo que se refiere a nosotros, las cosas están más o menos en orden. Hace un tiempo de verano estupendo y podemos ir a pasear al jardín. Yo trabajo un poquito (de 9 a 12 h por las mañanas y por las tardes de 16 a 18 h), lo cual me va muy bien para la salud. Aquí no he engordado, he mantenido mi peso, cosa que no ha ocurrido con otros de mis amigos. Nuestra madre está relativamente bien, se ha integrado y tiene amigas.

Me sabe mal que no tengas más noticias de los tuyos y espero que estén bien y que puedan estar como tío Henry, al cual desde luego le va mucho mejor.

Estoy muy triste porque Marianne haya tenido que abandonar su estancia. Me gustaría ponerme en contacto con ella. Le he escrito. Esperemos que le llegue mi carta.

Si escribes a Heinz, Paul o Fritz, dales un fuerte abrazo de mi parte. Pienso mucho en los tres y espero que el futuro sea bueno para ellos.

A ti, querido Kurt, te deseo todo lo mejor, al igual que a tu esposa.

Muchos saludos a tus padres y a tío Henry.

Tu tío Felix

N.º 3162

Llegaron dos cartas más desde Dellmensingen, ya escritas a mano, con esa maravillosa letra gótica de tío Felix, tan difícil de entender para mí. Las deportaciones habían empezado y sabía que estaban en las listas. El 14 de agosto, otra carta aterradora, por el contenido y por la forma. Una carta breve, escrita a mano, como la anterior, en la que tío Felix se despide. Está escrita en un papel de carta de cuando era director de banco. El papel me habla del exterminio de la identidad que los nazis llevaron a cabo, un exterminio previo al de los cuerpos. En el encabezado de la carta leo «Felix Sontheimer», con un sello entre nombre y apellido que reza: «Israel». Él mismo debió de tachar el «Director de banco» de debajo de su nombre. Y él mismo también debió de tachar «Stuttgart-W» para escribir en su lugar «Dellmensingen». Abajo, a la izquierda, el número de la censura; en un rincón, como si no tuviera importancia.

✉ Felix ~~Israel~~ Sontheimer
~~Director de banco~~
~~Hasenbergsteige, 12~~
~~Stuttgart-W~~
Dellmensingen
Residencia judía
Kr. Ulm. a. D. (Württ)

Dellmensingen, 14 de agosto de 1942

Conrado Sontheimer
Muntaner, 250
Barcelona

Querido Kurt.
Tengo que comunicarte que nos han dicho que vamos a ser trasladados. Si no recibes más noticias mías, ponte en contacto con Fritz, Heinz y Paul y comunícales nuestra salida.
Espero que tú y tu mujer estéis bien.
Llama a los chicos y seguid todas las noticias.
Saluda a toda la familia.

Felix

La sagacidad de Felix era inmensa. Las cartas estaban censuradas y creo que los administrativos que las leían ni se percataban de lo que decía, porque si no no habrían llegado. Junto con Felix estaban su esposa, su hermano Max con su esposa y su madre. Por lo que dice en las cartas, ella debía de haberle transmitido esta agudeza. «Se ha integrado y tiene amigas», decía.

Admirable, realmente admirable. Hay que tener un enorme dominio personal para saber satirizar todas las vejaciones. Los cinco miembros de la familia fueron deportados en agosto de 1942 a Theresienstadt, igual que la familia de Praga. Según la ficha que he encontrado, Felix fue ejecutado en Terezín el 2 de marzo de 1943. A su hermano Max lo trasladaron en septiembre de 1942 a Treblinka. Su madre murió en Terezín en 1942.

Desde finales de julio al 30 de agosto se intensifican las cartas desde Marsella. Cada dos días Lina comenta que grupos de mujeres y niños que estaban con ella habían sido transportados al campo de Les Milles para agrupar a las familias que ya aparecen en listas para ser trasladadas. Desde allí solo sabía que partían rumbo al este. No sabía nada más. Estaba tan abrumada por un terror tan profundo que llegó a pedir con fervor que ojalá no la llevaran a ningún lado, que la dejaran allí, es decir, en la miseria, en el olvido, pero no en la muerte. Eduard fue ingresado en el barracón que hacía de enfermería por un problema de gota.

✉ Lina Heilbruner
Hotel Atlantique
Rue Mazanod, 30

Eduard Heilbruner
Camp de Les Milles

Marsella, 14 de agosto de 1942

Conrado y Rosa Sontheimer
Muntaner, 250
Barcelona

¡Querida Rosl! ¡Querido Conrado!
Espero hayáis recibido mis últimas cartas y os hayáis puesto en contacto con el mandatario 2.687. Lo
que enviéis, sobre todo, que tenga remitente, por si
tiene que ser devuelto. Busco todavía la posibilidad
de llegar a vosotros. Son solo siete horas de distancia. Del consulado español no me han dado ningún
papel y me dicen que estos tienen que venir desde el
ministerio de Madrid. Ahora veo además el problema
de vuestro padre. No puede andar. Él me ha dicho
que se quedaría aquí, que a su edad no cree que le
pase nada. La nuera del señor Pascual me llevaría a
través de Portbou, Cervera, hasta Osseja.
Aquí se producen escenas que te rompen el corazón. Todavía no sabemos adónde se llevan a la gente
que han deportado de aquí, pero sí sabemos que es
fuera de la línea de demarcación. Es tristísimo para
toda esta gente, que ya tiene una determinada edad,
con todo lo que han tenido que pasar hasta ahora y
lo que van a tener que sufrir todavía. Solo puedes
viajar con tres mil cuatrocientos francos.
¡Espero veros pronto!

Lina

✉ Lina Heilbruner
Hotel Atlantique
Rue Mazanod, 30

Eduard Heilbruner
Camp de Les Milles

Marsella, 15 de agosto de 1942

Conrado y Rosa Sontheimer
Muntaner, 250
Barcelona

¡Mi querida Rosa! ¡Mi querido Conrado!
En medio de esta densa atmósfera que me rodea, intento buscar unos momentos de distracción y conversar con vosotros. Espero que me comuniquéis que os han devuelto el dinero, porque para nosotros ahora ya no es necesario. Todavía estoy aquí, pero quién sabe qué nos pasará en los próximos días. Lo que daría por estar con vosotros. Mi único deseo era estar con mis hijos, pero parece que esto no va a ser posible. Aunque consiguiera un visado español, ahora ya no hay nada que hacer. El canciller no entrega ningún formulario.
El espectáculo de la gente que sale de aquí en estos vagones de mercancías es indescriptible. Tu padre, con sus sesenta y seis años, supera la frontera que ponen de sesenta y cinco para ser deportado, pero yo no. Generalmente los matrimonios viajan juntos. Hay hombres de setenta y dos años que han sido introducidos con sus esposas. Yo confío en que, como tu padre estaba en la enfermería y no puede calzarse, no nos coloquen en el vagón. Dios quiera que podamos quedarnos aquí. Me sabe mal tenerte que contar todo esto cuando todavía te estás recuperando. Julius está también muy preocupado.

Recibí carta de él el 3 de julio. Tiene un nuevo puesto de trabajo de radiotelecomunicación, pero ya le he dicho que no deje el anterior hasta que esté seguro. Quiere hacernos un seguro de vida. Ya le he contestado que eso ahora no tiene ningún sentido. Es una forma de gastar el dinero sin retorno. Se oyen noticias tremendas desde fuera. Solo pienso en poder estar con vosotros.

Querida Rosa y querido Conrado. Os llevo dentro de mi corazón. Si veis que no os escribo es porque nos han trasladado y no podemos. Pero, sobre todo, manteneos en contacto con Julius. Él sigue intentando conseguir el visado y quién sabe. No hay que perder la esperanza. Aquí tengo conocidos a cuyos familiares se los llevaron en primavera a Polonia y no tienen noticias de ellos.

¿Habéis podido descansar? Espero que sí, ya que luego os tendréis que poner a trabajar otra vez intensamente.

Espero que podamos seguir en contacto.

Lina

Imagino la densidad de la negrura en la que se encontraba, pues era capaz de plantearse cruzar la frontera andando con sesenta años, dejando atrás a su marido, y huir. Eduard y Lina habían estado solo a treinta y cuatro kilómetros y, a pesar de los esfuerzos de mis padres, el Gobierno español no les dejó entrar en España para salvar sus vidas. El franquismo fue un fuerte aliado del nazismo. ¿Quién sería el mandatario 2.687? Hay preguntas de las que todavía no tengo respuesta.

✉ Lina Heilbruner
Hotel Atlantique
Rue Mazanod, 30

Eduard Heilbruner
Camp de Les Milles

Marsella, 12 de agosto de 1942

Conrado y Rosa Sontheimer
Muntaner, 250
Barcelona

Querida Rosl y querido Kurt:
Aquí el mandatario 2.687 me ha dado la siguiente dirección: Mege Pascual, Chez Cardine, Maison Esteve, Osseja. Nosotros no necesitamos dinero y, por favor, avisadme si os viene alguna carta devuelta. Voy a intentar conseguir los documentos necesarios para ir a Barcelona. Intentaré ir otra vez al consulado español. Vuestro padre no puede calzarse y aquí desgraciadamente ya han empezado a realizarse traslados. Me sabe mal que os tengáis que enterar a través de nosotros, pero el mundo sabe ya lo que está pasando. Intentaré otra vez que los papeles puedan llegar al ministerio en Madrid.
Muchos besos,

Lina

A los pocos días a Lina la trasladaron al campo de Les Milles junto a su marido. Allí estaba la estación de tren de donde salían los vagones que los llevarían a un destino desconocido.
El 30 de agosto llegó la última carta. Después, sin no-

ticias. Kurt y Rosl escribiendo continuamente. Las dos primeras cartas, devueltas. Luego ninguna más.

✉ Lina y Eduard Heilbruner
Camp de Les Milles

Les Milles, 30 de agosto de 1942

Conrado y Rosa Sontheimer
Muntaner, 250
Barcelona

Mi querido Kurt:
Desde ayer estoy aquí con vuestro padre. Ya nos han agrupado. Como no sé si dentro de unas horas o días nos trasladarán de aquí, deseo felicitarte por tu cumpleaños, deseándote sobre todo salud y que Dios te compense por todos los sacrificios y toda la bondad que has demostrado hacia nosotros, y deseo que pases un día muy feliz con Rosl. Quería y esperaba poderte dar un pequeño obsequio, pero no ha sido posible. Nunca pensé que, a nuestra edad, tendríamos que vivir esto y, como la esperanza es lo último que se pierde, espero que puedan rescatarnos en el último momento. Por favor, no os preocupéis más. Con la gracia de Dios seguro que volveremos a encontrarnos.

De nuevo, muchas gracias por todo lo que habéis hecho por nosotros y miles de besos. Kurt, dales un fuerte abrazo a tus padres.

Vuestro padre quiere escribiros unas líneas.

Queridos niños:
Vuestra madre me habla continuamente de vosotros. Ya sabéis que tengo problemas de salud que espero que se solucionen.

Querido Kurt, te deseo un feliz cumpleaños con el deseo de que nos podamos encontrar alguna vez. Vuestro padre,

Eduard

Querida Rosl:
Debes pensar que tu madre es una histérica, pero no puedes imaginarte la situación que hay aquí. Solo desearía quedarme en Les Milles. Millones de besos a vosotros dos, de todo corazón, de vuestra madre.

Lina

Ninguna más.

Kurt y Lina nunca se pudieron conocer. No se pudieron mirar. No se pudieron abrazar y compartir sus angustias. A Eduard y a Lina se los dio por muertos el 8 de mayo de 1945, el día que terminó la Segunda Guerra Mundial, igual que a todos los desaparecidos en el Holocausto. Sin embargo, sé con certeza que fueron transportados a Drancy, donde hacinaban a los deportados antes de conducirlos como ganado a Auschwitz. En Drancy había dos estaciones que estaban al lado de la frontera. Era el lugar perfecto para ejecutar con rapidez los acuerdos de Wannsee: la solución final. Eduard y Lina fueron transportados los primeros días de septiembre de 1942 a Auschwitz, donde murieron en las cámaras de gas.

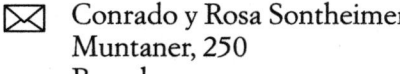 Conrado y Rosa Sontheimer
Muntaner, 250
Barcelona

Barcelona, 6 de septiembre de 1942

Lina y Eduard Heilbruner
Camp de Les Milles

Querida madre y querido padre:
Desde vuestra última carta del 30 de agosto no
tenemos noticias vuestras y estamos, como podéis
comprender, muy preocupados. Quiero deciros
que Julius ha recibido vuestra carta del 3 de agosto
y que la misma semana se iba a Washington para
intentar conseguir un nuevo visado. O sea que es
de esperar que lo consiga y debemos confiar en
ello. Hemos estado hablando con un señor que
conoce muy bien estos temas y nos ha dicho que
si todo va bien recibiréis el visado muy pronto Os
digo todo esto para que podáis quizá comunicarlo.
Hoy os mandaremos un telegrama para que tengáis
conocimiento de todo. Espero que hayáis recibido
nuestra última carta.
Un fuerte beso de nosotros dos,

Conrado y Rosita

Dos dentro del millón y medio de ejecutados en Auschwitz. Entre ellos, más de doscientos mil niños.
Dos dentro de los nueve millones de personas muertas por el nacionalsocialismo.
Mis abuelos maternos, Eduard y Lina, a los que nunca pude conocer.
Desde Cuba, al menos no se olía la muerte. Llegaban

noticias de Max y Rosa, que intentaban encontrar algo de normalidad en sus vidas.

✉ Max Sontheimer
Calle 11, n.º 652
La Habana-Vedado

La Habana-Vedado, 10 de septiembre de 1942

Conrado y Rosa Sontheimer
Muntaner, 250
Barcelona

N.º 41

Mis queridos:

Me extraña muchísimo que desde abril no hayáis recibido ninguna carta más de Cuba, porque nosotros escribimos con regularidad. La última carta que nos habéis confirmado era la número 34, del 24 de abril, y la 35, del 10 de mayo (siempre mandamos la copia con la anterior). De esta última mandamos copia a Ida Dormitzer, porque nos habían dicho que había dificultades para recibir correspondencia desde España, y por eso mandamos también la presente por tío Henry hasta confirmar que lo hayáis recibido todo.

Querido Conrado, hoy queremos ante todo mandarte nuestros mejores deseos para tu cumpleaños y deseamos que en un día no muy lejano nos podamos reunir para vivir los pocos años que nos quedan juntos. Puede que la carta llegue con un poco de retraso, pero en las actuales circunstancias no se puede remediar.

Max y Rosa

Ese mismo mes de septiembre, tío Nathan estaba solo en Récébédou, sin saber hacia dónde se habían llevado a los suyos. No recibía noticias de Lina. No recibía noticias de Leopold y Aaron, desaparecidos, con sus respectivas esposas. Él, el único testimonio, sin nadie cercano. Ese mismo mes de septiembre cerraron el campo de Récébédou y tío Nathan sufrió otro traslado, como si fuera un viejo paquete, a otro campo francés: el campo de Noé, creado en 1937 para agrupar a los refugiados españoles que huían de la guerra y que durante la Segunda Guerra Mundial se transformó en un verdadero campo de detención que compartieron, bajo inhumanas condiciones, tanto los españoles como los deportados judíos. En mayo de 1944 los alemanes decidieron sacar del campo a los hombres todavía «válidos» y dejaron básicamente a mujeres, mutilados de guerra y enfermos, que fueron por fin liberados en agosto de 1944.

Fin de 1942. Fin de la historia para muchos. Para Lina y para Eduard. Para Pauline, madre de Felix. El resto, no mucho mejor.

Nathan, con sesenta y seis años, trasladado de nuevo a su tercer campo de concentración, lejos de sus hermanos. Leopold y Aaron, con Clärle y Bertha, acabaron en Auschwitz y no salieron con vida. La familia de Praga, en el gueto de Theresienstadt, en el protectorado de Bohemia y Moravia; Marianne, en el gueto de Piaski, Polonia; y Felix, en Theresienstadt también. Sin su madre, que murió en el gueto. Sin su hermano Max, que fue trasladado a Treblinka.

CAJA SEIS

1943-1960

Hasta el 8 de mayo de 1945 no se declaró el final de la guerra. Lo que sucedió durante los años 1943, 1944 y 1945 aparece en todos los libros de historia y documentales políticos. Lo que cuento en este libro es lo que le ocurrió a mi familia. Una familia judía que, como tantas otras, tuvo que sufrir la aniquilación de todos los que se quedaron en Alemania y de los que vivían en la República Checa. Para el resto, la diáspora.

Desde febrero de 1943, el ejército alemán fue sufriendo reveses y se fue desmoronando como un castillo de naipes. Pero, a pesar de ello, Hitler prosiguió su batalla étnica particular. Las construcciones de las cámaras de gas y de los crematorios continuaron; Hitler tenía prisa por liquidar a todos los judíos. Prohibió que esta terrible solución final a la cuestión judía se mencionase públicamente. Lo que no pudo evitar es que las noticias se filtrasen y que, aun sin tener información sobre la gravedad de lo que estaba ocurriendo, la población se percatase de que se estaban aniquilando a personas.

En abril, durante quince días, se reunieron en las Bermudas representantes británicos y americanos para discutir la salvación de los judíos europeos. No se llegó a ningún plan concreto. Los americanos tenían un determinado cupo de inmigración y no estaban dispuestos a aumentarlo. Ocurría igual con el resto de los países. Pero hubo una excepción: el rey de Dinamarca, que dio un ejemplo al mundo de su alto sentido moral y democrático. Cuando Hitler le obligó a dar un censo de su población judía, él contestó que para él todos los ciudadanos daneses eran iguales, «No hay distinción de color, raza o religión», y encomendó a toda la población danesa que se cosiera la estrella de David en sus ropas. Prácticamente toda la población judía danesa se salvó. El rey actual puede sentirse orgulloso de su abuelo. De todo lo que he leído, es para mí el ejemplo de honradez democrática más elevado entre todos los políticos que intervinieron, de una forma u otra, en la Segunda Guerra Mundial.

Para Kurt y Rosl se hacía muy difícil pensar positivamente, mantener la confianza en las posibilidades de encontrar a sus padres con vida. «Al menos encontrarlos, saber dónde están», pensaban. Durante todo 1943, no pararon de buscarlos a través de la Cruz Roja. Nunca obtuvieron ninguna información. Desde Noé, tío Nathan escribía: «¿Qué hago aquí solo? Habría preferido irme con ellos». Las cartas que recibían contestación se habían reducido de forma dramática. Julius y tío Henry, desde Estados Unidos, al igual que ellos, buscaban infructuosamente a sus familiares. Tal como escribe tío Henry en una carta: «Sin noticias de la gente de Stuttgart, de Praga, de Marianne y de los padres de tu esposa Rosl».

Desaparecidos. Todos. Todos desaparecidos.

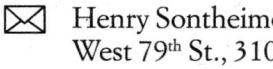 Henry Sontheimer
West 79th St., 310
Nueva York

Nueva York, 18 de junio de 1943

Conrado y Rosa Sontheimer
Muntaner, 250
Barcelona

Querido Conrado:
Recibí vuestra carta del 22 de mayo y mientras tanto
he recibido una de tus padres desde La Habana.
Estoy contento de saber que están bien. Por otro
lado, tengo buenas noticias que darte y que creo que
alegrarán a tu esposa. La última carta que recibí de
Julius, con el cual estamos en continuo contacto, era
para comunicarme lo siguiente: «El sábado recibí el
título de la escuela de radio. He obtenido el diploma de operador de radio y estoy sobre el terreno
haciendo prácticas con el general. El entrenamiento
es cada vez más intenso».
Estoy seguro de que el entrenamiento que está
haciendo con el Ejército le está fortaleciendo en
todos los sentidos. Pocas veces me había hablado
de esta forma.
Con respecto a los chicos, todo sigue bien. Carl
y Eleanor siguen adelante con sus planes. Tengo
correspondencia frecuente desde Tel Aviv de Edith
y Franz. Me cuentan del avance de sus niños.
Fritz, el hijo de Felix, se ha alistado en el Ejército.
Están preocupados porque no tienen ninguna noticia de su padre ni de su abuela ni de su tío Max y
esposa. Por otro lado, las noticias de Marianne son
aterradoras.
¿Sabéis algo más de la familia de Praga? Me dijiste
que estaban en Theresienstadt.

Ponme, por favor, las direcciones para que pueda estar en contacto con ellos.

Espero que esta carta llegue antes que la última que os envié. Si tenéis nuevas noticias, escribidme enseguida. Dale un fuerte abrazo a Rosita y coméntale todo lo que te he dicho de Julius.

Un abrazo muy fuerte también de Tess.

Tío Henry

En enero de 1944, Julius ingresó en el Ejército americano como radiotelefonista. Estaba exultante. Por fin podía sentirse útil e ir a luchar contra aquellos que le habían destrozado toda su juventud. Por fin podía luchar contra el fascismo. Él. Como judío. Como soldado norteamericano.

A pesar de los problemas que tenían en todos los frentes, el 19 de marzo las tropas alemanas invadieron Hungría y empezaron a deportar a la población húngara judía. Había prisa por exterminarlos. Las deportaciones ya las hacían directamente a los campos de exterminio. El que mayor número de presos recibía era Auschwitz.

Los americanos querían entrar en Europa y preparaban su desembarco en Normandía. Julius formaba parte de las tropas que el día 6 de junio protagonizaron aquella gesta heroica. Tenía un objetivo: salvar al único miembro de la familia que sabía que permanecía con vida: tío Nathan, hermano de su madre, a quien no veía desde 1939. Para él, rescatar a Nathan tenía un significado especial. Lo sacó del campo de Noé y consiguió instalarlo en una residencia para personas mayores. Cualquier lugar era mejor que aquella inmundicia de campo. Aquel fue su primer triunfo contra el nazismo. Cuando las tropas americanas se adentraron en Alemania, liberaron el campo de concentración de Buchenwald. Julius había desembarcado en Normandía sin armas; su arma era la palabra que transmitía en código Morse con el aparato de radiocomunicación. Pero las palabras se helaron cuando entró en Buchenwald. Lo que vio con sus propios ojos le hizo adivinar lo que había pasado con sus padres.

El 8 de mayo de 1945 se dio por acabada la Segunda Guerra Mundial. Un período que la historia no podrá olvidar jamás, porque el olvido no está destinado a los hechos de este tamaño y con este peso. Paradójicamente, las víctimas debían intentar olvidar para poder continuar con sus vidas.

Rosl seguía sin saber nada de sus padres y de sus tíos. Kurt seguía sin saber nada de su prima Marianne y de su tío Felix, de Stuttgart, así como de toda la familia de Praga. Solo una carta después de la liberación de Terezín: de Margaret, prima hermana de mi padre. Era hija de Hedvika, una de las seis hermanas de mi abuela Rosa, ocho años mayor que ella. Margaret se casó con Gottlieb Popper, un juez, y decidieron quedarse en Praga. Fueron de los que estaban convencidos de que la ley es justa y actuaría en consecuencia con el nacionalsocialismo. Fue un error. La familia Popper también sucumbió bajo las garras del nazismo: Gottlieb, su esposa Hedvika, su hijo Hans con su esposa y su hijo Pavel, de nueve años, fueron deportados a Terezín y de allí a Auschwitz. Cuando veo las fotos del niño, pienso en lo intoxicada que debe de estar la mente de una persona para poder matar a una criatura.

El marido de Margaret, abogado, fue ejecutado en Terezín. Margaret y sus dos hijos, Marietta y Michael, sobrevivieron. Cincuenta años después, la esposa de Michael escribió un libro sobre los niños supervivientes de Terezín[6]. Cuando Michael hablaba sobre la muerte de su padre comentaba que una de las versiones relata que fue arrojado a los perros. ¿Puede haber más horror? ¿Esto es lo que es capaz de hacer una sociedad civilizada?

Michael, con trece años, volvió a Praga cuando los rusos liberaron Terezín. El padre de un amigo había conseguido un caballo y un carro y los llevó de vuelta a su ciudad, aunque no de vuelta a casa. Su madre y su hermana tuvieron que permanecer en Terezín hasta finales de mayo, porque había una epidemia de fiebre tifoidea e impusieron una cuarentena. Margaret escribió la carta justo después de que se liberase el campo, todavía allí.

Conforme fueron pasando los días, la verdad fue asomando la cabeza y el mundo se llenó de terror. Durante años enteros, había preferido mirar para otro lado sin imaginar el horror que había detrás del pensamiento nazi. La sociedad fue irresponsable, cruel y egoísta. Alemania tuvo que asumir su derrota, pero yo me pregunto: ¿el 10 de mayo de 1945 todos aquellos que ensalzaban a Hitler, que fueron capaces de llevarlo a la cúspide, que justificaban sus acciones, se habían convertido súbitamente en buenas personas? El 20 de marzo de 1945 mi abuela Lina habría cumplido sesenta y tres años, una bella edad para poder disfrutar de su familia. No pudo.

---

[6] *Nešarim: Child Survivors of Terezín*, Thelma Gruenbaum, Vallentine Mitchell & Co. Ltd., Londres, 2004.

✉ Margaret Gruenbaum
Terezín

Terezín, mayo de 1945

Querida familia:
Esta es la primera carta en la que puedo expresar mis pensamientos sin la amenaza de la mirada de los censores. No sé por dónde empezar a describir los sucesos de todos estos años. Cada carta, cada paquete que nos enviabais era un soplo de calor en el duro entorno en el que estábamos viviendo. Os estoy escribiendo con la sensación de que no conseguiremos construir un puente entre lo que aquí hemos vivido y el exterior. Afortunadamente, nunca tendremos capacidad para comprender el horror, el miedo y el hundimiento personal que hemos experimentado durante los últimos años.

Tenemos la enorme esperanza de encontrar a alguno de nuestros familiares. Nosotros estamos vivos de milagro. Nos incluyeron en las listas de transporte en tres ocasiones y a Michael incluso en una cuarta ocasión. No podéis imaginar el contraste entre la vida y la muerte. Tenemos buen aspecto, a pesar de la malnutrición. Para que os podáis hacer una idea, a lo largo de los dos años y medio pasados hemos comido, entre los tres, tres huevos que conseguimos en secreto. Cada uno de ellos nos costó 170 coronas. Mi hija trabajaba en la lavandería y Michael como chico de transporte, sustituyendo a un caballo. A veces Michael podía acudir con un amigo, con un cuaderno de notas escondido bajo su camisa, a recibir lecciones, pero todo se interrumpió a causa de la cantidad de obstáculos que nos ponían y de la falta de tiempo. Nos obligaban a trabajar muy duro durante diez horas al día.

No sabemos cuál será nuestro futuro. Ninguno de nuestros amigos ha sobrevivido. No sabemos adónde ir. No sabemos nada.

Pero en algún lugar del mundo volverá a salir el sol, podremos ver montañas, océanos, libros, sonrisas, apartamentos limpios y quizá alguna esperanza de empezar con una nueva vida.

Un fuerte beso,

Margaret Gruenbaum

El nuevo Gobierno alemán empezó un proceso legal de búsqueda de los desaparecidos y de restitución de los bienes perdidos a causa del nazismo, estudiando las consecuencias legales y las indemnizaciones económicas. Lo llamaron la «Wiedergutmachung». La traducción literal al español es «Hacerlo bien de nuevo». Con este arte que tiene el país de mis antepasados de convertir una frase en una sola palabra, parecía un proceso técnico. Pero no, no era un proceso técnico: era un proceso moral.

WIEDEREINBÜRGERUNGSURKUNDE

Gobierno de Baviera
(Certificado de reintroducción)

El comerciante Max Sontheimer, residente en Barcelona/España, calle Muntaner, 250, 5.º-2.ª, nacido el 3 de septiembre de 1876 en Múnich, ha recuperado según el art. 116, apartado 2, de las leyes publicadas en Bonn, el certificado de la nacionalidad alemana.

Ansbach, 12 de septiembre de 1951
(Dr. Klumpner)

Expedido el 19 de septiembre de 1951

En una de las cajas aparecen las Wiedergutmachung de cada uno de mis familiares. Las de Lina y Eduard están dirigidas a sus herederos, pues a ellos ya nada podían restituirles. Pienso en la valentía y el coraje que tuvieron que tener mis padres y mi abuelo Max para afrontar este proceso. Al encontrar la caja, creí entender que las Wiedergutmachung eran para restituir los bienes materiales de las personas fallecidas. Pero a los vivos les usurparon mucho más. Hace poco encontré la Wiedergutmachung de mi madre. No sabía lo que había hecho de joven. También había habido un silencio. Encontré lo siguiente:

WIEDERGUTMACHUNG DE ROSA HEILBRUNNER

Rosa Heilbruner nació en Friburgo el día 10 de mayo de 1912. Estudió en la Höhere Töchterschule de Friburgo i, Br. Sus estudios superiores los efectuó en la Escuela de Comercio hasta 1928. En 1930 empezó a trabajar como ayudante del abogado Norberto Wolf hasta mayo de 1933, de donde fue despedida por motivos raciales.

Mi madre se había acogido al proceso de Wiedergutmachung. Pedía una compensación económica que no sé si recibió. Mi abuelo Max también reclamó una indemnización por todos los bienes que había perdido. Era como volver atrás, intentar reconstruir la vida que habían tenido antes de todo aquello. Porque, aunque en aquel momento les pareciese mentira, había habido un antes. Un antes donde tenían una familia a su lado, viva. Donde tenían una casa llena de recuerdos, una vida normal, unos vecinos, un trabajo.

✉ Rosa Fleischmann
Meuschelstrasse, 38/I
Nuremberg

Nuremberg, 18 de octubre de 1946

Sr. Max Sontheimer
Calle 11, n.° 652
La Habana-Vedado

Apreciado señor cónsul:
Perdone que no me haya puesto en contacto con usted antes y que no contestase a su carta. Deseaba comunicarle que mi querido esposo también fue una víctima del nazismo. Fue denunciado por un vecino y apresado el 20 de septiembre de 1943. Luego fue trasladado a Auschwitz, a principios de 1944. En enero de 1945, en la evacuación del campo, debió de perder la vida, ya que nunca más hemos sabido de él.
He buscado todas las actas que usted me solicitó y he encontrado su seguro de vida. Todos sus documentos están en mis manos. Dígame, por favor, qué quiere que haga.
Esperando una pronta respuesta suya.
Afectuosamente,

Rosa F.

Y, mientras Max, desde Cuba, estaba inmerso en todo el papeleo de reclamación, a los pocos meses de terminar la guerra aún sufrió, debido a ella, la pérdida de su mujer. El delicado corazón de Rosa, al conocer la muerte de cuatro de sus seis hermanas y de la familia que tenía en Praga, no resistió la noticia. El 4 de febrero de 1947 mi abuela sufrió el segundo infarto, el mortal. El corazón no resistió más. La carta de Max es desgarradora. Está solo, se siente mayor y ha visto cómo la vida ha ido destrozando poco a poco todo aquello que había construido. Solo le podía quedar una ilusión: volver con la familia que le quedaba en Barcelona. Vino con deseo de dar amor y recibirlo, y lo consiguió. En su viaje de vuelta a Europa, hizo escala en Nueva York durante varios días para abrazar a su hermano y a toda la familia de Estados Unidos que Henry consiguió agrupar. Fue un encuentro emotivo, triste, lleno de recuerdos, historias y vivencias.

.... TELEGRAMA ....

Fecha: 4 de febrero de 1947
Remitente: Max Sontheimer

Destinatario: Conrado Sontheimer

MADRE EXCITOSE TANTO QUE, DESPUÉS DE TRES DÍAS HORRIBLES CON ATAQUES AL CORAZÓN, HOY MARTES A LAS 11:20 H MURIÓ TRANQUILAMENTE. VUESTRO PADRE DESCONSOLADO.

....

✉ Max Sontheimer
Calle 11, n.º 652
La Habana-Vedado

La Habana-Vedado, 7 de febrero de 1947

Conrado y Rosa Sontheimer
Muntaner, 250
Barcelona

Mis queridos hijos:

Ya os podéis imaginar lo que hoy me cuesta escribir estas líneas. He perdido lo que más he amado en esta tierra para siempre. Hemos compartido alegrías y tristezas y solo nos hacía falta sentarnos uno delante del otro para hablar con la mirada. Yo solo deseaba morir junto a ella, pero tengo a mis hijos y tengo que mantenerme fuerte hasta que estemos otra vez todos juntos.

Quiero relataros cómo sucedió todo y lo rápido y trágicamente que ocurrió. El día 30 de enero había ido con vuestra madre al especialista. Después del nuevo infarto fuimos otra vez al médico, quien nos dijo que no era urgente y que esperáramos por si aparecían nuevas complicaciones. Estábamos gestionando el tema de los pasaportes y de los visados y nos encontrábamos atareados. Además, la noticia de la muerte de sus hermanas le había afectado profundamente. El viernes 31 fuimos otra vez a la consulta y le mandaron hacer reposo absoluto. Pero no hubo nada que hacer. El martes por la mañana, 4 de febrero, falleció.

El entierro tuvo lugar en el cementerio de Guanabacoa, a media hora de Vedado. Vinieron unas veinticinco personas a acompañarme. El cantante Gotthelf, buen amigo nuestro, hizo una alocución preciosa.

Bueno, queridos, tengo que acabar. Kurt, he estado mirando y en el Decreto DL 7/8/46 dice: «El Gobierno español ha modificado los reglamentos sumamente estrictos sobre la admisión de extranjeros en España para conceder visados sin necesidad de consultar a Madrid». Espero, pues, que cuando tenga el pasaporte no haya ninguna dificultad para conseguir el visado.

Un enorme abrazo de vuestro apenado padre,

Max

El 17 de julio de 1947 Kurt y Rosl esperaban a Max. Hacía siete años que no se veían. Siete años que parecían una eternidad. Al verlo bajar del avión, lo encontraron muy envejecido, todavía más. Apoyado en su bastón, pero manteniendo aquel porte aristocrático que siempre le distinguió. El abrazo en que se fundieron al reunirse no tenía nada que ver con el que se dieron en Bilbao aquel diciembre de 1940, cuando todavía existían esperanzas de que la familia sobreviviese a los acontecimientos. Ahora, siete años después, se encontraban con la realidad. Pero existía un futuro. Y supieron vivirlo sin rencor y con ilusión.

Max entró en España con una autorización de regreso mediante un certificado, todavía como apátrida, y mantuvo esta condición hasta 1951, cuando devolvieron la ciudadanía alemana a todos los judíos alemanes. Es algo que no entiendo. ¿Por qué tardaron seis años en devolverles su identidad? Algunos, como Julius, entonces ya no la querían.

Para Max empezó una nueva vida en Barcelona. Una de sus tareas era mantener el contacto con los supervivientes del horror. Todos conocían su nuevo destino, y así llegó una carta de Praga.

✉ Hans Kral
Elektrárny, 2
Praga VIII

Praga, 2 de enero de 1948

Sr. Max Sontheimer
Muntaner, 250
Barcelona

Querido tío Max:
Hoy he recibido tu querida carta y me alegro de que estés mejor. Contesto a tus preguntas:
Descendencia: Estamos esperando entre el 11 y el 25 de febrero, niño o niña = 3 a 1.
Nombre: Jindra (Heinrich) o Martha.
Ropa: Rosita, te agradezco tu oferta. Debido a la situación de aquí, todo el sector textil está fatal, así que te agradecemos el envío de ropa de abrigo, pues no se encuentra nada. Aquí tenemos algo de lo antiguo nuestro: unas camisas y unos jerséis. Mila me tiene preparadas 3 camisas y 1 jersey en condiciones. Tengo algunas cosas de amigos y algo que me ha enviado Maridel desde Londres.
Maridel: Le va bien. Ha tenido algún pequeño problema, pero está bien. Vendrá el 15 de enero, irá a vivir con Grete y se quedará cuatro semanas. La dirección de Londres seguirá siendo la misma: NW, College Court, 12.
Salud: Sigo teniendo problemas de pulmón, el sistema nervioso dañado y ahora tengo muchos calambres en las piernas y en la espalda. Conservo el cabello; los dientes, todos postizos, y he ganado peso. Estado psicológico: con alteraciones nerviosas y con subidas y bajadas.

Estado financiero: Tengo una pensión de invalidez de 665 coronas al mes, que no llega ni para mi entierro, y una renta de 1.400 coronas del banco. En total, 2.100 coronas que no dan ni para lo mínimo indispensable para vivir, para lo cual se necesitan por lo menos 3.000 coronas entre el alquiler del piso, la luz, el agua y la comida. El resto lo estoy intentando obtener a través de la fotografía. Tengo que recibir una comunicación para saber si me han aceptado como fotógrafo en el Comité de Propaganda Central para la Industria del Metal, donde me pagarían 5.000 coronas netas al mes. Lo que no sé es si mi salud lo resistirá. Pero no tengo otra elección.

Desde hace tres meses todo vuelve a ser una lucha política... De todas formas, debido a mi condición de preso político, tengo algunas pequeñas ventajas, aunque nada que ver con las que tienen los políticos. Desgraciadamente, esto sigue igual. Los daños causados por la guerra no se han reparado, la herencia continúa sin arreglarse y la propiedad de los inmuebles desde hace tres años cuesta una fortuna. En fin, que no lo tenemos fácil, yo diría que todo lo contrario. A pesar de todo, en casa hay buen ambiente y si algo no funciona bien intentamos tomárnoslo con humor y hacerlo de forma diferente. Por ejemplo, a partir de febrero seremos tres en un apartamento de una sola habitación. Nos hemos propuesto estar para final de año en un apartamento de dos habitaciones. Nos reímos pensándolo, pero confiamos en que así sea.

De los primos, exceptuando a Conrado, Gerd y Charles, no sé nada de nadie, si es que todavía queda alguno en este mundo. ¿Dónde?

Por hoy ya te he explicado algo de nosotros.

Te deseo lo mejor en este nuevo año.

Hans y Mila

La notificación de la muerte de mis abuelos Eduard y Lina también llegó. La carta que he encontrado del Gobierno alemán es de 1960, cuando yo tenía catorce años. No me percaté de nada. En ella constatan que mis abuelos fueron trasladados a Auschwitz y muy probablemente ejecutados después de llegar. Nada más.

OFICINA JURÍDICA DEL GOBIERNO ALEMÁN

A los herederos de Lina y Eduard Heilbruner

Apreciada Sra. Sontheimer:
Le confirmo la recepción de su escrito del 22-8-1960. A ello tengo que comunicarle lo siguiente:
Si la Oficina Estatal responsable de las indemnizaciones de Friburgo insiste en que Lina fue llevada a Auschwitz, es que tienen datos para corroborarlo. Sobre ello no debe tener ninguna duda.
Se determina como fecha de la muerte el 8-5-1945. Este es el día establecido como fecha de muerte en mujeres siempre que tuvieran más de sesenta años y en hombres mayores de sesenta y cinco. Es el caso de Lina Heilbruner y de Eduard Heilbruner, que ya tenían esta edad a su entrada en Auschwitz.
Lo más probable es que ambos fueran ejecutados inmediatamente al llegar a Auschwitz.

Pero, pasados más de cincuenta años de dicha notificación del Gobierno alemán, la búsqueda de mi familia continuó. Continúa en mí. Visité el Memorial de la Shoah, un museo inaugurado en 2005 en el barrio de Le Marais de París. Es un edificio hermoso. Me recordó al Museo del Holocausto, Yad Vashem, de Jerusalén, aunque de unas proporciones mucho más pequeñas. Está ubicado entre la Rue Rivoli y la Rue Geoffroy-l'Asnier. Entre estas dos calles está el pasaje que ahora llaman Allée des Justes en homenaje a los justos que salvaron a judíos durante la ocupación alemana. En él se van colocando las placas con los nombres de aquellas personas que ayudaron a salvar vidas.

En la entrada del memorial se encuentran las paredes de mármol donde están escritos, por años, los nombres de las personas deportadas a los campos de exterminio desde Francia. Busqué el año 1942. Busqué la letra «H». Y allí los encontré: Eduard Heilbrunner y Lina Heilbrunner [Heilbruner]. Un nuevo azote de la realidad. Quiero pensar que todo se trata de una pesadilla, pero las pruebas solo testifican la verdad de los hechos, de todo lo que he leído en las cartas y que podría parecer una historia de ficción. Pero no lo es. Fui al centro de documentación para preguntar y allí me proporcionaron las fichas de mis abuelos. La ficha del campo de Marsella, la ficha de salida hacia Auschwitz.

Durante el mismo viaje visité Drancy, desde donde salió el convoy en el que Lina y Eduard viajaron hasta Auschwitz. Drancy es una pequeña población a 40 km de París. A finales de 1920, se empezaron a construir unos edificios en forma de herradura, con un jardín central, pensados para albergar viviendas destinadas a la clase trabajadora. La crisis económica de 1929 paralizó las obras. Los esqueletos de los edificios ya estaban hechos y allí se quedaron. Hay una entrada y una salida única desde la carretera. Los alemanes vieron en Drancy el sitio ideal para sus rehenes. Lo utilizaron en un principio para prisioneros de guerra y lo convirtieron luego en la zona de tránsito de todos los judíos deportados. Había dos estaciones, desde donde salían los trenes a los campos de exterminio. Drancy estaba tutelado únicamente por la Policía francesa.

De allí salieron 100.000 hombres, mujeres y niños deportados a los campos de exterminio nazi. Eduard y Lina fueron deportados en el convoy n.º 29 el 7 de septiembre de 1942. En el museo que ahora se encuentra en Drancy, abierto en el año 2012, vuelvo a preguntar. Los alemanes tenían listas de todas las personas que iban en cada uno de los convoyes que empezaron a salir hacia Auschwitz a partir de marzo de 1942. Me enseñaron las listas. Al llegar a Auschwitz-Birkenau, en el libro de entrada dice lo siguiente: «El convoy n.º 29 llegó a Auschwitz-Birkenau el 9 de septiembre de 1942. Llevaba 1.000 ocupantes, de los cuales 889 fueron gaseados inmediatamente a su llegada; el resto, 59 hombres, del número 63.164 al número 63.222, y 52 mujeres, del número 19.243 al número 19.294, fueron transportados al campo de concentración de Auschwitz». Aquellos hombres y mujeres habían dejado ya de tener nombre y apellido; se habían convertido en un número.

Intento pensar cómo fueron todos aquellos años de sufrimiento para Lina y Eduard desde que en octubre de 1940 los arrancaron de su casa para no volver nunca jamás. ¿Qué debían de sentir dentro de aquel tren que desde Marsella los llevó a la muerte? Introducidos como reses dentro de un vagón de ganado, de pie, sintiendo el aliento de unos contra otros y con un calor agobiante. Imposible imaginar el hedor. Puedo pensarlo, pero por mucho que lo haga no lo puedo imaginar: hay grados de terror que escapan a cualquier imaginación. No puedo evitar sentir una rabia inmensa y, sobre todo, no puedo evitar pensar qué es lo que debían de sentir mis padres. Qué debían de sentir al pensar que no pudieron rescatarlos, que no pudieron evitarles ese sufrimiento y, lo peor de todo, que no pudieron salvar sus vidas. Me estremezco. Me siento y respiro. Quieres hacer algo para evitar aquella realidad, pero no puedes. Me cuesta asumir la realidad. Es asombrosa la perfecta organización. Un aparato de Estado al servicio de una ideología totalitaria. En el libro de entrada del campo de trabajo se encuentran los nombres de las personas incorporadas como mano de obra. Mis abuelos no están allí. De las 111 personas que entraron en el campo de trabajo sobrevivieron 34 hombres.

En Drancy tienen expuesto unos de los vagones que formaban parte de los convoyes. Son vagones de ganado cerrados herméticamente, sin ningún respiradero. En el vagón, con capacidad para cuarenta personas, colocaban a ochenta personas. Había un cubo dentro del vagón para hacer las necesidades. Sin agua y sin alimento durante todo el viaje. El viaje de Drancy a Auschwitz-Birkenau duraba dos días y dos noches. Está documentado también que cien personas llegaron muertas al destino, pero nunca sabré si mis abuelos estaban entre ellas, de modo que solo puedo suponer que el 9 de septiembre de 1942 Eduard y Lina llegaron a Auschwitz-Birkenau con vida. Se abrieron las puertas de aquel vagón y pudieron respirar un poco de aire. El cinismo de los nazis fue tal que, dentro de aquel barrizal, los condujeron por un camino flanqueado de flores y árboles. Eduard y Lina respiraron el suficiente aire para observar el pequeño prado y dirigirse hacia las cámaras de gas, para dejar sus prendas en un perchero cuyo número tenían que recordar, para luego ser gaseados.

No encuentro palabras para describir el sentimiento que me inunda, porque es tan profundo, es tan abismal, es de tal crudeza que me impide razonar. Solo se me aparecen las figuras de Eduard y Lina en aquel vagón, en aquel infierno, cuarenta y ocho horas de pie. Eduard sin poderse calzar. Lina sufriendo por ella y su marido.

Cuando te llevan a tal límite, no sé si la muerte es una liberación.

Por fin he conocido toda la verdad. Otra vez un 9 de septiembre el nazismo se ensaña cruelmente con mi familia.

Me quedaba algo por hacer. Después de ir a Drancy, volví al Memorial de la Shoah en París, en cuya sala inferior hay un oratorio con una llama permanente en el centro de la estrella de David. En ella se hallan recogidas cenizas traídas desde Auschwitz-Birkenau. Estas cenizas representan para mí las cenizas de mis abuelos. Y fue en ese momento cuando pude rendir un sentido homenaje a Eduard y Lina, a mis abuelos que no pude conocer.

Recuerdo aquella frase de Rabindranath Tagore que decía:

Cuando mi voz calle con la muerte,
mi corazón te seguirá hablando.

Y esto es lo que siento que Lina y Eduard me están transmitiendo.

CAJA SIETE

2010-?

Siempre me han horroriza-
do los fanatismos de cualquier tipo: políticos, religiosos, deportivos u otros. Los
que se dejan llevar por ellos
son simples títeres a merced
de los dictadores. Lo que
vino después es la historia de una familia española tra-
dicional. Nunca percibí por parte de mis padres resenti-
miento o tristeza. Admiro la capacidad de perdonar que
tuvieron. Pero no guardaron toda esta documentación
en vano. Perdonar, sí. Olvidar, no.

En la caja siete encontré los innumerables papeles de
la recuperación material de lo que había sido usurpado,
destruido y apoderado. No hay ningún papel para la
restitución de la pérdida humana, de la pérdida de las
vidas de los suyos, del hundimiento moral al que se vieron
sometidos, de la pérdida de dignidad, de la pérdida física.
Me habría gustado leer en un papel: «Perdón», pero este
papel no lo he encontrado.

Intento hacer como mis padres y mirar adelante. Y de-
cido que esta caja se ha de llenar de esperanza, se ha de
llenar de recuerdos para mantener viva esta memoria y
que no permita que ocurra algo similar. Me gustaría
acabar de llenar la caja con los granitos de arena que
fuera aportando cada uno de nosotros para conseguir
una sociedad más equilibrada, más justa, más tolerante.
El peligro acecha en cada momento, en cada esquina, en

cada casa, en cada calle, en cada ciudad, en cada país, en cada continente. Y solo si juntamos todas nuestras fuerzas seremos capaces de contrarrestarlo. La sociedad civil tiene una inmensa fuerza.

En las seis cajas anteriores he visto lo que en cuanto a maldad el hombre es capaz de hacer a otro hombre. La séptima me gustaría acabar de llenarla con la bondad que el hombre es capaz de sentir por otro hombre.

Admiro el valor y la fortaleza de mis padres, sobre todo después de haber leído todos los testimonios que guardaron. Mi padre siempre me enseñó que la moral era universal, independientemente del color, de la raza o de la religión. Hay personas que no son capaces de discernir entre lo bueno y lo malo y que se dejan seducir por la demagogia. La gran masa se deja arrastrar sin pensar. Pero, al final, los totalitarismos acaban aplastados. No obstante, mientras duran, arrastran a miles de personas inocentes.

Cuando me aventuré a escribir este libro me advirtieron de que podría tener una crisis de identidad. No la tengo. Creo que la identidad de las personas se forma en el entorno donde crecen y se desarrollan. Mis padres decidieron en un momento crucial de sus vidas cambiar su identidad religiosa y personal. Lo entiendo y lo respeto. Nací en Barcelona, me educaron en un colegio católico y he crecido dentro de este maravilloso lugar cerca del Mediterráneo. Me siento muy orgullosa de mis raíces y de venir de donde vengo. Mi identidad es la suma de mis orígenes y mi evolución personal aquí, en Barcelona. Aquí he nacido, ha transcurrido mi infancia, he crecido emocional, intelectual y espiritualmente y he formado mi familia. No pienso renunciar a nada de ello. Ahora, poco a poco, recupero mi pasado y a mis familiares.

Desde Barcelona he tenido necesidad de ir a ver dónde nacieron mis padres. Encontré sus direcciones en la caja número uno, en donde estaba su invitación de boda. Y así fue como me fui a Friburgo, pensando que quizá aquella calle y aquella casa ya no existirían. No solo existen, sino que en aquella calle y en aquella casa cerca de la universidad y en lo que se conoce como el «barrio judío» me llevé una de las mayores impresiones de mi vida. Delante del umbral de la casa, mi zapato tropezó con cinco pequeñas placas metálicas. Pensé que eran señalizaciones eléctricas. Cuando me acerqué, vi lo que eran. Cada una de ellas estaba dedicada a una de las cinco personas que fueron arrancadas de aquel lugar para ser conducidas a la muerte.

La casa de Nuremberg también está intacta. Está situada en la Rankestrasse, un barrio residencial tranquilo, en cuyas calles se aprecian las casas unifamiliares de típico estilo centroeuropeo. Una casa de tres plantas rodeada de un pequeño jardín. Sobre las tres plantas, una buhardilla, donde me imagino a Dorel mirando a través de las cortinas los invitados que venían.

Cuando se entra en la casa, una escalera de madera conduce de un piso a otro. El pasamano de la escalera termina con unas barras de madera. Sobre él, seguro que los dos hermanos se deslizaban, provocando las risas de su madre.

Me imagino la vida de Max, Rosa y sus dos hijos en aquella Alemania de la República de Weimar. Una vida tranquila, donde los hijos iban y venían de sus actividades escolares saludando a sus vecinos y siendo correspondidos por ellos con cariño. Max, con sus maletas y sus viajes a Estados Unidos y Cuba, y Rosa, mi abuela, haciéndose cargo de aquel hogar donde en vez de humo salían notas musicales a través de la chimenea. En 1933 todo se volvió gris. El color amarillo de la casa adquirió matices oscuros y las notas musicales de la chimenea se convirtieron en humo negro que presagiaba la tormenta.

Después de setenta años, la casa perdura. Han desaparecido los habitantes, pero permanece su memoria.

Después de visitar las dos ciudades alemanas, Friburgo y Nuremberg, la meta era un poco más lejana, pero imprescindible: Israel. Primera etapa.

Sabía que los descendientes de Ella estaban allí. Tenía constancia de ellos, ya que siendo yo joven habían venido a Barcelona. Pero, entre la prematura muerte de mi padre y la larga enfermedad de mi madre, se había perdido el contacto. Sin embargo, como siempre en esta vida, la voluntad obró el milagro: los busqué y los encontré.

El 27 de enero, casualmente el día de conmemoración de las víctimas del Holocausto, conocí a Reuven y a su esposa, Miri. Reuven es el nieto de Ella, hijo de Edith y Franz Steinhardt. Nació en Tel Aviv en 1933, pocos meses después de la llegada de sus padres a Palestina. Cuando lo vi, reconocí en él inmediatamente los rasgos y la sonrisa de mi padre. No hicieron falta presentaciones. Fue una tarde maravillosa, una cálida tarde en el Mediterráneo israelí. Estamos en contacto y no volveremos a perder. Como él me comentaba: «Fui engendrado en Nuremberg, anunciado en París y nacido en Tel Aviv». Reuven y Miri se conocieron en Tel Aviv. Ella es descendiente de una familia centroeuropea llegada a Israel por las mismas razones. Su padre, ingeniero, ha colaborado en la construcción del nuevo Israel.

Diferente identidad, diferente religión, pero unidos. Con mucho en común.

Placas conmemorativas, fotografiadas por Dory, en el
pavimento delante de la casa de Eduard y Lina, en Friburgo.

Rosa y Max antes de partir hacia Cuba, 1940.

Dory con su madre y su abuelo en Berna, 1952

Ficha de Eduard del campo de Les Milles, conseguida
en el Memorial de la Shoah en septiembre de 2013.

(© Mémorial de la Shoah/coll. AD des Bouches du Rhône)

Uno de los vagones del convoy en el que se transportaba a los deportados, para ser conducidos desde Drancy a Auschwitz, fotografiado en septiembre de 2013.

Campo de Theresienstadt.

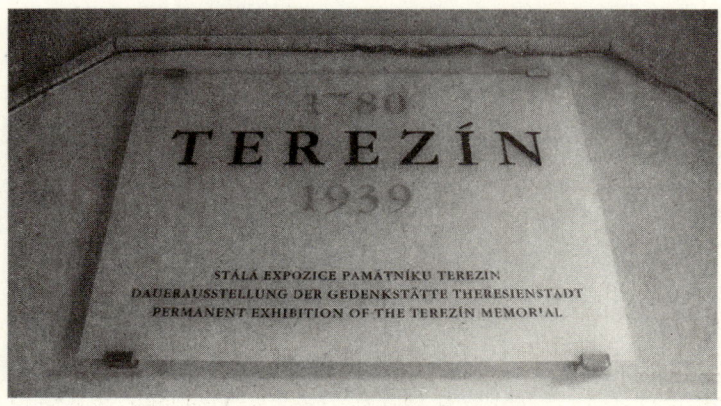

Placa en el campo de concentración de Theresienstadt (Terezín)
y uno de los edificios en donde hacinaban a los prisioneros.
Su exterior tenía que parecer una colonia judía modelo
para engañar a la opinión pública.

Dory en el Memorial de la Shoah de París, ante el muro
con los nombres de 76.000 judíos deportados desde Francia.
Entre ellos encontró los de sus abuelos.

Cripta en el Memorial de la Shoah que contiene cenizas
de los crematorios de los campos de exterminio.

La segunda etapa me tocaba por parte materna. Destino: Buenos Aires.

Los descendientes de la hermana de Lina, Paula habían tenido contacto con mi madre. Yo había oído hablar de ellos. Pero no conseguí más datos. «Los encontraré», pensé. Y así fue.

Al llegar al hotel, pedí el listín telefónico. Mi búsqueda: Alberto Hammerschlag. Anoté los teléfonos de los Hammerschlag de Buenos Aires y empecé a trabajar. Al descolgar el teléfono y confirmar que era Alberto, le dije: «Soy hija de Rosl, prima hermana de Paula, tu madre». Siguió un silencio que me pareció eterno.

Por la noche nos encontramos con el matrimonio Hammerschlag y con su hija Giselle. Me ocurrió lo mismo. El parecido físico con mi madre era asombroso. No hizo falta presentarnos; nos dio la sensación de que nos conocíamos desde siempre.

Diferente identidad, diferente religión, pero unidos. Con mucho en común.

En mayo de 2013 hice las maletas de nuevo. Estaba decidido: me iba a Praga. Tenía que encontrar a mi familia. Solo sabía que mi abuela paterna tenía varias hermanas allí y que murió de un infarto cuando le comunicaron su muerte. Sin embargo, me era difícil encajar los nombres de las cartas de la República Checa dentro del rompecabezas genealógico. Las hermanas de mi abuela, al casarse, habían perdido su apellido y eso añadía una nueva dificultad.

En julio de 1948, había llegado una carta de Hans Kral. Esperanzadora. La vida empezaba a sonreír.

✉ Dr. Hans Kral
Elektrárny, 2
Praga VIII

Praga, 5 de julio de 1948

Sr. Max Sontheimer
Cónsul de Cuba, a. D.
Muntaner, 250, 5.º-2.ª
Barcelona

Queridos tío Max, Conrado y Rosita:
Muchas gracias por vuestra carta. Para nosotros fue una sorpresa saber que os habíais encontrado con Gerd. Estos últimos meses hemos tenido tantos altibajos en nuestras vidas que apenas hemos tenido tiempo para poder contestar la correspondencia. Los «inditos» han estado enfermitos y bajaban de peso, o sea, en una palabra, preocupaciones. Poco a poco parece que las cosas van mejorando. A todo ello se sumaba el problema de la vivienda. Se dice que tres en un bote son demasiados y ¡nosotros somos cuatro! Luego hubo el tema del piso, que también ha sido una larga lucha. Al final, vivimos en la misma casa, pero en el sexto piso, que tiene dos habitaciones, una pequeña cocina y una terraza. Para los niños es ideal. Si hace buen tiempo, les colgamos a cada uno en una bolsa y los instalamos en la terraza. Yo, de momento, tengo trabajo y espero salir adelante en los próximos meses. Últimamente estamos acostumbrados a tener problemas, pero sé que saldremos adelante. Te mando unas fotos de los pequeños, puedes ver que están saludando a su querido tío. En este momento están aullando. Hambre. Siempre

tienen hambre. A pesar de que comen un 40 % más de lo que les correspondería. Me parece que dentro de poco tendré que poner una vaca en la terraza de la que pueda sacar leche y convertirla en leche en polvo. No hay suficiente Pelargón en todo Praga para alimentar a estos dos.

De momento no hay más novedades. Estamos tan ocupados con los niños que nos contentamos si, de vez en cuando, podemos dormir. Hasta las 9 h duermen, luego hay que bañarlos. Ayudo a Mila, pero me tengo que ir al trabajo. Vuelvo entre las 5 y 6 h de la tarde y hasta que los dos están listos se hacen las 11 h de la noche. Mientras tanto, Mila ha tenido que lavar unos 80 pañales. Esto parece una lavandería.

Queridos, escribid pronto. Os saludamos a todos.

Hans, Mila, Peter y Pavel

A través de una de las cartas de Hans fui tirando del hilo. Peter y Pavel, sus hijos gemelos, debían de tener en aquel momento sesenta y cinco años, por lo que estaba segura de que vivían. ¿Dónde? ¿En Praga? ¿En qué situación?

Y empecé con la búsqueda. Consulado de la República Checa, agencias, internet..., hasta que topé con el destino. El destino se llama Tamara y es una joven checa encantadora que vive cerca de Barcelona. Es bella, por fuera y por dentro, y se ofreció a ayudarme en la búsqueda. Lo conseguimos. Tamara consiguió la esquela de mi bisabuela, en donde aparecían los nombres de todos los hijos, yernos y nueras. Nueve hijos: dos varones y siete mujeres. Ya sabíamos qué buscar.

Y conseguimos ponernos en contacto.

El 10 de mayo, estaba en la recepción del hotel esperando. Un sentimiento especial. Ilusión en el corazón y alegría de este nuevo encuentro. Y así fue. Estuvimos juntos dos días. Peter, Pavel, sus esposas y parte de sus hijos. Ivanna, la mujer de uno de los gemelos, había podido reconstruir el árbol genealógico de mi abuela Rosa. Lo mucho que sabía ella y lo poco que sabía yo consiguieron obrar el milagro. Por fin desciframos cuántas hermanas eran y las historias de todos ellos. Las cartas empezaron a tomar forma y realidad. Ya sabía quién era quién. Ivanna, hasta aquel momento, estaba en contacto con los descendientes de dos de las hermanas de mi abuela, que viven en Montreal, Boston y Londres.

Los días en Praga se me hicieron cortísimos. Necesidad de conocer, necesidad de saber, necesidad de querer y necesidad de sentirme querida. El amor estuvo presente en todo momento. Yo quería comprimir la historia en dos días. Y la recuperación de la historia necesita su tiempo.

Ivanna, al despedirnos, me dio las direcciones y me dijo que se pondría en contacto con la familia a través de Skype. Al volver a Barcelona, aquellos nombres inertes escritos en un papel tomaron vida. Y empecé a recibir correos electrónicos: «Querida prima», «Querida familia»...

Tuve que aprender a gestionar un aluvión de emociones. Es difícil digerirlo. Es un sentimiento de plenitud. Mi familia está apareciendo. Tengo la sensación de haber sufrido un fuerte sismo y de que, del centro de la Tierra, como la lava de un volcán, van apareciendo familiares.

Diferente identidad, diferente religión, pero unidos. Con mucho en común.

Estoy preparando el viaje a Boston y Montreal. Quiero conocer a Michael, aquel chico que con quince años salió de Terezín y con quien mantengo contacto por correo electrónico. Pero antes de que esto suceda recibo un mensaje. Nick, descendiente de una de las hermanas de mi abuela, viene a Europa. Los americanos están acostumbrados a las distancias largas y Nick me comunica que vendrá a Barcelona para que nos conozcamos.

El encuentro tiene lugar en casa. Tres días de invierno, de frío exterior y de calidez interna. Ocurre lo mismo que con los otros encuentros: es como si nos conociéramos de toda la vida. Fue mutuo. Hay algo en común. Nuestras raíces. Nuestra educación. Se nota en la forma de pensar, de moverte, de comer... Lo notas, lo sientes.

Diferente identidad, diferente religión, pero unidos. Con mucho en común.

En enero recibí un correo electrónico de Nick en el que me comentaba sus emociones y sentimientos tras nuestro encuentro.

¿Qué es la familia? A primera vista, parece una pregunta sencilla, pero en realidad se trata de cuestiones de identidad, historia, familiaridad e incluso de ADN. Con la familia que hemos conocido desde que hemos nacido, la pregunta puede parecer trivial. Pero ¿qué hay de la familia que aparece de la nada, con quien parece ser que compartimos un vínculo? ¿Es importante desentrañar el hilo de principio a fin? ¿Cuáles serán las consecuencias del reencuentro? ¿Tendremos algo en común? ¿O simplemente se establecerá una conversación de dos horas, que terminará con un apretón de manos y una promesa de mantenernos en contacto que los dos sabemos que será difícil de mantener?

Estoy regresando a Montreal después de una visita a Barcelona donde he tenido el placer de conocer a Dory y a su maravillosa familia. Yo estaba un poco nervioso, preguntándome si un primo segundo de Europa tendría algo en común con un pariente lejano de Canadá. Pero no tendríamos que habernos preocupado. El origen común y la historia de la familia sirvieron de introducción y la calidez, la generosidad, la curiosidad intelectual, la comprensión cultural, la visión similar del mundo fueron el premio. Hablamos y hablamos. Nos fijamos en las fotografías. Compartimos emociones, compartimos la comida. Hemos reconstruido a la vez la historia de nuestra familia. Nos hemos lamentado de los años que todos podríamos haber compartido. Hemos celebrado la nueva relación y sus posibilidades futuras. Fue un contacto profundo y con ilusión de futuro. La breve visita terminó con un abrazo, no con un apretón de manos. Y, aunque cada nuevo descubrimiento seguro que será distinto para mí, en este caso la pregunta «¿qué es la familia?» ha sido indiscutible y ha tenido una respuesta feliz.

Nick Amberg
Montreal

Me falta camino por recorrer. La próxima meta es Estados Unidos, donde sé que tengo vínculos próximos. Es como si, en todos estos lugares dispersos, esta diáspora convergiese en un punto central común. Nuestros orígenes. Cada uno de nosotros ha tenido diferentes entornos donde se ha desarrollado, pero con solo vernos sabemos lo que nos une. Mucho más que unos lazos sanguíneos.

Un familiar con el que pronto me reuniré es Michael Gruenbaum, hijo de Margaret, que escribió el canto a la esperanza y que me remitió el siguiente correo:

Una pariente lejana mía, Ivana Kralova, a quien a menudo he visitado en Praga, después de que los comunistas fueran derrocados en la República Checa en 1989, preparó un árbol genealógico de todos los familiares de mi madre que ella pudo recordar. Resulta que mi abuela, Hedwig Winternitz, tenía seis hermanas y una de ellas era Rose, quien se casó con Max Sontheimer. Recuerdo que mi madre se trataba con los Sontheimer y también recuerdo que nos solían llegar los paquetes a través de Portugal, de vez en cuando, mientras estábamos en Terezín, con aquellas maravillosas sardinas portuguesas. Desde el año pasado, tres familiares lejanos contactaron conmigo. Primero fue Nicolás Amberg, que vive en Montreal y que también se puso en contacto conmigo a través de Ivanna. Él nos visitó aquí, en Boston, hace unos meses. Entonces apareció Dory Sontheimer, nieta de Rose y Max, que visitó a Ivanna en Praga y que ahora planea venir a Boston y Montreal en otoño. Y, finalmente, otro familiar que vive en Londres. ¡Todos son primos lejanos y todos provienen de la rama familiar Winternitz!

Michael Gruenbaum
Boston

Y aún un paso más, como si este camino no se acabara nunca. He buscado en el centro de datos de Yad Vashem, el Museo del Holocausto de Israel. Mis abuelos no están.

Se necesita un testimonio para que los incorporen, pero nadie lo ha hecho hasta ahora. Tendré que hablar con el Memorial de la Shoah de París, donde sí constan sus nombres y tienen sus fichas de entrada a Auschwitz. ¿El último paso, quizá? No. Otro más solamente.

Árboles genealógicos

Familia de Baviera

(Abuelo paterno)

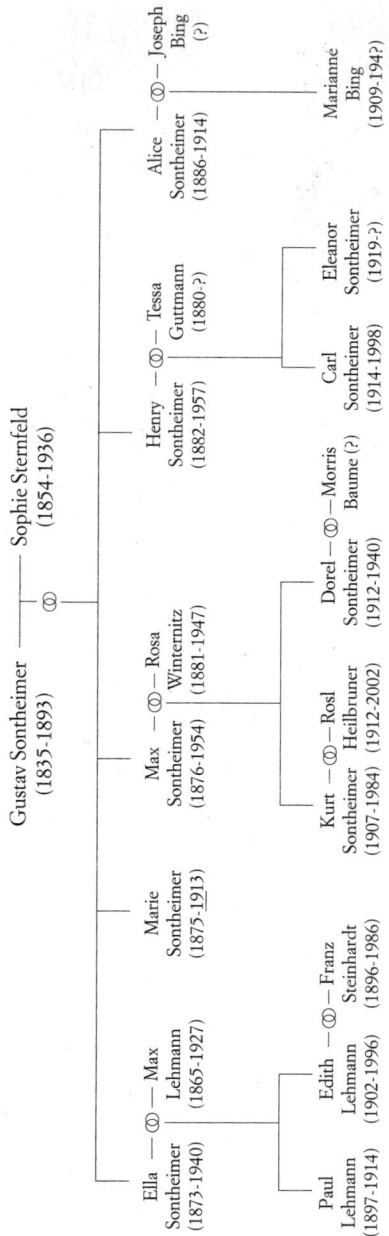

Gustav Sontheimer
(1835-1893)

⚭

Sophie Sternfeld
(1854-1936)

Ella — ⚭ — Max
Sontheimer   Lehmann
(1873-1940)   (1865-1927)

Marie
Sontheimer
(1875-1913)

Max — ⚭ — Rosa
Sontheimer   Winternitz
(1876-1954)   (1881-1947)

Henry — ⚭ — Tessa
Sontheimer   Guttmann
(1882-1957)   (1880-?)

Alice — ⚭ — Joseph
Sontheimer   Bing
(1886-1914)   (?)

Paul
Lehmann
(1897-1914)

Edith — ⚭ — Franz
Lehmann   Steinhardt
(1902-1996) (1896-1986)

Kurt — ⚭ — Rosl
Sontheimer   Heilbruner
(1907-1984) (1912-2002)

Dorel — ⚭ — Morris
Sontheimer   Baume (?)
(1912-1940)

Carl
Sontheimer
(1914-1998)

Eleanor
Sontheimer
(1919-?)

Marianne
Bing
(1909-1942?)

De la familia Sontheimer:

Dos personas murieron en el bombardeo italiano de Tel Aviv.
Una persona fue deportada a Polonia.
Una persona con lugar y fecha de muerte desconocidos.

Familia de Praga

(Abuela paterna)

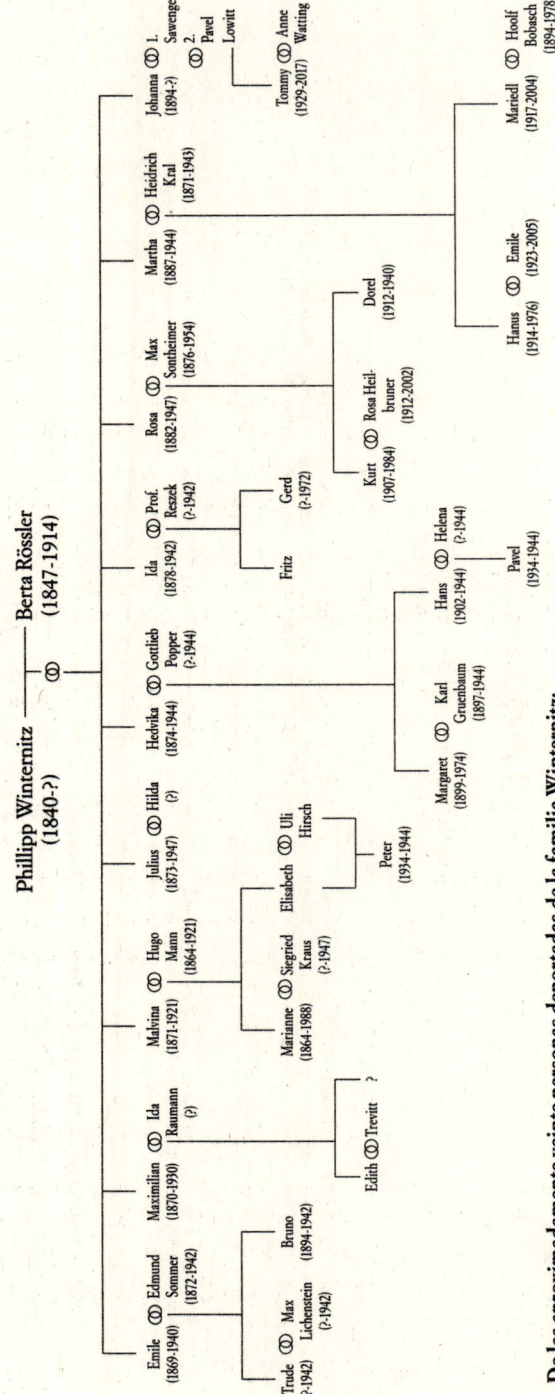

De las aproximadamente veinte personas deportadas de la familia Winternitz:

Seis murieron en Terezín.
Seis murieron en Auschwitz.
Cuatro murieron en Riga.
Cuatro sobrevivieron.

Familia de Baden
(Abuelo materno)

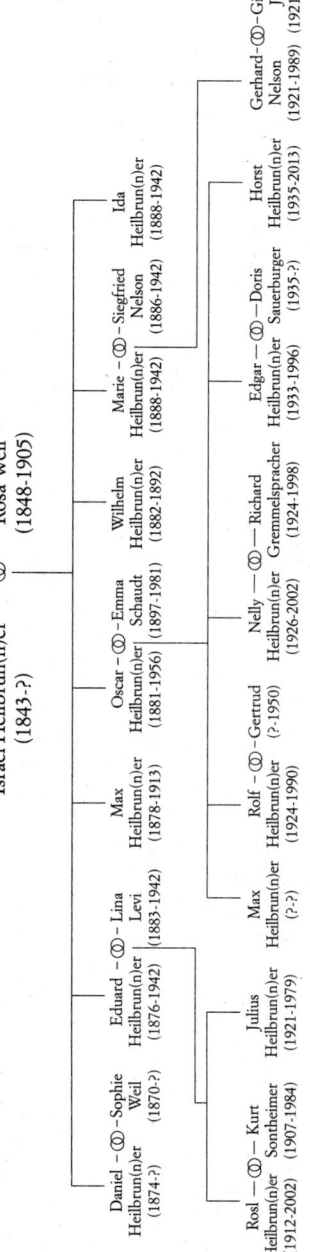

De las siete personas deportadas de la familia Heilbruner:
Dos desaparecieron.
Cinco murieron en Auschwitz.

Familia de la Selva Negra

(Abuela materna)

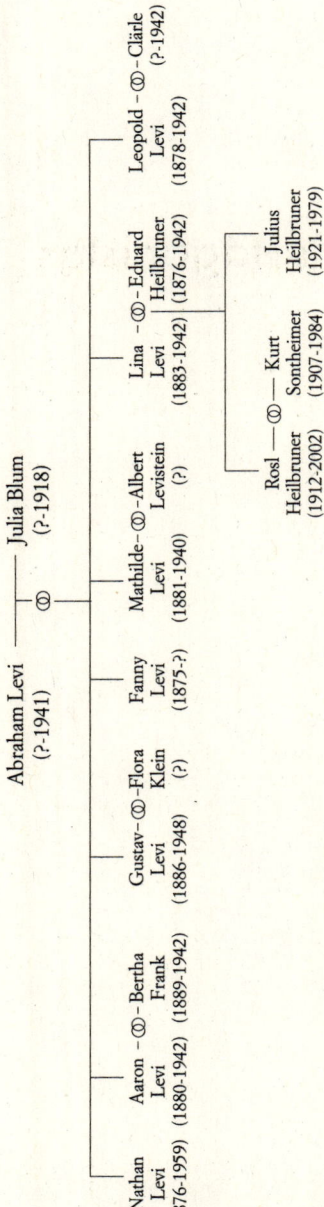

Abraham Levi
(?-1941)

⚭

Julia Blum
(?-1918)

Nathan
Levi
(1876-1959)

Aaron – ⚭ – Bertha
Levi   Frank
(1880-1942) (1889-1942)

Gustav – ⚭ – Flora
Levi   Klein
(1886-1948) (?)

Fanny
Levi
(1875-?)

Mathilde – ⚭ – Albert
Levi   Levistein
(1881-1940) (?)

Lina – ⚭ – Eduard
Levi   Heilbruner
(1883-1942) (1876-1942)

Leopold – ⚭ – Clärle
Levi   (?-1942)
(1878-1942)

Rosl — ⚭ — Kurt
Heilbruner   Sontheimer
(1912-2002)   (1907-1984)

Julius
Heilbruner
(1921-1979)

De las ocho personas deportadas de la familia Levi:
Seis murieron en Auschwitz.
Una murió en Gurs.
Una sobrevivió.

Protagonistas

Kurt Sontheimer

Nuremberg, 1907 – Barcelona, 1984

Mi padre nació en Nuremberg el 23 de septiembre de 1907. Fue el primer hijo del matrimonio: un niño sano, feliz, risueño, con ojos brillantes, que creció junto a su hermana Dorel, nacida cinco años más tarde. El carácter de los dos hermanos estaba influenciado por el entorno geográfico donde vivían. Baviera se encuentra al sur de la Alemania central y sus gentes son alegres, centelleantes como la buena cerveza que beben y dulces como sus famosos pasteles navideños, los *lebkuchen*, con ese delicioso olor a canela y miel.

Max decidió alejar a sus dos hijos del ambiente que empezaba a respirarse en aquella Alemania de 1929. Los negocios en España necesitaban a alguien que los controlara y eligió a Kurt para hacerlo, ya que hablaba castellano correctamente y conocía la empresa. Así que, con las maletas llenas de ilusión, Kurt llegó a la Ciudad Condal en un avión de Lufthansa en cuyo fuselaje estaba dibujada la cruz gamada nazi. Lo que Kurt nunca pudo imaginar fue el significado que la esvástica nazi tendría en su vida. No contó con que chocaría con un fascismo que le arrebataría su propio trabajo.

Aquí conoció a la que sería su pareja. Su confidente, su amiga, la madre de sus hijos y su compañera hasta el final de su vida.

Obtuvo la nacionalidad española en 1933 e intervino en la guerra sorteando como pudo el frente. Desde 1933, su país y su familia estaban atrapados en la «depuración racial» que culminaría en la Segunda Guerra Mundial cuando hacía solo cinco meses que había acabado la guerra civil española. Se convirtió en el punto de auxilio de toda la familia: de sus padres, de su hermana, de sus suegros, de sus primos, de sus tíos y de sus amigos. Jamás dejó de prestar ayuda al que se lo pidió. Tuvo que asumir cómo, a pesar de sus esfuerzos, el nacionalsocialismo engulló prácticamente a toda su familia. Pero nunca perdió su temple, su carácter vital y optimista y un enorme sentido del humor que queda reflejado en una carta, enviada el 15 de abril de 1942, a Lina (cuando ella esperaba el visado para poder entrar en España):

> ¿Conoces el chiste de Bismarck? ¿Sabes la diferencia que hay entre un diplomático y una señora? Pues te la cuento. Cuando un diplomático dice que sí, quiere decir que quizá. Si dice quizá, quiere decir que no, y, si dice que no, es que no es diplomático. Cuando una señora dice que no, quiere decir que quizá; si dice quizá, quiere decir que sí, y, si dice que sí, no es una señora. Bueno, ya sabes que a nosotros el cónsul nos está diciendo que sí.

Después de la Guerra Civil, empezó una nueva empresa con éxito. Era querido y respetado por todos los que le trataron y trabajaron con él.

Su religión era la ética y la moral que supo transmitirme. Sus aficiones fueron la música, la filatelia y la familia. Su inmenso corazón le falló demasiado pronto. Falleció en 1984.

Fue un buen hijo, un buen marido, un buen yerno y para mí un padre maravilloso. Personas como él son insustituibles.

Rosl Heilbruner

Friburgo, 1912 – Barcelona, 2002

Mi madre nació el 10 de mayo de 1912 en Friburgo, la capital de la Selva Negra. Una ciudad universitaria situada al suroeste de Alemania donde el agua fresca que desciende de las montañas corre a través de sus calles, rodeada de extensos y espesos bosques y lagos azules. Fue la primera hija del matrimonio y tuvieron que pasar diez años para que llegara su hermano Julius. Sus padres tenían una empresa comercial desde la cual distribuían materias primas. Su madre, Lina, mi abuela, tenía una gran familia y todos vivían en la misma zona.

No sé mucho ni de su infancia ni de su adolescencia. Mi madre nunca habló de ella y años después entendí por qué. Pero recuerdo que me contaba que, cuando de pequeña iba a ver a su abuelo en invierno por las mañanas, tenía que ir esquiando al colegio. Cuando terminó su formación en el colegio, realizó estudios superiores en la Escuela de Comercio. En 1930 se incorporó como ayudante del abogado Norberto Wolf, con quien vislumbraba una proyección en su carrera profesional. Pero en 1933, con el ascenso de Hitler al poder, sus esperanzas se vieron truncadas. Fue despedida en mayo de ese mismo año por practicar la religión judía. Fue entonces cuando, junto a sus padres, tomó la decisión de marcharse temporalmente a España.

Barcelona era entonces una ciudad atractiva; Rosl tenía conocidos allí y la oferta de un puesto de trabajo como secretaria de comercio exterior en los almacenes Sepu. Había que reforzar el aprendizaje del idioma, lo hablaba aún con precariedad, pero la decisión parecía acertada. Sus padres no quisieron que Julius, con tan solo trece años, se fuera con ella. Solo el desarrollo de los acontecimientos forzó a Lina y Eduard, padres de Rosl, a decidir enviar a Julius fuera de Alemania. Pero cuando tomaron la decisión ya no fue posible enviarlo a España: había estallado la guerra civil española y las fronteras estaban cerradas. Dos hermanos de Lina estaban ya en Estados Unidos; entonces, a pesar de la lejanía, a pesar de las horas de viaje, a pesar de las dificultades de comunicación, Julius fue enviado a casa de sus tíos a Nueva York.

Fue así como, con un par de maletas cargadas de futuro, un día de 1934, Rosl fue despedida por la familia en la estación de tren de Friburgo pensando ya en su próximo encuentro. No sabía que no volvería a ver a sus padres jamás.

Max Sontheimer

Múnich, 1876 – Barcelona, 1954

Max nació el 3 de septiembre de 1876 en Múnich Fue el hijo varón mayor de una familia de cinco hermanos. Su padre, alemán con pasaporte americano, se casó con una bella alemana e instaló su residencia en Múnich. Habría podido escoger la nacionalidad americana, pero él se consideraba alemán. De joven entró a trabajar en el negocio del marido de su hermana Ella, a quien apoyó en momentos difíciles de su vida. A la muerte de su cuñado se hizo cargo de la empresa, la fábrica Lehmann de porcelanas. Había montado ya una filial en Barcelona, con lo que sus contactos con la Ciudad Condal fueron frecuentes. La evolución de la empresa y su exportación a Cuba lo llevaron a ser nombrado años después, en 1926, cónsul alemán en Cuba.

Se casó un 25 de noviembre con Rosa, una mujer cosmopolita de Praga, amante de la música. Fueron un matrimonio feliz que tuvo que vivir situaciones muy amargas. Tuvieron dos hijos: Kurt y Dorel.

El nacionalsocialismo segó su vida familiar y profesional, pero antes había conseguido sacar a sus hijos del país. Su hija se instaló en Palestina y su hijo en Barcelona. Mussolini se llevó a su pequeña y Hitler a la familia de su esposa. Él consiguió escapar a Cuba con su mujer, quien murió de un infarto en La Habana.

Después de la barbarie de la Segunda Guerra Mundial, en 1947, Max volvió a España para pasar los últimos años de su vida junto a la poca familia que le quedaba.

Era el ídolo de su nieta Dory, hija de Kurt y de Rosl. Lo encontraba apuesto, alto, esbelto. Ojos grises, mirada plácida y serena. Vestido siempre de forma impecable y acompañado de un elegante bastón en el que se apoyaba para caminar. Desprendía un inconfundible aroma agradable a lavanda fresca, la colonia que utilizaba. Muchos de los amigos que lo iban a visitar lo llamaban «señor cónsul» y Dory siempre pensó que eso de ser cónsul era lo que le daba aquel aire tan aristocrático. Cada sábado por la tarde se celebraban pequeños conciertos en el salón de la casa de la calle Muntaner. Un cuarteto de viola, violín, violonchelo y piano. Max, sentado, y Dory, a su lado. Aquellos dedos largos y cuidados de Max jugaban con la empuñadura del bastón. Su nieta escuchaba el concierto, pero sobre todo lo miraba, y cuando Max se percataba de ello tomaba aquella pequeña mano entre las suyas.

En verano iban a Alemania, al Tirol bávaro. A aquellos parajes que le dieron tanta felicidad y tanta desgracia. Aprovechaban esos viajes para solucionar los innumerables papeleos que el Gobierno alemán exigía para la devolución de los bienes usurpados. Pero lo más importante ya no se lo podían devolver: su hija, su esposa, su hermana, su sobrina, primos, amigos…

Su cara siempre reflejaba paz y ternura, sin mostrar los horrores vividos. Supo llevar con entereza y sobreponerse a lo que le hicieron vivir. Le arrebataron muchas cosas, pero no consiguieron quitarle la dignidad.

Esa fue su grandeza.

Lina Levi

Friburgo, 1883 – Auschwitz, 1942

La dulce Lina. Mi abuela materna. Fue la pequeña de una dinastía de siete hermanos nacidos todos en la Selva Negra. Cuando su padre se quedó viudo, se lo llevó a vivir a su casa. Supo ser la catalizadora de todos los encuentros para mantener a la familia unida. Uno de sus hermanos se fue a Estados Unidos cuando ella era aún muy joven y dos hermanas a Argentina. El resto de la familia seguía viviendo en la Selva Negra.

Cuando los nazis subieron al poder, tuvo bien claro que su objetivo era salvar a sus hijos de aquel régimen totalitario. Consiguió que su hija se fuera a España en 1934 y, después de muchas dificultades, que su hijo Julius, con tan solo diecisiete años, pudiera irse a Estados Unidos justo antes de declararse la Segunda Guerra Mundial, en 1939.

Su hija conoció en Barcelona al que sería su yerno, estableciéndose entre ambos una relación de cariño que solo pudieron transmitirse a través de la escritura. El 23 de octubre de 1940 la arrancaron de su hogar, junto a su padre y su marido, y la llevaron a conocer primero el purgatorio para luego vivir un infierno creado por los hombres. Un grupo de seres inhumanos que, bajo el símbolo del nacionalsocialismo, se dedicaron a planificar y luego ejecutar la muerte de un colectivo por tener una identidad, por tener algo tan bello como una cultura milenaria, unas tradiciones, una religión.

Las cartas que escribió desde 1940 son un testimonio de su carácter: era dulce, cariñosa, tierna, bondadosa. Una letra sucede a otra. Una frase sucede a otra. Una carta sucede a otra. Doscientas cuarenta cartas. Las letras saltan del papel, convirtiéndose en notas musicales. Acarician mis oídos, mis mejillas. Se convierten en mimos y besos. Yo los he sentido. Y se los he devuelto. En ninguna de sus cartas hay una palabra de rencor, de odio. A pesar de lo que le tocó vivir o, mejor dicho, sufrir.

Fue arrastrada hasta unos campos de refugiados inmundos en Francia. Pasó por tres: Gurs, Récébédou y Les Milles. Después de dos años, desde Les Milles, junto con su marido, fue transportada como ganado en un vagón de mercancía hasta Auschwitz. Y, cuando llegó allí, la hicieron caminar hasta las cámaras de gas por el mero hecho de ser judía.

Fue una buena hija. Fue una buena madre. Fue una buena suegra. Habría sido una maravillosa abuela. Fue una lástima no haber podido conocerla.

Que descanse en paz.

Dorel Sontheimer

Nuremberg, 1912 – Tel Aviv, 1940

Nació el 1 de junio de 1912 en Nuremberg, Baviera. Era la hija pequeña del matrimonio de Max y Rosa. Su hermano, mi padre, era cinco años mayor. Desde pequeña, Dorel destacó por su simpatía, su alegría, su facilidad de comunicación con las personas y sus enormes aptitudes para la música y para los idiomas. Fue el juguete de la familia, con una personalidad que arrollaba a mayores y pequeños. Con la familia de su madre, en Praga tenía un fuerte vínculo. Recibió una educación exquisita que supo utilizar. Cuando su padre decidió enviarlos a España por la peligrosa situación que acechaba en Alemania, hizo sus maletas contenta de poder vivir esta experiencia junto a su hermano.

En Barcelona se integró rápidamente. Tuvo un amplio círculo de amistades catalanas y alemanas con las que compartió tertulias literarias y actos culturales y se dedicó, sobre todo, a viajar y conocer Cataluña. Buscó y encontró rápidamente trabajo. En la Ciudad Condal había una distribuidora de películas infantiles que necesitaba a alguien que pudiera facilitarle las traducciones y Dorel lo hizo. Disfrutaba con su trabajo. Trajeron a España la distribución de la película *Bambi*, de Walt Disney. En Barcelona obtuvo el carnet de conducir y organizaban excursiones con ella al volante del automóvil Singer que había comprado Kurt. No creo que en 1934 hubiera muchas jóvenes de veintidós años conduciendo en esta ciudad.

Su política era la democracia, y su religión, la moral. Vetaba con toda energía el fascismo y se encontraba a gusto en la España republicana hasta que empezaron los conflictos. En el grupo de sus amigas alemanas conoció a Rosl, una joven de su edad que provenía de la Selva Negra. Cuando la vio, se percató de que aquella persona podía hacer feliz a su hermano y no paró hasta que consiguió que sus corazones se unieran. Cuando esto sucedió, Franco había iniciado un movimiento militar para derrocar la República, y ella entendió que aquel momento era el de su partida. No quería vivir un nuevo fascismo y su decisión fue clara. Las fronteras aún estaban abiertas. Fue a despedirse de la familia de Praga, ya que en Alemania no podía entrar, y se marchó a Palestina con su tía Ella, hermana de su padre, que se había quedado viuda y se había instalado allí con su hija ya casada. Era 1936.

En Tel Aviv le ocurrió lo mismo que en Barcelona. Se integró con facilidad, encontró trabajo y conoció al que sería el amor de su vida. Su ilusión, que no pudo cumplir, fue la de trasladar a sus padres a Palestina para vivir con ella. Se casó un día de verano de 1939, cuando el calor sobre la ciudad de Tel Aviv caía con toda su fuerza. Sus padres y su hermano no pudieron ir al enlace, pero se sintió muy protegida con su tía Ella y su prima Edith. Su carácter le hacía sonreír y mirar la vida con esperanza.

Una bomba lanzada por un avión del ejército de Mussolini la mató el 9 de septiembre de 1940. Estaban a punto de entrar en su casa de la calle Ben-Yehuda de Tel Aviv. La noticia fue un drama para toda la familia y una premonición de lo que todavía quedaba por llegar, de lo que en aquel momento empezaba. A mi padre le llegaron cartas de pésame de Alemania, Praga, París y Estados

Unidos: todos lloraban su muerte. El mundo perdió a una joven brillante. Mi padre perdió a su hermana y mis abuelos a su hija.

Tenía veintiocho años.

Las bombas no preguntan la edad de las víctimas.

Julius Heilbruner

Friburgo, 1921 – Pittsburgh, 1979

Julius nació en Friburgo, en la Selva Negra, un día de junio de 1921. Era el segundo hijo del matrimonio formado por Lina y Eduard. Vino cuando ya nadie lo esperaba. Su hermana tenía diez años, por lo que se convirtió para él en una segunda madre. La adoraba.

Creció protegido por el amor de sus padres y de su hermana. Sobreprotegido por su madre. Toda la familia, una numerosa familia por parte de madre, vivía en la Selva Negra. Hacían excursiones, reuniones familiares, y él siempre era el pequeño, el travieso, algo indomable.

Cuando el horror empezó a instaurarse en Alemania, tenía once años. Hitler subió al poder en 1933 y Julius presenció cómo pintaban una cruz esvástica en el negocio de su padre por el hecho de ser judío. Oía cómo jóvenes de su edad que habían sido sus compañeros de clase lo difamaban, insultaban, humillaban. Oía comentar a sus padres, en su casa, cómo les iban expoliando todo su patrimonio. Cuando en 1934 su hermana se fue, en principio temporalmente, a España, decidió que él también quería irse de allí. Insistió a sus padres, que, a pesar de la tristeza de dejarlo ir, entendían que era una medida de seguridad. Su madre luchó hasta conseguirle el visado de entrada a Estados Unidos. Lo consiguieron en 1939, justo antes de que Alemania invadiera Polonia y se declarara la Segunda Guerra Mundial. Justo antes de que cerraran las fronteras y cuando ya le habían estampado una «J» en su pasaporte y le habían cambiado el nombre por el de «Julius Israel».

Marcharse a América representaba una aventura para aquel joven de diecisiete años. Pensó que se iba a comer el mundo y faltó poco para que el mundo se lo comiera a él. Para su madre, despedirse de su hijo fue un drama. Se iba a vivir a otro continente. Con otras gentes, aunque fueran familia. Y para Julius la ilusión de la llegada se convirtió en una profunda depresión que le costó vencer. Mantenía la esperanza de conseguir sacar a sus padres de Alemania y llevarlos a vivir con él, pero no lo logró.

Cuando deportaron a sus padres a Francia en 1940, incrementó su lucha para intentar trasladarlos a América. Todo fue inútil. Demasiado joven, demasiado pobre.

A sus padres los deportaron desde Marsella la primera semana de septiembre de 1942. Nunca más supo de ellos. En 1944, ya estadounidense, se inscribió como voluntario en el Ejército. El 6 de junio de 1944 participó en el desembarco de Normandía con las tropas del general Patton. Iba como radiotelefonista, contando todo lo que veía a medida que avanzaban por el territorio ocupado por los alemanes. Liberaron Francia y consiguió liberar a su tío Nathan, que había sido deportado junto con sus padres y su abuelo a Francia. Entró con las fuerzas estadounidenses para liberar el campo de exterminio de Buchenwald, en Alemania. La guerra le marcó por completo. Nunca superó lo que vieron sus ojos. Nunca. Hitler le había quitado la ciudadanía alemana por ser judío y, al volver de Buchenwald, renunció voluntariamente a hablar y a escribir nunca más el alemán. Así se lo comunicó por escrito a mi madre, su hermana. Cuando Alemania volvió a darle la nacionalidad alemana, él la rechazó.

Al terminar la Segunda Guerra Mundial, el Ejército le concedió la Medalla al Mérito Militar por su comportamiento durante la guerra y por haber transmitido toda la información desde campo enemigo. Se sintió muy honrado y orgulloso

Cuando se enteró de la muerte de sus padres y de toda la familia materna en Auschwitz, quiso hasta cambiarse el apellido, cosa que consiguió, para no parecer alemán. Quería enterrar todo lo que tenía que ver con su país de origen.

Lo que le tocó vivir incidió en su frágil carácter. Además, se le sumó una diabetes, que le hacía llevar una dieta estricta que no cumplía y unos cuidados médicos a los cuales tampoco hacía caso.

Tuvo muchas parejas, pero nunca se casó ni tuvo hijos. Quiso eludir estas responsabilidades después de lo que le había tocado vivir. Mantuvo un contacto muy estrecho con su hermana, mi madre, y venía a visitarnos periódicamente. Éramos su única familia.

Un día de otoño de 1979, sonó el teléfono en casa. Preguntaban por mi madre. A Julius lo habían encontrado muerto en un parque cercano a su casa. Acompañando a las hojas caídas de los árboles.

Fue enterrado en Cortlandt Manor, en Nueva York, y mi madre volvió con la Medalla del Mérito Militar y la bandera americana. Este fue su legado.

Que descanse en paz.

Henry Sontheimer

Múnich, 1882 – Estados Unidos, 1957

Es el hermano pequeño de mi abuelo Max. Nació en Múnich en 1882. Fue un alumno brillante en la escuela y estudió Ingeniería Química en la universidad con éxito. Ascendió rápidamente en el campo profesional y, antes de que Hitler llegara al poder, ya vivía en París junto con su familia. Era vicepresidente de una empresa química americana y su responsabilidad era controlar el funcionamiento en Europa.

Tenía un contacto muy estrecho con su hermano Max y su hermana Ella y tuvo un papel importantísimo en la familia durante todos los acontecimientos que ocurrieron desde la llegada de Hitler hasta 1945, cuando terminó la Segunda Guerra Mundial. Sin su ayuda, su hermano Max y su esposa no habrían salvado la vida.

Henry decidió ser americano. Cuando terminó su carrera fue a trabajar a Estados Unidos. Sus dos hijos nacieron allí. Obtuvo la vicepresidencia de la empresa donde trabajaba y con ello el control en Europa. La sede estaba en París. O sea, era un estadounidense en París nacido en Alemania. Gracias a la astucia de su madre, Sophie, y a la buena administración de Henry, su hermana Ella pudo instalarse en Palestina y ayudar a su hermano Max, mi abuelo, a huir de Alemania en 1940 camino a Cuba.

Henry se instaló definitivamente en Estados Unidos en abril de 1939, donde continuó con su carrera profesional. Desde allí ayudó a la familia, que pudo llegar a América y que eran sobre todo jóvenes de la edad de sus hijos. Se ocupó del hermano de mi madre, Julius, que llegó con diecisiete años a Nueva York, así como de varios hijos de su primo hermano de Stuttgart.

No vivió *in situ* el horror del Holocausto, pero vivió el dolor de perder a gran parte de su familia. La muerte de su hermana Ella y de su sobrina Dorel en 1940 le afectó profundamente.

Sus hijos se casaron en Estados Unidos y sus descendientes fueron ya totalmente americanos. Su hijo mayor, Carl, fue, al igual que su padre, un brillante ingeniero químico. Trabajó en la industria durante muchos años hasta que decidió dedicarse a su gran pasión: la cocina. Montó una empresa, Cuisinart, desde donde comercializaron un robot de cocina de gran éxito.

En 1947 Henry organizó un gran encuentro familiar en el que agrupó a toda la familia germano-americana. Volvió a encontrarse con su hermano Max cuando este, viudo, regresaba desde Cuba para instalarse en Barcelona junto a su único hijo, mi padre.

Esta es mi familia americana.

Marianne Bing

1909 – dada por muerta
el 8 de mayo de 1945 en Auschwitz

Nació el 2 de enero de 1909. Hija única. Su madre poseía una belleza nórdica espectacular. Murió poco después del parto. Se había quedado embarazada después de varios años de matrimonio, por lo que la ilusión de aquel bebé era enorme. Fue un golpe muy duro para su marido, que protegió a la niña dándole todo el amor que pudo de padre y madre.

Vivía en Nuremberg junto a toda la familia de su madre. La figura de su abuela Sophie fue muy importante para ella. Su padre murió cuando ella era muy joven y, como huérfana, heredó una maravillosa casa en Nuremberg, en la Theresienplatz, donde se fue a vivir con Sophie. Sus tíos y tías la adoraban. Para su abuela se convirtió en una hija y, curiosamente, para sus tíos también. Nunca le faltó cariño, pero notó siempre la ausencia de sus padres. Su padre, médico, había sido un referente para ella y, ya desde niña, pensó en que sería una buena doctora, que evitaría que los niños se quedaran huérfanos tan pequeños: ella curaría a sus padres. Fueron pasando los años y vivió en su adolescencia el repudio de sus compañeros de clase y el odio de algunos de sus vecinos por el hecho de tener la identidad judía. Siempre pensó que sería una tormenta pasajera.

Su abuela Sophie murió en 1936. Fue una muerte muy sentida para ella, y se quedó al cuidado de sus tíos. Hitler estaba en el poder desde 1933. Tía Ella se había ido ya a vivir a Palestina ese mismo año. Tío Henry y tía Tessa vivían en París, con lo que la relación que mantenía con ellos era a distancia. Tío Max y tía Rosa vivían en Nuremberg, muy cerca de su casa. Los quería con locura, tanto como a sus primos Kurt y Dorel. Eran de edades similares y en aquella casa se respiraba un ambiente familiar que le llenaba aquellos espacios vacíos. Tío Max, mi abuelo, le explicaba sus viajes, sus travesías desde Hamburgo a Nueva York, sus desplazamientos a Cuba, el amor que sentía por aquella isla, y, cuando Kurt y Dorel se fueron a Barcelona en 1929, tío Max y tía Rosa la adoptaron como si fuera su hija.

En 1938 le prohibieron ejercer su profesión por ser judía y continuó ejerciéndola a escondidas. Decidió ayudar de todos modos y se puso a las órdenes del doctor Baer, a quien también por ser judío le habían quitado la plaza de director médico del hospital de Nuremberg. Veía tanto desprecio, tanto odio, por cierta parte de la población alemana que ella quiso hacer todo lo contrario. En 1939 los nazis empezaron con las incautaciones a las familias judías y le confiscaron la casa que había heredado de sus padres, es decir, su patrimonio entero.

Se fue a vivir con sus tíos Max y Rosa. Cuando a tío Max le dieron por fin el visado para irse a Cuba, se alegró y se sintió liberada. Quería verlos a salvo, pero ella necesitaba quedarse y aquello tío Max no lo entendía. Sabía la enorme preocupación que tenía de dejarla allí. Les dijo que, si desde Cuba la reclamaban, se lo pensaría. Cuando tío Max y tía Rosa partieron a Cuba, ella se mudó a Múnich, a casa de la señora Weil, una mujer mayor, gran amiga de su abuela Sophie, que necesitaba compañía. En Múnich, y también al lado del doctor Baer, visitaba diariamente el asilo de Antonienheim, un hogar para niños huérfanos. Sin embargo, el horror iba prosperando en aquella Alemania nazi y en abril de 1942 los deportaron. A todos. Al doctor Baer, a los maestros y cuidadores de Antonienheim, a los niños y también a Marianne. Los acusaron de dar asistencia a judíos y de serlo ellos mismos.

La deportaron al gueto de Piaski, en Lublin, el primer gueto de Polonia creado por los nazis. Desde allí suponemos que la llevaron al campo de exterminio de Madjanek o Auschwitz. Nunca más se supo de ella. La dieron por muerta el 8 de mayo de 1945.

Que descanse en paz.

Nathan Levi

Altdorf, 1876 – Basilea, 1959

Nació el 6 de octubre de 1876 en Altdorf, un pequeño pueblo de la región de Baden, en la Selva Negra. Era el mayor de una familia de siete hermanos. Tuvo una infancia feliz, en la que pudo disfrutar de una de las regiones de Alemania reconocida por tener los paisajes más espectaculares, con lagos de origen glaciar como el Titisee y donde podía hacer senderismo hasta el pico más alto, llamado Feldberg, a casi 1.500 m de altura, desde donde se pueden contemplar unas vistas que abarcan la extensión del Alto Rin.

Se dedicó al comercio. Estaba tan rodeado de familia que casarse no entró en sus planes.

Cuando estalló la Primera Guerra Mundial, defendió los colores de su patria, Alemania. Combatió como piloto en la División 35. Una vez acabada la guerra, el 26 de junio de 1918, su alteza real, el gran duque de Baden, le otorgó la Medalla de Plata al Mérito Militar y el Gran Lazo de Karl Friedrich en reconocimiento a su valor como piloto alemán. El 13 de julio de 1935 el Führer, canciller del Reich, le renovó este mérito militar, otorgado por la sociedad Hindenburg y corroborado por el presidente del Reich.

Cinco años más tarde, el 23 de octubre de 1940, mientras estaba de visita en casa de su padre y hermana Lina, lo desalojaron de aquella casa y lo deportaron a la Francia no ocupada. No pudo ni tan siquiera hacerse la maleta. Pasó del reconocimiento como buen alemán al trato inhumano y vejatorio. Lo llevaron al campo de Gurs con lo puesto. De allí lo trasladaron a Récébédou y acabó en el campo de Noé. Tuvo que presenciar la muerte de su padre y el traslado de toda la familia a campos de exterminio. A él, por su edad, lo dejaron en el campo de Noé, de donde lo rescató su sobrino Julius, convertido en soldado estadounidense, de las garras de los alemanes. Extraña paradoja.

Sobrevivió a la Segunda Guerra Mundial y mantuvo un cariñoso contacto con los sobrinos vivos que habían quedado dispersos por el mundo. La más cercana era mi madre. Fue a visitarlo varias veces en la residencia donde se encontraba. Murió en Basilea en 1959.

Que descanse en paz.

Felix Sontheimer

1877 – 1943

Felix era primo de mi abuelo Max. El padre de Max y el padre de Felix eran hermanos y vivían en Weikersheim, una pequeña ciudad idílica que ahora tiene 7.000 habitantes en la región de Baden Württemberg, donde existe un castillo que se remonta a 1156. Los domingos soleados Felix y Max iban junto a sus padres a pasear al castillo, que había sido restaurado en 1709 por Carl Ludwig y tenía unos maravillosos jardines barrocos. El castillo pasó a manos de la familia Hohenlohe. Me imagino a los dos primos en bicicleta, corriendo, saltando, pero, sobre todo, riendo por el lugar.

Max era un año mayor que Felix. Crecieron juntos. Felix era el varón pequeño de una familia de cuatro hermanos, un niño sagaz, inteligente, chistoso, y los dos primos estudiaban, jugaban y se divertían juntos. La pasión por la música era compartida por las familias de Max y de Felix y ambos niños, desde pequeños, asistían a las tardes musicales que sus padres organizaban los fines de semana. La otra gran afición que compartían también se la habían inculcado sus padres: la filatelia. Años más tarde, esta se convirtió en un motivo y una forma de comunicarse entre diferentes miembros de la familia, especialmente entre Felix, Max, Henry y Kurt.

Al hacerse mayor, Felix quiso dedicarse a las finanzas y su inteligencia lo llevó a ocupar el cargo de director de la sucursal del Deutschebank en Stuttgart. Aunque

Max vivía en Nuremberg y él en Stuttgart, mantenían el contacto por motivos profesionales, además de los personales. Max era empresario, y Felix, ejecutivo de banca.

Los dos se encontraron con la misma barrera en su carrera: el nacionalsocialismo de Hitler. Ambos perdieron su trabajo por el mismo motivo: ser judíos. Por suerte, tanto Max como Felix habían conseguido enviar a sus respectivos hijos fuera del país. Sin embargo, Felix no tuvo la suerte de Max y no pudo escapar de Alemania. Mientras ayudaba a gestionar con sus contactos la salida de muchos otros, ni él ni su familia tuvieron tiempo de huir. Lo trasladaron a Dellmensingen junto con su esposa, su madre y dos de sus hermanos con sus respectivas esposas. Estuvieron unos meses en el castillo y después todos fueron trasladados a Terezín, donde parte de la familia perdió la vida. Al resto los trasladaron a campos de exterminio. De los siete familiares deportados no sobrevivió ninguno.

Pero, a pesar de la degradación que sufrió, nadie en la familia fue tan capaz como Felix de ironizar sobre la situación que vivía y transmitir así información a sus familiares a pesar de la censura.

Hans Kral

Praga, 1914 – 1976

La hermana más cercana de mi abuela paterna por carácter y por edad se llamaba Martha. Se casó con Heinrich Kral, especialista en medicina general. Su vivienda y su consulta estaban en una de las zonas más bonitas de Praga, la Nürnbergerstrasse. A su consulta acudían personas de todas las condiciones y religiones. Por ello, cuando Martha insistió en marcharse del país, él creyó que no les harían nada. Pero se equivocó.

Tuvieron dos hijos: Hans y Mariedl. Martha consiguió convencer a su marido y enviar a su hija, con otros jóvenes, a Suecia. Mariedl logró llegar a Londres, donde años más tarde se casó y formó su propia familia.

Hans estudió Derecho. Quiso quedarse con sus padres y no hubo forma de convencerlo cuando aún estaba a tiempo de escapar. Creyó que él como abogado podría luchar contra las injusticias jurídicas. Escribía a mi padre con frecuencia. Al llegar los nazis le prohibieron ejercer su profesión y llenó su tiempo con su gran afición, la fotografía. Se dedicaba a dar clases de fotografía y filmación a la comunidad judía de Praga.

En la primavera de 1942 lo llevaron a Theresienstadt junto a sus padres. Las condiciones de vida del gueto acabaron con la salud de su padre, Heinrich, que murió el 9 de junio de 1943, según el certificado médico emitido, de bronconeumonía, disentería e insuficiencia cardíaca.

Martha y su hijo siguieron allí. Los nazis supieron utilizar el talento de Hans: lo obligaron a hacer las filmaciones del gueto para mostrar a la Cruz Roja y a los aliados como ejemplo del buen trato que daban a los judíos. La película era toda una farsa. Pero Hans, jugándose la vida, iba filmando la realidad del gueto dentro de la propia película. Estos trozos los cortó y se los entregó a la Resistencia. Años después, acabada la guerra, las filmaciones aparecieron en Varsovia y Praga. A Martha la obligaron a trabajar en las oficinas administrativas, donde tenía que escribir las listas de entrada de las personas en el gueto, la lista de los fallecidos y las listas de deportación. Un trabajo ingente. En una ocasión tuvo incluso que escribir su propio nombre y el de su hijo en las listas de deportación. Su compañera de mesa en la oficina le insistió para que cambiara su nombre de la lista, pero Martha no podía separarse de su hijo.

Ella no sobrevivió a Auschwitz, pero sí lo consiguió Hans. Sobrevivió a Terezín y a tres campos de exterminio: Auschwitz, Schwarzheide y Sachsenhausen. Dos años después de su retorno a Praga, consiguió sobreponerse al estado de decaimiento físico y moral posterior a su liberación. Conoció a Mila, una joven checa que también llevaba a sus espaldas su propia historia personal. Se enamoraron y se casaron. Y en 1948 nacieron Peter y Pavel.

Hans murió en 1974. Sus hijos nunca nunca lo oyeron hablar de este duro período de su vida.

Dory

Nací un 25 de noviembre en Barcelona. Las imágenes que guardo de mi infancia son felices. Rodeada del cariño de mis padres y de mi abuelo Max, que vivió con nosotros hasta su muerte en 1954.

Fui al colegio de las monjas católicas alemanas y realicé mis estudios universitarios en Barcelona. Mis padres tuvieron siempre una gran preocupación por darnos una buena formación cultural e, independientemente de mis tareas escolares, se aseguraron de que aprendiera idiomas, música y danza. También el deporte se añadió al resto de las actividades extraescolares. Sin embargo, lo más importante han sido los principios morales y éticos que me inculcaron y que me han guiado durante toda la vida.

Mi infancia, adolescencia y madurez se desarrollaron a orillas del Mediterráneo, que impregnó mis poros. He crecido como un árbol con las raíces vitales plantadas en esta tierra. He luchado por conseguir mis objetivos personales y profesionales. Con las alegrías y decepciones que van surgiendo a lo largo de la vida. Me siento rodeada del cariño de todos los míos, de mi marido, de mis hijos, de sus parejas y de mis nietos, con los que hemos conseguido formar una red en la cual me encuentro voluntariamente atrapada. La red está tejida con mucho amor y soy consciente de que hay que cuidarla para impedir que se produzcan roturas en ella.

La aparición de las cajas generó un punto de inflexión en mi vida. Fueron meses de lectura, de estudio, de identificación de rostros y nombres desconocidos para mí, de poderlos ubicar en mi árbol familiar, de conocer lo que sucedió y asimilar la verdad, superar los miedos y... poderlo contar. Una vez conocida la verdad, entiendo el hundimiento físico y psíquico de mi madre al morir mi padre. No solo era su marido. Era su confidente, su cómplice, la única persona con la que había compartido todos aquellos duros años. Ambos decidieron sellar sus bocas para poder mirar hacia el futuro y educar a sus hijos en libertad, con amor y sin rencor.

Entiendo el silencio, el miedo, el cambio de identidad, de nombre y de religión. Aquello que ellos decidieron lo mantengo con convicción, porque cambiarlo me parecería recriminarles algo y sería injusto. Por algún motivo decidieron guardar las cartas, los documentos, las noticias –siempre malas– y los desenlaces. Habrían podido quemarlos, pero no lo hicieron. Yo he recogido el testigo.

Todo aquello que he ido descubriendo adquiere para mí un enorme valor sentimental. Aparecieron dos fundas de almohada con dos «L» (Lina Levi) y me di cuenta de que debían de ser las que, junto al juego de sábanas, llevaba en la maleta mi madre cuando salió de Friburgo en 1934. Las he lavado y almidonado. Cuando las miro pienso en Lina y hablo con ella. Un objeto inerte se convierte en algo vivo. Esto es amor. Los objetos encontrados han conseguido acercarme a mis abuelos, a mi familia.

He tenido muchas dudas para escribir y contar este relato. El miedo me apretaba con unas tenazas el pensamiento y la boca, pero la escritura ha sido como una catarsis que me ha dado libertad. He buscado la verdad. He necesitado saber quién era mi familia, donde estaban, qué pasó y dónde se encuentran ahora para poderles rendir un justo homenaje. No hay nada que esconder. Todo lo contrario. A través de un relato real, a través del relato de una familia, podemos ver los horrores que los humanos cometimos en el siglo XX. Implantar una ideología totalitaria no es simplemente una barbarie: es algo mucho peor. Es haber utilizado un aparato de Estado para conseguir penetrar en la mente de las personas, manipulándolas y convirtiéndolas en máquinas mortíferas.

Si este relato sirve para que personas involucradas en un totalitarismo razonen y sean capaces de abandonarlo, me doy por satisfecha.

No hay ninguna persona superior a otra, sea cual sea su raza, su color, su religión o su condición sexual. La tolerancia es un valor que debemos practicar cada día, cada hora y cada minuto. Todos tenemos una enorme facilidad para quebrantarla en cualquier momento. Hay demasiados peligros.

No sé cuál será mi próximo relato, pero sí sé que este me ha aportado dolor, conocimiento y amor.

Epílogo

Una noche, durante el proceso de escritura de este libro, tuve un sueño. Estábamos celebrando el fin de año en la mesa ovalada que hoy tengo en mi casa y que había llegado a Barcelona en 1934. Alrededor se encontraban mis padres, Kurt y Rosl, mis abuelos Lina, Eduard, Max y Rosa, y también Dorel, el joven Julius y la dulce Marianne. Kurt y Rosl llevaban el traje de su boda, aquel de 1936. Estaban guapísimos. Lina iba con el abrigo que guardaba en su maleta para cuando llegara a Barcelona. Max jugueteaba con su bastón de empuñadura de marfil. Dorel contaba anécdotas y todos reían con sus historias. Julius, esplendoroso, mostraba con orgullo su uniforme del Ejército estadounidense. Marianne miraba con admiración a sus primos. Sobre la mesa, una vajilla de porcelana y una cristalería que lanzaba destellos. Era aquella que las hordas nazis el 9 de noviembre de 1938, en la Noche de los Cristales Rotos, destrozaron en casa de mi abuelo Max, en Nuremberg. Dos candelabros, dos menorás, con sus siete brazos encendidos daban intimidad a la cena.

A la hora de los postres, me trajeron un sobre con el dibujo de una cigüeña en el exterior. Me anunciaban el nacimiento de un nuevo nieto varón que se llamaría Max. Al leerlo, los comensales aplaudieron y expresaron su alegría haciendo chocar sus copas con un brindis. Las estrellas que desprendían aquellas copas volaban y subían al firmamento, cada una de ellas con luz propia. Mientras esto sucedía, mi nieta mayor nos deleitaba los oídos con una pieza de Debussy. Las notas del violín de Miren volaban y subían al cielo para acariciar las estrellas, que tenían nombre propio.

En diciembre de 2012 nació el pequeño Max. Es un niño precioso. Después de cuatro generaciones volvemos a tener un Max en la familia.

Apéndice

El hallazgo que cambió mi vida

Desde el encuentro de las siete cajas, mi vida ha cambiado por completo. Conocer la historia de esta época tan oscura y que tanto ha afectado a mi familia provocó en mí una necesidad de averiguar, investigar, asimilar, pensar y razonar todo lo sucedido durante aquellos años.

No solo he querido tener un conocimiento histórico y político, sino que también he sentido la necesidad de reflexionar sobre el comportamiento humano: sobre cómo una sociedad, en principio culta y tolerante, puede transformarse en una sociedad con una pérdida total de principios morales, éticos y humanos. La definiría con una palabra: despiadada; una sociedad capaz de volverse cruel, inhumana e implacable.

Desde el principio, me marqué varios objetivos.

Descubrir qué había sucedido con mi familia. Para ello, tenía que documentarme y conocer la historia social y política de esta parte del siglo XX, e intentar trasladarme mentalmente a aquella época.

Buscar a los descendientes vivos de los cuatro abuelos, allá donde estuvieran, para poder recomponer nuestra familia.

Dejar constancia, a través de toda la documentación que poseía, de lo sucedido durante aquellos años. Transmitir las vivencias personales de quienes sufrieron aquel horror, porque solo así podemos entender lo que ocurrió realmente. No se trata de estadísticas; se trata de transferir las penurias, los sufrimientos y las humillaciones que padecieron.

Difundir esta memoria histórica para rendir un justo homenaje y, especialmente, para mostrar lo que jamás debió ocurrir e intentar que nunca vuelva a repetirse.

Buscando raíces

Encontrar las siete cajas fue el punto de partida para una búsqueda personal que, más allá de la investigación histórica, me llevó a reconstruir los lazos familiares perdidos. Los nombres que aparecían en aquellos papeles antiguos empezaron a cobrar vida, transformándose en personas reales con historias y sentimientos con las que poco a poco fui estableciendo contacto.

He conseguido conocer gran parte de mi árbol genealógico, pero aún me quedaban varios familiares que encontrar. Entre ellos, los descendientes de Henry, el hermano de mi abuelo Max. Tenía sus nombres y las cartas que Henry había intercambiado con mi abuelo y mi padre, pero desde su fallecimiento, en 1984, se había perdido todo contacto. ¿Dónde estaban? ¿Cómo podía dar con ellos?

También me faltaba conocer el destino de la familia de mi abuelo materno, Eduard. Sabía que uno de sus hermanos se había casado con una mujer católica, lo que permitió a sus descendientes salvarse, pero ignoraba dónde vivían.

Como tantas veces durante este proceso de investigación, la respuesta llegó de forma inesperada. El día que iba a presentar el libro en el Museo Marítimo de Barcelona recibí un mensaje de Marta Simó, profesora de Historia de la Universidad de Barcelona y experta en el Holocausto. Marta, además de ser una de las personas más conocedoras de la Shoá en Europa, ha sido mi ángel de la guarda y me ha prestado su ayuda incondicional en mi búsqueda. Le había dado los datos de la familia estadounidense, ya que iba a participar en un seminario en el Museo Conmemorativo del Holocausto de los Estados Unidos (USHMM), en Washington, y entonces ocurrió el milagro: «Dory, acabo de contactar con Peter Sontheimer, profesor de Historia de la High School de Gettysburg. Me acaba de confirmar que, efectivamente, es el hijo de tu primo Peter Sontheimer».

Fue como descubrir América. Desde ese momento, comenzamos a intercambiar correos electrónicos, video-llamadas, cartas y documentos que nos unían. Aquellos nombres lejanos se transformaron en personas cercanas, y el vínculo familiar, largamente dormido, se volvió palpable. Así, después de casi ochenta años desde el final de la Segunda Guerra Mundial, volví a experimentar una emoción muy parecida a la que sentí al leer las cartas de las siete cajas, aunque con una diferencia fundamental: ahora la comunicación era inmediata y directa a través de una pantalla.

Recuerdo cómo, al leer la escritura de mi abuela Lina, podía intuir su estado de ánimo y conocer su personalidad. Había cartas en las que los trazos y la forma de las letras reflejaban el momento que estaba viviendo, ya fuera de esperanza o de absoluta desesperación. Su carta de despedida, escrita cuando supo que iba a ser deportada, es un claro ejemplo de su estado psicológico, con una caligrafía errática y desgarradora. Sin embargo, la tecnología actual ofrece otros beneficios: puedes hablar en directo, ver los rostros, las sonrisas, la expresión de los ojos...

Comenzamos a planear el momento de abrazarnos, de hacer realidad ese encuentro físico tan esperado, lleno de acogida y de bienvenida.

Lazos reencontrados

A lo largo de estos años, he tenido la oportunidad de conocer a muchos descendientes de familias que fueron víctimas del Holocausto, cada uno con historias realmente increíbles. En la mayoría de los casos, he observado un denominador común: todos viven hoy en países distintos a aquellos en los que vivían sus antepasados, quienes sufrieron la guerra en sus propias carnes.

Mi propia familia es un claro ejemplo de ello. Descendemos de una familia centroeuropea, pero ahora estamos repartidos por todo el mundo, la mayoría en el continente americano, en Israel y en Europa, donde quedamos muy pocos, dispersos entre República Checa, Alemania, Austria, Reino Unido y España. A lo largo del tiempo, hemos creado nuevas identidades y hemos adoptado nuevas tradiciones, pero conservamos una huella profunda de nuestros orígenes. Compartimos una identidad cultural que trasciende las fronteras y los diferentes idiomas que hablamos, y precisamente eso nos ha permitido conectar de inmediato, como si la distancia y el tiempo no existieran.

Montreal

En mi búsqueda de raíces, después de haber conocido a la familia de Praga, la próxima parada fue Montreal, y, como en todas las etapas de este viaje, me acompañaba mi marido. Allí viven Nick, Verónica y Ricarda, descendientes de una hermana de Rosa, mi abuela paterna de Praga. Ya había tenido la oportunidad de conocer a Nick, quien había pasado por Barcelona, y a Ricarda, que trabaja para las Naciones Unidas en Viena, pero aún no conocía personalmente a Verónica. Gracias a su marido, que es mexicano, Verónica habla perfectamente castellano, lo que hizo que la comunicación entre nosotros fuera aún más cercana y natural.

Tanto Nick como Verónica son profesores en la Universidad McGill. Nick, además, es un talentoso fotógrafo especializado en fotografía gastronómica, capaz de capturar la belleza y la textura de los platos de una manera que casi permite saborearlos a través de la imagen. Por desgracia, no llegué a conocer a su madre, ya que falleció joven a causa de un cáncer, pero su legado y el de sus antepasados sigue muy presente en sus vidas. Por otro lado, con Ricarda nos hemos reunido en varias ocasiones en ciudades como Barcelona, Praga y la propia Viena, donde reside.

La historia de su familia es también la historia del exilio y la reconstrucción. Sus antecesores lograron llegar a Canadá, un país conocido por su apertura y su respeto a la diversidad. Hoy, el país acoge a más de 200 pueblos originarios y comunidades inuits, cada uno con sus propias lenguas y tradiciones, y es el hogar de personas de todo el mundo que han traído consigo su historia y su cultura. Esta riqueza se refleja en la sociedad canadiense: abierta, tolerante, organizada y pacífica, con una ética basada en el respeto a las normas y a las leyes. Nick, Verónica y Ricarda encarnan perfectamente estos valores.

Durante los intensos tres días que pasamos en Montreal, recorrimos la ciudad y me mostraron sus rincones más emblemáticos, pero lo más importante fue el tiempo que compartimos juntos. Hablamos, reímos, comimos y, sobre todo, fortalecimos el lazo familiar que nos une. Desde aquel encuentro, hemos mantenido el contacto e incluso los tres hermanos viajaron a Barcelona para participar en la filmación del documental sobre nuestra historia, del que os hablaré más adelante. Para quienes, como nosotros, hemos crecido con poca familia directa cerca, estos reencuentros han sido fundamentales. Nuestra herencia cultural es idéntica, la sentimos y la compartimos, y ese reconocimiento mutuo nos ha unido aún más.

Boston

El viaje continuó hacia Boston, una ciudad cargada de historia y significado para mi familia. Tenía muchas ganas de conocer a Michael, descendiente de otra hermana de mi abuela Rosa. Michael era la única persona de la familia, todavía con vida en aquel momento, que había vivido bajo el yugo del nazismo.

Nos esperaba en el aeropuerto con un cartel, aunque no habría hecho falta: lo habría reconocido de todos modos entre la multitud. Desde el primer instante, Michael me impresionó por su vitalidad, inteligencia y agudo sentido del humor, cualidades que pronto se hicieron evidentes en cada conversación.

Admiré profundamente su capacidad para superar los traumas de una infancia marcada por la tragedia. Su padre fue ejecutado cruelmente por la Gestapo y tanto él como su madre y su hermana fueron deportados al campo de Terezín. De los dieciocho miembros de la familia de Praga que fueron deportados, solo ellos tres lograron sobrevivir. Tras la guerra, se marcharon.

Gracias a la ayuda económica de los antiguos jefes de su padre, que ya estaban instalados en Estados Unidos, pudieron viajar de Chequia a Cuba, donde Michael se esforzó por aprender inglés en una escuela americana. Dos años después consiguieron el visado para entrar en Estados Unidos. Su hermana se marchó a trabajar a Nueva York y él y su madre se establecieron en Boston, donde Michael estudió en el prestigioso Instituto de Tecnología de Massachusetts (MIT), se graduó brillantemente en Ingeniería, se especializó en Planificación urbana y contribuyó al desarrollo urbanístico de la ciudad. Con su característico sentido del humor, Michael solía bromear sobre su propia trayectoria y sobre cómo era posible que un chico que, pocos años antes, había estado en un gueto bajo la presión nazi lograra ingresar en el MIT. «Quizá –decía entre risas– el resto de los que se presentaron eran muy ineptos».

En Estados Unidos conoció a Telma, quien sería su esposa y madre de sus tres hijos, y cuya historia era muy parecida a la nuestra. Lamentablemente, falleció demasiado joven, dejando un vacío profundo en la familia.

Michael fue siempre un ejemplo de resiliencia y superación. Sus hijos, ya adultos e independientes, lo visitaban a menudo en la antigua casa familiar. Tras jubilarse, dedicó gran parte de su tiempo y energía a la memoria del Holocausto, colaborando en proyectos educativos y conmemorativos.

En nuestro primer viaje a Boston, nos hizo de guía personal y se aseguró de mostrarnos cada rincón de la ciudad: visitamos incluso aquellos que no aparecen en las guías turísticas, como el monumento dedicado a las víctimas del Holocausto. También nos llevó al cementerio, un paraje boscoso y sereno, donde descansan su madre y su esposa. Allí, en la lápida familiar, ya figuraba también su nombre, con la fecha de nacimiento y un guion, esperando que sus hijos solo tuvieran que añadir la fecha del fallecimiento.

En una de nuestras conversaciones, me contó que había intentado ponerse en contacto con Tommy, el hijo de la hermana pequeña de mi abuela que vivía en Londres, pero no había recibido respuesta. «Tuvo una vida muy difícil», me explicó. Tommy fue uno de los 669 niños rescatados de Praga por Nicholas Winton; llegó solo a Londres con apenas diez años y, al terminar la guerra, tuvo que enfrentarse a la noticia de que sus padres habían muerto en Auschwitz. «Me gustaría poder rescatarlo de nuevo, esta vez para integrarlo en la familia», me confesó Michael.

Habíamos planeado un gran encuentro familiar para celebrar su nonagésimo cumpleaños, pero la pandemia nos lo impidió. Toda la familia estaba preparada para reunirse, pero no se pudo celebrar.

Recuerdo especialmente nuestra última conversación, cuando asistimos virtualmente a la presentación de un cómic sobre su vida, realizado por su nieto y presentado en un festival en Suecia. Al día siguiente, tras una sesión de diálisis, recibí la llamada de su hijo comunicándome que, tristemente, Michael había sufrido complicaciones que no pudo superar. Fue una gran pérdida. El día de su entierro llovía a cántaros. Yo asistí de forma virtual y las lágrimas de sus hijos, y las mías en la distancia, se confundían con las gotas de agua.

El vínculo que creé con Michael fue tan profundo que siento su ausencia enormemente. Para mí ha sido un verdadero referente. Lo echo mucho de menos. Extraño sus llamadas, sus correos llenos de consejos, sus tiernas riñas y, sobre todo, su cariño.

Nueva York

A continuación, volamos a Nueva York. Era el momento oportuno para conocernos en persona con otra rama de la familia. El hermano de mi abuelo Max, Henry, tuvo dos hijos: Carl, primo hermano de mi padre, químico de profesión, y Eleonor, abogada que llegó a ser diputada por el partido demócrata. Ambos nacieron en Estados Unidos, pero pasaron su infancia en París, mientras su padre ejercía como director general en Europa de la Chemical Paint Company.

Desde pequeño, Carl se distinguía por su fino paladar, algo que la cocina francesa no hizo más que potenciar. Al jubilarse de su carrera como químico, fundó una empresa y lanzó al mercado un revolucionario aparato que cocinaba solo: el Robot Cuisine, equivalente a nuestro Thermomix. Tuvo un enorme éxito y, aún hoy, la marca sigue vigente. Curiosamente, Nick –que se dedica a la fotografía gastronómica y es un gran *gourmet*– tiene uno en su cocina, donde experimenta siempre con nuevas recetas.

Había logrado contactar con Peter Sontheimer, uno de los cuatro hijos de Carl. Los tenía muy presentes en mi mente porque había encontrado fotografías de los cuatro hermanos: Katherine, Peter, Bobby y Henry. «Organicemos el encuentro», fueron las palabras de Peter. La hija de Katherine, Maggie, vive en Manhattan y ofreció su vivienda como punto de reunión familiar.

Confieso que asistí nerviosa al encuentro. Hablo inglés, pero no con la soltura que me gustaría, y no sabía si eso sería un impedimento. Cuando estuve frente a la puerta, a punto de tocar el timbre, me vino a la mente la imagen de mi abuelo Max. Ochenta años antes, Max, tras enterrar a su esposa en Cuba, hizo una parada en casa de su hermano Henry en Nueva York, donde la familia se reunió antes de que él se trasladara a Barcelona para vivir con mi padre. Ahora, los nietos de Henry y la nieta de Max volvían a encontrarse.

Estoy segura de que el dedo de Max, aquella mano tan pulida, debió de temblar antes de tocar el timbre, igual que el mío. Seguro que su corazón latía más fuerte y más veloz. Yo podía oír mis propios latidos. Por un momento sentí una extraña mezcla de temor y emoción ante lo que iba a encontrar detrás de la puerta.

Pero lo que vi fue a los hermanos Sontheimer, con los ojos humedecidos y los brazos abiertos. Todo fue muy fácil y bonito. Los Sontheimer de Europa y de América se habían vuelto a encontrar. Fue una velada única, a la que asistieron varios hijos y nietos. Nos enseñamos fotos, cenamos, hablamos, reímos, mientras uno de los hijos tocaba el piano y nosotros nos íbamos descubriendo. Otro torrente de emociones a dominar y a gestionar.

Nos despedimos con un «hasta muy pronto». Y así ha sido: nos hemos vuelto a encontrar en varias ocasiones.

Cuando regresé a Barcelona, encontré un correo muy especial de Sue, la hija de Tommy. En él me comunicaba la muerte de su padre y el asombro que le causó leer el mensaje que le había enviado Michael. No tenía conocimiento de la existencia de más familia.

Como Sue habla perfectamente castellano, organizamos una videollamada durante la cual me contó la historia de sus padres. No cabía duda de que debíamos conocernos en persona. Así que mi siguiente destino fue Londres.

Londres

En octubre decidimos volar a Londres, una época en la que los parques de la ciudad ofrecen un festival de colores: amarillos, ocres, rojizos, y atardeceres que se tiñen de tonos dorados.

Sue nos esperaba en la estación de tren de Liverpool

Street, donde se erige un monumento a Nicholas Winton. Fue allí donde su padre, Tommy, llegó con tan solo diez años, junto a otros niños que lograron salir de Praga y salvar sus vidas gracias al *Kindertransport*. Nos fundimos en un abrazo y, frente al monumento, Sue nos relató brevemente la historia de su padre.

Al llegar a Londres, Tommy fue acogido en casa de un presbítero anglicano cuya obsesión era convertirlo al anglicanismo. No le faltó comida ni asistencia, pero sí cariño. Creció solo, ausente de amor. Estudió Matemáticas, se casó y tuvo cuatro hijos. Sin embargo, cuando el mayor de ellos cumplió diez años, su mente lo llevó de vuelta a su propia infancia. Se puso una mochila al hombro, como había hecho en Praga, y se marchó. Durante años, la familia lo buscó sin éxito, hasta que finalmente lograron encontrarlo y llevarlo a una residencia, donde falleció pocas semanas antes de nuestra visita.

Al día siguiente, Sue nos invitó a su casa para pasar la tarde con sus hermanos. Recuerdo que llovía, y sobre el piano un gato siamés nos observaba con curiosidad. Mientras compartíamos té y *plum cake*, fuimos conociéndonos y hablando sobre nuestras raíces comunes.

De regreso al hotel, mientras escuchaba el crujir de las hojas otoñales bajo mis pies, no pude evitar pensar en cómo las circunstancias históricas habían marcado nuestros caminos y destinos. Si no hubiera sido por aquellos acontecimientos, quizá esa reunión tan especial habría tenido lugar en la casa de nuestras abuelas, en Praga.

Buenos Aires

Recibí un correo de mi primo Alberto, desde Argentina, invitándome a presentar el libro en el Museo del

Holocausto de Buenos Aires con motivo del Día de la Cultura, una jornada en la que todos los museos de la ciudad abren sus puertas durante la noche. Así fue como emprendimos el viaje a mi Buenos Aires querido.

Allí nos esperaba Alberto, con sus ojos azules y su nariz aguileña, tan parecida a la de mi madre. Paula, la hermana de mi abuela Lina, tuvo dos hijos: Alberto y Máximo. Lamentablemente, no pude conocer a Máximo en ese primer viaje, ya que había fallecido unas semanas antes. Sin embargo, sí pude compartir tiempo con Alberto, su esposa y su hija Giselle, con quienes la conexión fue inmediata.

Más adelante, tuve la oportunidad de conocer a Silvia, la esposa de Máximo, y a sus dos hijos, Karina y Alejandro. Desde entonces, la relación con la familia argentina se ha vuelto muy estrecha. Nos vemos casi cada año, ya sea porque alguno de ellos viaja a Europa o porque nosotros regresamos a Buenos Aires.

Con ellos he compartido momentos muy especiales: mi primer *sabbat* en familia, ceremonias en las sinagogas reformistas a las que pertenecen, la presentación del libro, recorridos por la ciudad y, por supuesto, asados inolvidables. Siempre me han abierto las puertas de sus casas y, sobre todo, de sus corazones. Los quiero intensamente y sé que el sentimiento es recíproco.

Cuando les propusimos participar en el documental, aceptaron sin dudarlo. Iban a venir Alberto y Silvia, pero por problemas de salud de Alberto, finalmente vino Giselle en su lugar. Fueron días muy intensos que nos unieron aún más. Desde entonces, hemos mantenido un contacto permanente y hemos compartido tanto las alegrías como los desafíos que nos ha presentado la vida.

Lamentablemente, días después de escribir estas líneas, recibí un mensaje de Giselle en el que me comunicaba que el corazón de Alberto había dejado de latir. Creo que estaba lleno de tanto amor y de tanta bondad que, sencillamente, explotó. Alberto ha sido un ejemplo del respeto a la memoria histórica. Miembro activo de la DAIA, ha dedicado gran parte de su vida al recuerdo de la Shoah. Ha sido un ejemplo como marido, padre y abuelo.

Siento una enorme tristeza, pero sé que los lazos que nos han unido seguirán vivos a través de su hija. Allá donde esté, seguirá con su misma pasión en la defensa de los valores éticos y morales y de la verdad.

Friburgo y Sulzburg

Durante mucho tiempo, la familia alemana fue la pieza que faltaba en el rompecabezas de mis raíces. No lograba dar con ellos, hasta que un día recibí un mensaje inesperado a través de Facebook de una persona que vivía en Friburgo de Brisgovia, la ciudad natal de mi madre. Parecía una de esas casualidades que solo el destino es capaz de trazar con tanta precisión.

Verónica, chilena de nacimiento y miembro activo de la pequeña comunidad judía de Friburgo, me escribió tras ver una entrevista mía en televisión en la que relataba la historia de mi familia y el hallazgo de la documentación tras la muerte de mi madre. Desde ese momento se ha convertido en una gran amiga y aliada en la reconstrucción de mi historia familiar.

La suya también estaba marcada por el exilio: sus padres lograron huir de Alemania y llegar a Chile. No eran religiosos, pero ella creció rodeada de las tradiciones y la cultura judía. Más tarde, durante la dictadura de Pinochet, tuvo que abandonar el país por sus convicciones y su activismo. La vida la llevó a Friburgo, donde, casualmente, su consulta como psicóloga se encuentra justo al lado de la antigua casa de mis abuelos maternos, el lugar donde nacieron mi madre y mi tío Julius.

Vero me ha abierto las puertas de la ciudad y gracias a ella pude recuperar a la familia de mi abuelo Eduard. Me puse en contacto con Sybille Höschele, una dama católica de Sulzburg. En esta pequeña localidad, rodeada de viñedos a los pies de la Selva Negra, transcurrió la infancia de mi abuelo, cuya familia tenía una tienda textil en la plaza principal. Sybille, que se ha dedicado a reconstruir los árboles genealógicos de las familias judías expulsadas tras la Noche de los Cristales Rotos, me ayudó a conocer en detalle la historia de los Heilbruner y a identificar a los supervivientes, aunque aún quedaba por descubrir el lugar donde vivían.

La visita a Sulzburg fue especialmente emotiva. El alcalde me recibió en el ayuntamiento y me acompañó a la antigua casa familiar. Aquella fatídica noche del 9 al 10 de noviembre de 1938, la sinagoga fue destruida y la comunidad judía expulsada. El fanatismo y la intolerancia rompieron la convivencia que hasta entonces había reinado en el pueblo.

Uno de los momentos más significativos fue la visita al cementerio judío de Sulzburg, situado en un bosque cercano. Allí, entre la belleza y la tristeza del lugar, hay un monumento dedicado a los habitantes de Sulzburg víctimas de la Shoá, incluidos mis familiares. Gracias a Sybille, pude reconstruir una parte vital de mi historia.

Vero también me ayudó a organizar una conferencia en el Goethe Institut de Friburgo, donde compartí la historia de mis abuelos, mi madre y mi tío. He hecho muchas presentaciones, pero ninguna ha sido tan conmovedora, vibrante y preciosa como aquella. Durante el acto, Natalia, actriz de teatro e hija de Vero, leyó cartas de mi abuela Lina acompañada al piano por Gilead Mishory. Recuerdo cómo se me hizo un nudo en la garganta mientras Gilead interpretaba una música profunda que acompañaba la tristeza y el temor de aquellas cartas. Me parecía ver a mi abuela a través de los cristales, arrastrando su maleta bajo la lluvia. La conmoción flotaba en el ambiente, y los sentimientos resurgían en todos los presentes.

A raíz de esta presentación, me entrevistaron en el *Badische Zeitung* y, poco después, el Goethe Institut me contactó para preguntarme si autorizaba que una señora, que decía ser mi prima, recibiera mis datos. Finalmente, pude reencontrarme con la familia alemana.

Desde entonces, Friburgo se ha convertido en un auténtico epicentro de reencuentros familiares. Hemos realizado viajes con hijos y nietos para que conozcan la ciudad donde nació mi madre y vivieron sus antepasados, y para que comprendan la historia que les precede. En cada visita, he sentido la calidez de la gente y el deseo de mantener viva la memoria.

No puedo dejar de mencionar a Merlis Meckel, quien ha trabajado incansablemente para que el ayuntamiento coloque *stolpersteine* –las pequeñas placas doradas en recuerdo de las víctimas del Holocausto– en los lugares donde vivieron. Cuando vi las de mis abuelos y mi bisabuelo frente a su antigua casa, en la Moltkstrasse 40, se me puso la piel de gallina. Gracias a Merlis se corrigió la placa de mi abuela Lina, que inicialmente contenía información errónea sobre su destino.

Friburgo ya forma parte de mi vida y de mi identidad. Me siento acogida y vinculada a esta ciudad, y sé que volveré siempre que pueda. Lamento que la familia alemana no pudiera participar en el documental por no haberlos encontrado antes, pero ahora, por fin, el círculo familiar se ha completado también en Alemania.

La Habana

El 27 de enero, día en que las tropas rusas liberaron Auschwitz en 1945, se conmemora en todo el mundo la memoria de las víctimas del Holocausto. Desde 2005, la Generalitat de Cataluña se suma a este acto instalando una menorá en la plaça de Sant Jaume, cuyas velas se encienden en recuerdo no solo de los seis millones de judíos asesinados, sino también de todos los colectivos víctimas de la Shoá. Antes de la ceremonia, en el auditorio de la Generalitat, un conferenciante ofrece una charla vinculada al Holocausto. En enero de 2015, tuve el honor de ser la encargada de darla y decidí relatar la muerte de mi abuela paterna, Rosa, en La Habana, donde está enterrada.

Al finalizar la charla, se me acercó Jaume Castro, responsable de la Comunitat de Sant'Egidio. Hasta ese momento, desconocía la importante labor que realiza esta comunidad católica, ayudando a indigentes, personas sin recursos y migrantes a integrarse socialmente y laboralmente. Jaume venía acompañado de Mosén Frederic, quien desarrolla esta labor en Cuba, concretamente en La Habana. Me propusieron reunirnos la semana siguiente en su despacho en la basílica dels Sants Just i Pastor, y así lo hicimos. Como anécdota, al llegar, la puerta estaba cerrada. Un indigente sentado en la escalera me preguntó: «¿Eres Dory? Jaume me ha dicho que te está esperando. Ve por el lateral de la basílica y verás la puerta de entrada». Un simple gesto que refleja la cercanía de Jaume con las personas necesitadas.

Mosén Frederic se ofreció a buscar la tumba de mi abuela a través de los jóvenes voluntarios de la Comunidad en La Habana. Yo tenía todos los datos del cementerio y el número de la tumba, pero, desde la salida de mi abuelo de Cuba, nadie había podido volver. Le prometí a Mosén que, si la encontraban, mi marido y yo viajaríamos para rendirle homenaje. Así fue: pocas semanas después, recibí un correo electrónico confirmando que la habían localizado. Cumplí mi promesa, y partimos hacia La Habana, capital de la isla caribeña, famosa por su música, la salsa, la rumba, el tabaco y, sobre todo, por la calidez y alegría de su gente.

Tenía la dirección donde habían vivido mis abuelos en El Vedado. Nos encontramos ante un edificio de arquitectura colonial española, con columnas majestuosas en la entrada y azulejos en las paredes, decorados con cenefas y motivos geométricos en tonos azules y amarillos. Imaginé a Max y Rosa viviendo allí, en un mundo tan diferente al que estaban acostumbrados, especialmente mi abuela, que pasó de una ciudad como Nuremberg a La Habana, buscando un puerto de salvación. Al preguntar por el piso, una vecina nos explicó, sonriendo, que ya no existían pisos: tras la revolución, todo se había dividido en habitaciones para varias familias.

La visita más importante fue al cementerio de Guanabacoa. Nos acompañaron Mosén Frederic y dos jóvenes voluntarios. Esta vez, el encuentro era muy especial: iba a visitar los restos de mi querida abuela Rosa, a quien conocía solo por las descripciones de Max en las cartas que había escrito a mi padre. Era una mujer cariñosa, hábil con las manos, amante de la música y excelente intérprete de laúd, instrumento que los nazis le rompieron durante la Noche de los Cristales Rotos. Sentí algo único al estar ante su lápida. Fueron minutos de recuerdo y meditación, deseando que su memoria no se perdiera. Depositamos un ramo de flores y unas piedras sobre la lápida, siguiendo el rito judío. Estoy segura de que, donde esté, sabe que la llevamos presente en nuestras almas.

No faltó la visita a la iglesia de Nuestra Señora de Montserrat, donde Mosén Frederic y sus voluntarios realizan una labor admirable y donde, como prometí, ofrecí una charla. Volví con la sensación de haber cumplido con mi deber y de haber cerrado un capítulo importante en mi historia.

De la historia personal al testimonio público

El documental

Pocos días después de la presentación del libro recibí la llamada de Carles Canet, hasta entonces un desconocido para mí. Había leído mi historia y quería realizar un documental sobre ella. Al principio, la idea me parecía una utopía, pero la voluntad, el tesón y la sensibilidad de Carles lo convirtieron en realidad. Consiguió una productora interesada y, sobre todo, encontró a un director de imagen excepcional, David Fontseca, cuya empatía y profesionalidad hicieron que conectáramos desde el primer momento.

Dedicamos un año entero a preparar el documental, y es difícil poner en palabras todo lo que sentí durante el proceso. Fueron emociones constantes, siempre compartidas con el equipo. Había tanto que contar que ese fue uno de los mayores retos: condensar una historia tan extensa y compleja en apenas sesenta minutos, con una estructura sólida y una narrativa capaz de transmitir la emoción vivida. Carles y David asumieron esa responsabilidad con enorme sensibilidad, mientras que yo, como protagonista, pude expresar lo que había significado para mí descubrir mi propia historia.

El *leitmotiv* del documental estaba claro: el reencuentro de toda la familia. Pero ¿cómo podríamos lograrlo? ¿Dónde debíamos reunirnos? Nos pusimos en marcha y, aunque parecía un sueño imposible, la respuesta de todos los implicados fue entusiasta. Empezamos a planificar el gran encuentro: cada rama de la familia designó a sus representantes y, tras un año de preparativos llenos de emociones, finalmente nos reunimos en la fábrica Lehmann de Barcelona en septiembre de 2017.

Fue conmovedor ver de dónde venía cada uno: Tel Aviv, Viena, Londres, Praga, Montreal, Seattle, Boston, Nueva York, Buenos Aires… Llevábamos etiquetas con nuestros nombres para saber quién era quién. Es difícil expresar lo que sentimos aquel día: después de tantos años de desconocimiento y distancia, nos abrazábamos y hablábamos como si siempre hubiéramos estado juntos. Todos compartíamos la urgencia de tener que recuperar el tiempo perdido. Sin duda, aquel encuentro fortaleció aún más nuestros lazos.

En enero de 2018, el documental *Les set caixes* se emitió por TV3 y tuvo una gran acogida. Pronto surgió la oportunidad de ampliar la historia con una nueva grabación. El contacto con la familia estadounidense ya se había producido y Peter Sontheimer me propuso dar una charla en la High School de Gettysburg. Carles y David organizaron la nueva grabación y, con mucha ilusión, nos embarcamos en el proyecto. La sintonía entre nosotros era total, lo que hizo que el trabajo resultara aún más enriquecedor.

Conocer al resto de la familia estadounidense y dar la charla en Gettysburg fue una experiencia profundamente enriquecedora. Me di cuenta de lo importante que fue para ellos volver a conectar con sus raíces europeas y conocer más detalles sobre sus antepasados centroeuropeos. Allí comprendí, de manera aún más clara, que el Holocausto no fue solo una tragedia europea, sino una herida universal que descompuso la vida y el futuro de innumerables familias.

En Gettysburg, la presentación del segundo documental fue un acontecimiento extraordinario. No solo se proyectó, sino que también hubo una charla posterior, en la que pude comprobar la profunda repercusión que tuvo la Segunda Guerra Mundial en la sociedad estadounidense. Me sentí querida, protegida y enormemente agradecida por haber podido compartir la historia de la familia y vivirla junto a ellos.

Presentaciones y charlas públicas

Desde 2014, el Departamento de Educación me invita a colaborar en un programa llamado «Testimonis a l'aula», dirigido a estudiantes de primero y segundo de bachillerato. Se trata de charlas en las que los jóvenes pueden ver cómo la manipulación política y las doctrinas radicales pueden transformar gradualmente los valores de toda una sociedad.

Además, colaboro regularmente con las universidades de «Gent Gran» y con otras instituciones dedicadas a la preservación de la memoria histórica. Siento una enorme responsabilidad al llevar a cabo esta labor porque estoy convencida de que compartir estos testimonios es fundamental para que los jóvenes comprendan la importancia de no olvidar el pasado y de defender los valores humanos y democráticos.

Cada encuentro es una oportunidad para rendir homenaje a quienes sufrieron y para sembrar la semilla de la reflexión y la empatía. Solo así podremos aspirar a construir una sociedad más justa y consciente.

Depósito de la documentación familiar

Sentía que aún me quedaba por cumplir una tarea fundamental: asegurar que toda la documentación familiar reunida durante estos años estuviera protegida y disponible para las futuras generaciones. Quería que estos documentos no solo se conservaran, sino que también pudieran servir para la educación y la memoria colectiva sobre el Holocausto.

No fue fácil decidir dónde depositar este legado. Lo consulté con reconocidos historiadores y valoré cuidadosamente las opciones. Finalmente, la decisión se redujo a dos instituciones de referencia: el Yad Vashem, en Jerusalén, y el USHMM, en Washington. La madre de Michael ya había depositado en el segundo las cartas y los documentos relacionados con las deportaciones de la familia, por lo que seguí el consejo de que lo más adecuado era que toda la documentación familiar permaneciera unida en un mismo lugar.

Una vez tomada la decisión, informé a la familia y sentí una gran tranquilidad al saber que nuestro archivo estaría a salvo y al alcance de todos. Saber que estará protegido y al servicio de quienes buscan comprender, recordar y educar me da la certeza de haber cumplido con un acto de justicia, no solo hacia nuestra historia familiar, sino también hacia la memoria colectiva.

Memoria, culpa y reconstrucción

He leído mucho sobre la reconstrucción moral de Alemania tras el final de la Segunda Guerra Mundial. ¿Cómo podían los alemanes, muchos de ellos fervientes nazis, sentirse culpables al terminar la guerra en 1945? Era difícil que existiera un reconocimiento colectivo de la culpa. La reacción mayoritaria fue mirar hacia otro lado, no querer ver lo ocurrido. Por mucho que los aliados obligaran a la población a enfrentarse a las atrocidades cometidas, la resistencia a reconocer la responsabilidad colectiva y reflexionar sobre ella era mayor. Se produjo una especie de amnesia colectiva.

Después llegó la Guerra Fría: el enfrentamiento político, económico, social, ideológico, militar y propagandístico entre los dos grandes bloques, el occidental capitalista y el oriental comunista. Ambos prefirieron consolidar sus posiciones antes que hurgar en el pasado, lo que bloqueó cualquier posibilidad de asumir la culpa, arrepentirse o comprometerse a reparar el daño causado.

Ante esta actitud, era imprescindible impulsar un proceso de desnazificación y reeducación, así como que el Gobierno alemán elaborara un informe oficial que asumiera la responsabilidad colectiva y diera a conocer la verdadera magnitud de los crímenes cometidos. Pero ¿quién podía hacerlo, si la mayoría de los profesionales y empresas privadas habían estado involucrados con el nazismo? La solución fue conceder una amnistía masiva para la gran mayoría de los perpetradores activos del régimen. Eran demasiadas las personas de la sociedad alemana que habían colaborado.

A los alemanes nacidos después de 1945, sus padres les ocultaron su participación en la sociedad nazi, lo que explica el conflicto latente entre padres e hijos en los años setenta, cuando los jóvenes comenzaron a preguntarse cuál había sido el comportamiento de sus progenitores y abuelos durante la guerra.

En enero de 1979, la televisión alemana emitió la miniserie *Holocausto*, que narraba la historia de una familia judía ficticia basada en hechos reales. La serie, que ya había sido un gran éxito en Estados Unidos y otros países europeos, causó un enorme impacto en la sociedad alemana. Aquellos jóvenes que hasta entonces no habían preguntado por la conducta de sus familias lo hicieron entonces, y el conflicto generacional se acentuó.

La caída del Muro de Berlín en 1989, la reunificación de Alemania y el fin de la Guerra Fría dieron finalmente a los alemanes la oportunidad de afrontar su trauma, aceptar la culpa, vivir el duelo y tomar medidas de constricción, hasta llegar, por fin, a perdonarse a sí mismos.

El deber de recordar

La memoria es mucho más que un simple ejercicio de nostalgia. Recordar es un acto de responsabilidad: es honrar a quienes sufrieron y, al mismo tiempo, ofrecer una lección imprescindible a las generaciones futuras. En este sentido, siempre resuena en mi mente una frase de Elie Wiesel: «El deber del superviviente, o en falta sus descendientes, es dar testimonio de lo que ocurrió. Hay que advertir a la gente de que estas cosas pueden suceder, que el mal puede desencadenarse».

Vivimos tiempos difíciles. Tras la Segunda Guerra Mundial, el mundo comprendió la necesidad de recuperar los valores morales, pero con el paso de los años hemos vuelto a caer en una crisis social y de valores. Nunca antes habíamos estado tan interconectados y, sin embargo, seguimos sintiendo incertidumbre sobre el futuro y sobre el mundo que estamos dejando a nuestros hijos y nietos. La violencia ha resurgido, la desigualdad persiste y buena parte de la humanidad sigue viviendo en condiciones económicas precarias.

Cuando estos factores se combinan, los populismos y los extremismos vuelven a ganar terreno. Por eso, hoy más que nunca, es fundamental recordar, tener esperanza en el futuro y encontrar la paz dentro de nosotros mismos.

Siento que he conseguido cerrar el círculo: los descendientes de los cuatro abuelos estamos nuevamente en contacto. Hemos reconstruido una familia que fue dispersada por culpa del extremismo y la intolerancia, algo que nunca debió suceder. Hoy puedo repetir, con convicción, que hemos vencido al nazismo.

El amor ha vencido al odio.

Agradecimientos

Escribir este libro ha sido todo un reto para mí, y no solo por conseguir un registro literario adecuado, sino porque aquello que me disponía a transmitir tocaba directamente la fibra más sensible del ser humano: mi alma.

Quiero reiterar mi gratitud a todas las personas que hicieron posible la primera edición de *Las siete cajas* y, con ello, me dieron la oportunidad de adentrarme en una faceta de mi vida que jamás imaginé.

Durante estos años, mi mayor empeño ha sido reunir a una familia dispersa por el mundo por causas ajenas a su voluntad. La reconstrucción de nuestros lazos familiares se volvió esencial para mí: quería encontrar a los descendientes de mis cuatro abuelos y crear, aunque fuera en la diáspora, una familia conectada por nuestras raíces y herencia cultural compartidas.

Sabía que no sería una tarea fácil, y para lograrlo he contado con la ayuda de personas fundamentales en este camino. Por eso, quiero expresar mi agradecimiento:

A Marta Simó, profesora de la UB dedicada a la Memoria del Holocausto, gracias a quien pude reencontrarme con mi familia americana.

A Verónica Koehler y Sybille Höschele, piezas clave en el reencuentro con mi familia en Alemania.

A Merlis Meckel, por lograr que mis abuelos, mi bisabuelo, mi madre y mi tío Julius tengan unas *stolpersteine* colocadas frente a lo que fue su hogar, como homenaje y recuerdo para mantenerlos vivos en la memoria.

A Carles Canet y David Fontseca, y a la productora Broadcaster y Valentí Roda, por llevar a cabo el documental *Les set caixes*, que tantas alegrías nos ha dado.

A los amigos que me han acompañado incondicionalmente en esta búsqueda.

A Marina Sánchez, editora de Newton Compton Editores, por confiar en una nueva edición de este libro.

A toda mi familia reencontrada, que me ha abierto sus casas y sus corazones.

Y, por supuesto, a mi familia más cercana: mi marido, mis hijos y mis nietos, que me apoyan y acompañan siempre en este recorrido.

Índice

DESCUBRE TAMBIÉN EN NUESTRO CATÁLOGO:

UN TESTIMONIO REAL, CONMOVEDOR E IMPRESCINDIBLE

Las célebres palabras de Anne Frank nos revelan
la fuerza del espíritu humano

«Una de las historias más conmovedoras
de la Segunda Guerra Mundial.»
TIME

MICHAEL CALVIN
CON NAFTALI SCHIFF

MILAGRO
EN AUSCHWITZ
UNA INCREÍBLE HISTORIA REAL

UNA LUZ EN EL MOMENTO
MÁS OSCURO DE LA HUMANIDAD
UNA HISTORIA INOLVIDABLE LLENA
DE ESPERANZA, FE Y FORTALEZA

NEWTON COMPTON EDITORES

LA HISTORIA JAMÁS CONTADA DE LOS ÚNICOS SUPERVIVIENTES A LAS CÁMARAS DE GAS

Los nazis les robaron la infancia y los condenaron
a muerte, pero ocurrió un milagro.

Un testimonio inolvidable de esperanza, fe y fortaleza
frente a uno de los momentos más oscuros
de la humanidad.